Aus Freude am Lesen

btb

Buch

Stella Blómkvist ist gut aussehend, neugierig und ziemlich unverschämt. Diesmal muss die ebenso schlagfertige wie trinkfeste junge Anwältin die Hauptverdächtige eines Aufsehen erregenden Falles verteidigen: Vor laufender Kamera wird eine der berühmtesten Journalistinnen des Landes ermordet. Diese nimmt einen Schluck aus dem einzigen Wasserglas, das während der Live-Sendung auf dem Tisch steht, und kippt wenige Sekunden später vornüber auf die Tischplatte. Verdächtigt wird umgehend die Frau, die dafür verantwortlich war, das Glas auf den Tisch zu stellen: die junge Ásta, die auch noch eine Beziehung mit der Toten unterhielt...

Autorin

Stella Blómkvist ist das Pseudonym einer bekannten isländischen Persönlichkeit des öffentlichen Lebens. Inzwischen sind drei Krimis von ihr erschienen, allesamt in hohen Auflagen, die von großem Insiderwissen zeugen: Politik, Medien, Gerichtswesen sind die Bereiche, in denen sich die Morde abspielen. Ganz Island rätselt, wer die geheimnisvolle Unbekannte wohl sein mag, und wartet auf den nächsten Kriminalfall aus ihrer Feder – ihre schlagfertige Heldin hat inzwischen eine riesige Fangemeinde.

Stella Blómkvist bei btb

Die Bronzestatue. Ein Island-Krimi (72897)
Der falsche Zeuge. Ein Island-Krimi (73280)
Der falsche Mörder. Ein Island-Krimi (73352)

Stella Blómkvist

Das ideale Verbrechen

Roman

Aus dem Isländischen
von Elena Teuffer

btb

Die Originalausgabe erschien 2000 unter dem Titel
»Morðdiðð i sjónvarpinu« bei Mál og menning, Reykjavìk.

FSC
Mixed Sources
Product group from well-managed
forests and other controlled sources
Cert no. GFA-COC-1223
www.fsc.org
© 1996 Forest Stewardship Council
Verlagsgruppe Random House FSC-DEU-0100
Das FSC-zertifizierte Papier *Munken Print* für Taschenbücher aus
dem btb Verlag liefert Arctic Paper Munkedals AB, Schweden.

Der btb Verlag ist ein Unternehmen
der Verlagsgruppe Random House.

Einmalige Sonderausgabe Oktober 2005
Copyright © 2000 by Stella Blómkvist/Mál og menning
Copyright © der deutschsprachigen Ausgabe 2004
by Verlagsgruppe Random House GmbH, München
Redaktion: Frauke Brodd
Umschlaggestaltung: Design Team, München
Umschlagfoto: Wolf Huber
Satz: IBV Satz- und Datentechnik GmbH, Berlin
Druck und Einband: Clausen & Bosse, Leck
SR · Herstellung: LW
Made in Germany
ISBN 3 442 73439 8

www.btb-verlag.de

1

»Aaah!«

Der heiße Strahl spritzt mit gewaltigem Druck aus den winzig kleinen, runden Löchlein des silbergrauen Griffes und drängt sich hinein. Weiter und weiter. Hart und weich zugleich. Fordernd. Spielt mit dem ausgehungerten Fleisch wie ein fingerfertiger Kerl.

»Hmmm!«

Ich schließe die Augen, entspanne mich und öffne mich völlig für diesen frechen, stürmischen, nassen Liebhaber. Erlaube ihm, sich nach Herzenslust auszutoben. Aufreizende Funken zu entfachen. Sie zu einem leidenschaftlichen Feuer zu steigern, dessen Flammen immer wilder züngeln. Bis der Höhepunkt erreicht ist.

Beinahe.

Höre auf, kurz bevor der Damm bricht. Liege im heißen Wasser, alle Nerven angespannt. Stöhnend und keuchend. Genieße diese schmerzhafte Wonne, mich zum Warten zu zwingen. Mich nicht zu befriedigen. Nicht sofort. Später. Später. Der Abend hat gerade erst begonnen.

»Der größte Spaß kommt immer erst noch.«

Sagt Mama.

Recke mich nach dem Glas am Badewannenrand. Kippe den Rest in einem Schluck hinunter. Lasse Jackie Daniels auf der Zunge lodern und den Hals ausbrennen. Lasse das Feuerwasser aus Tennessee endlich den ganzen Weg abwärts rinnen.

»Hmmm!«

Er ist immer so verdammt gut.

Ich wohne alleine in meinem Haus. Ich bin immer noch Single. Auch ungebunden, was die Vergangenheit angeht. Höre nie etwas von Papa im Osten. Zum Glück. Bekomme noch Briefe von Mama. Hin und wieder. Sie ist immer noch in Amerika.

Aber das spielt eigentlich keine Rolle. Ich habe ja mich.

Schließlich stehe ich aus dem heißen Bad auf. Steige klatschnass auf den gekachelten Fußboden. Fahre mit meinen feuchten Zehen in die weichen Badeschlappen. Wickele mich fest in das große Handtuch. Werfe im Vorübergehen einen Blick auf das bleiche Gesicht im beschlagenen Spiegel. Binde dann mein blondes Haar im Nacken zusammen und stecke es zu einem Knoten auf. Gehe über den Flur ins Wohnzimmer. Nehme die Fernbedienung und mache die Glotze an. Setze mich aufs Sofa. Lehne mich zurück. Lausche meinem schnellen Herzschlag, der erhitzt und aufgeregt im ganzen Körper spürbar ist. Zu allem bereit.

Heute Abend will ich einen draufmachen. Wohlverdient nach einem guten Tag. Einem Drei-Millionen-Tag! Der Typ hatte die Verhandlung in erster Instanz gewonnen. Dachte, dass die Sache damit gelaufen sei. Aber ich habe nicht aufgegeben. Wusste, dass man im Bezirksgericht keinen Blumenpott gewinnt. Habe deshalb sofort Einspruch eingelegt. Und gewonnen. Heute. Drei Millionen Kronen. Plus Anwaltskosten.

Bingo!

Ich schließe die Augen. Sehe im Geiste wieder die leidende Miene des Typen vor mir, als das Urteil am Nachmittag im Obersten Gericht vorlag. Als ob er einen kräftigen Tritt in die empfindlichste Stelle bekommen hätte.

Wunderbar!

Was gibt es Besseres, als diesen ungehobelten Flegeln zu zeigen, dass niemand damit durchkommt, Stella Blómkvist zu schikanieren?

Nichts!

Obwohl. Fast nichts.

Ich höre mit einem Ohr dem Gequatsche im Fernsehen zu. Irgendwelche Diskussionen über Kunst, was eher nicht mein Ding ist. Habe trotzdem keine Lust, auf ein anderes Programm umzuschalten. Sehe aus den Augenwinkeln, dass da zwei Typen am Tisch im Studio sitzen und so tun, als ob sie die herausragendsten Intelligenzbestien der Welt seien. Stelle schnellstens fest, dass es sich nur um zwei meinungs- und hirnlose Trantüten handelt, die über irgendeine Theateraufführung reden. Unmöglich herauszufinden, ob sie die Aufführung gut oder schlecht fanden. Nur leeres Geschwafel.

Uff!

Stehe auf. Gehe ins Schlafzimmer. Trockne mich vor dem Spiegel ab. Langsam. Gaaanz langsam.

Blase mir dann die Feuchtigkeit aus dem langen Haar. Meinem Schmuckstück. Meinen schönen Haaren, die das Einzige in meinen Genen sind, das mit der Silikonfrau mithalten kann. Diese, die im Kino berühmt dafür wurde, dass sie die Kerle im Bett umgebracht hat. Hinterher. Wie eine Bienenkönigin.

Raus auf die Piste!

Ich durchwühle den Kleiderschrank. Wähle und verwerfe. Immer wieder. Ende schließlich bei einer schwarzen Lederkombination. Der Rock ist kurz und eng. Schmiegt sich angenehm an meine nackte Haut an. Die Bluse unter der Jacke ist schneeweiß. Wie die Unschuld.

Ha!

Als ich wieder ins Wohnzimmer komme, ist die Diskussion immer noch im Gange. Jetzt sitzen zwei Frauen am Tisch und unterhalten sich über Bücher. Das ist doch viel besser. Ich habe beide schon einmal gesehen, aber weiß nicht mehr, wie sie heißen. Die burschikose Blondine stellt die Fragen. Sie ist noch ziemlich jung. Hat alles im Griff. Intelligent. Die Kritikerin ist wesentlich älter. Wahrscheinlich um die fünfzig. Hat knallrotes Haar. Mit Sicherheit gefärbt. Hat sich Make-up kiloweise ins Gesicht gespachtelt. Kann sich manchmal so wunderbar aufregen. Macht mindestens ein Buch in jeder Sendung nieder. Unterhaltung vorprogrammiert.

Ich gieße mir mehr Jackie ins Glas. Setze mich wieder aufs Sofa. Fahre mir mit dem kühlen Glas über die Lippen. Genehmige mir einen großzügigen Schluck.

Die Kritikerin ist in Fahrt gekommen.

»Dieses Buch ist doch hundsmiserabel!«, wettert sie. Ihre Stimme zittert vor wütender Strenge. Als wäre sie persönlich schwer beleidigt worden. »Ich verstehe einfach nicht, was der Verlag sich dabei denkt, so was herauszugeben! Das wird auf ewig der Schandfleck im Programm sein!«

»Aber das ist ja jetzt schon das dritte Buch des Verfassers, und alle haben sich sehr gut verkauft«, sagt die Blondine. Sie ist auf einmal heiser geworden. Räuspert sich. Setzt dann fort: »Ist denn die Handlung wirklich so schlecht?«

»Ja, ich habe es doch schon gesagt, es ist noch nicht mal ein guter Entwurf einer Handlung«, antwortet die Kritikerin und fuchtelt mit den Händen. Ihr rotes Haar knistert wütend unter dem starken Scheinwerferlicht. »Man kann die Sache drehen und wenden, wie man will. Die Charaktere haben keine Tiefe, überhaupt keine, und der Stil ist eine Zumutung. Ich möchte nichts über seine bisherigen Bücher sagen, denn ich habe keine Lust gehabt, sie zu lesen, aber diese Geschichte hier verrät mir ganz eindeutig, dass dieser Mann einfach nicht schreiben kann. Der Verlag sollte ihn eigentlich abbremsen, denn man tut ja niemandem einen Gefallen damit, so einen Müll zu veröffentlichen.«

»Du gibst diesem Buch vermutlich nicht besonders viele

Sterne«, sagt die Blondine und reckt sich zum Wasserglas, das genau zwischen den beiden auf dem Tisch steht.

»Der Verfasser hat keinen einzigen Stern verdient«, antwortet die Kritikerin und bebt vor Aufregung.

»Das wär's also«, sagt die Blondine mit krächzender Stimme. Sie lächelt, um ihre plötzliche Stimmlosigkeit zu entschuldigen. Guckt in die Kameralinse wie in einen Spiegel, in dem sie sich in narzisstischer Selbstverliebtheit betrachtet.

Dann hebt sie das Glas wieder an die Lippen und trinkt. Sie nimmt ein paar kräftige Schlucke, als ob sie tagelang keine Flüssigkeit bekommen hätte. Leert das Glas zur Hälfte. Versucht wieder, die Zuschauer anzulächeln und zu zeigen, dass alles völlig in Ordnung ist.

Das Lächeln gefriert.

Das Gesicht der Blondine erstarrt. Sie presst sich die Hände auf die Brust. Der Mund ist weit offen, als ob sie unter größter Anstrengung versuchen würde, Luft zu bekommen, es aber nicht schafft. Sie starrt mit weit aufgerissenen Augen und leerem Blick direkt in die Kamera.

Ich fühle mich unwohl auf meinem Sofa. Irgendwie ist es besonders unangenehm, in diese großen, starren Augen auf dem Bildschirm zu sehen, ohne helfen zu können. Sie wird doch wohl nicht mitten in einer Live-Sendung den Löffel abgeben?

Der Blondine fällt das Glas aus der Hand. Es landet auf dem Tisch. Das Wasser spritzt in alle Richtungen, während sie langsam vornüber auf die Tischplatte kippt.

Die Kritikerin springt auf und beugt sich kreischend über sie. Ruft immer wieder etwas, das niemand versteht. Stößt die Blondine ein paar Mal an, aber sie scheint völlig außer Gefecht zu sein. Plötzlich verschwinden beide von der Mattscheibe. Als Nächstes erscheint eine wohl bekannte Mitteilung:

»Pause – wir bitten um Entschuldigung.«

Ich genehmige mir einen Riesenschluck Jackie. Schlucke

9

ihn sofort herunter, ohne den Geschmack oder das Feuer zu genießen. Versuche nur, mich zu beruhigen. Gucke automatisch immer wieder auf die Mattscheibe. Warte mit wachsender Ungeduld, was da noch kommen mag.

Nach einer guten Weile geht das Programm einfach weiter, als wäre nichts passiert. Irgendeine idiotische Seifenoper über das verworrene Liebesleben amerikanischer Jugendlicher auf der Highschool.

Unmöglich!

2

Na endlich!

Es geht schon auf drei Uhr morgens zu, als ich einen jungen Kerl entdecke, der mein Blut in Wallung bringt. Im Striplokal Eldórado. Er steht an einer der Bars und trinkt mit zwei älteren Typen, die mit impotentem Eifer Porno-Valdis Stripperinnen zugucken.

Mein Kandidat lächelt den tanzenden Mädchen zu. Lächelt wie ein Traumprinz.

Ich tue so, als sähe ich die drohenden Mienen von Valdis angesäuerten Rausschmeißern nicht, die es nicht ausstehen können, wenn andere Frauen als die ihren versuchen, die Kunden aufzureißen. Ich werfe gierige Blicke auf das schwarze Haar, das markante Gesicht und den schlanken Körper. Als er schließlich meine scharfen Blicke bemerkt, dreht er sich zur Seite und guckt in meine Richtung. Zögerlich.

Ich hebe mein Jackie-Glas, leere es in einem Zug und gehe dann zum Angriff über.

Er ist groß und sieht gut aus. Obwohl er ein heruntergekommenes Sakko trägt, hat er was von einem römischen Gott. Bis er den Mund aufmacht.

Scheiß drauf. Keiner ist vollkommen. Schon gar nicht junge

Kerle, die sich in Etablissements dieser Art in der Innenstadt aufhalten. Außerdem bin ich heute Nacht nicht auf der Suche nach einem guten Redner. Jedenfalls nicht, um mich mit ihm zu unterhalten.

Der Alkoholpegel meines Hengstes ist genau richtig. Hat genug getrunken, um mich klasse zu finden, aber noch nicht so viel, dass er mitten im Gefecht einschlafen würde.

Der muss genügen.

Nach ein paar engen Tänzen im Halbdunkel ist er auch steif und groß geworden. Für alles zu haben. Da führe ich ihn hinaus in die Nacht.

Die Innenstadt ist straßenlaternenhell. Und gedrängt voll mit Leuten, die von einer Kneipe zur nächsten ziehen.

Besoffene auf Schritt und Tritt.

Umso besser. Dann fällt man nicht so auf.

Ich lasse die Betrunkenen betrunken sein, denn ich muss mich um was anderes kümmern. Muss meinen Hengst so schnell wie möglich zu mir nach Hause schaffen. Mit einem Taxi. Habe natürlich meinen silbergrauen Benz zu Hause in der Garage gelassen. Würde mir im Traum nicht einfallen, mit meinem Schätzchen mitten in der Nacht in die Innenstadt zu fahren, wenn ich einen draufmachen will.

Wir mischen uns unter die Leute in der rappelvollen Austurstraeti. Halten die ganze Zeit nach einem Taxi Ausschau, während wir Arm in Arm auf den grauen Ingólfstorg zugehen.

Der Typ bleibt ab und zu stehen, um seine Standfestigkeit beizubehalten. Kann besser küssen als reden. Das verheißt Gutes.

Aber wo zum Teufel bleibt mein Taxi?

Ich suche mit den Augen den ganzen Platz ab, aber entdecke kein einziges gelbes Schild auf Fahrt. Nur Leute, die auf Teufel komm raus Spaß haben wollen, bevor es wieder Tag wird. Saufen, feiern und die Sau rauslassen, als ob es um ihr Leben ginge. Schreien und rufen. Lachen und weinen.

Weinen?

Ein junges Mädchen. Noch ein Kind. Recht klein. Schwarz-haarig. Mit asiatischen Augen. Sie lehnt sich an eine Haus-wand unten im Fischersund, guckt auf den grauschwarzen As-phalt und weint.

Das Mädchen ist lächerlich angezogen. Hat einen rosa Ba-demantel an, den sie vorne fest zusammenhält. Und rosa Hausschuhe.

Ich schüttele den Kopf.

Nein, das ist keine Fata Morgana. Sie ist immer noch da.

»Komm«, sage ich und ziehe meinen Hengst wie an Zügeln hinter mir her in die schmale Gasse.

Sie schaut auf, als ich schon fast vor ihr stehe. Guckt mich mit dunklen, ängstlichen Augen an. Wie ein verletztes Tier auf der Flucht.

»Was ist passiert?«

Sie antwortet nicht. Starrt nur. Mit Todesangst.

»Hey, alles in Ordnung?«

Mir wird schnell klar, dass ich mich anhöre wie ein Idiot. Es ist doch völlig eindeutig, dass mit ihr nicht alles in Ordnung ist.

»Help?«, fragt sie schließlich auf Englisch mit fernöstli-chem Akzent.

»Das Mädchen ist wahrscheinlich eine Ausländerin«, stellt mein nächtlicher Prinz fest. Wahre Sherlock-Holmes-Qualitä-ten!

Ich befrage sie auf Englisch. Bekomme keine Antworten au-ßer immer der gleichen Frage: »You help?«

Mein Hengst wird unruhig. »Soll ich nicht die Polizei ho-len?«, fragt er und schaut sich suchend um. »Da sitzen zwei im Auto.«

Das Mädchen folgt seinem Blick. Sieht das Polizeiauto. Geht ein paar Schritte rückwärts.

»No!«, ruft sie ängstlich. »No!«

Ich merke, dass ich mich dem Blick der tränennassen Augen nicht entziehen kann.

»Warte!« Ich ziehe den Kerl zurück. Betrachte mir das Mädchen genauer. Merke, wie sich Jackies Wirkung in Luft auflöst. Bin mit einem Mal wieder völlig nüchtern.

»Besorg uns lieber ein Taxi«, sage ich.

Er zieht los wie ein gehorsames Muttersöhnchen.

»Okay«, beschwichtige ich das Mädchen und lächele, um sie zu beruhigen. »Okay.«

Als das Taxi kommt, lasse ich sie zuerst in den Fond einsteigen.

»Sie ist in Schwierigkeiten«, erkläre ich dem Typen, der sich vorne neben den Taxifahrer gesetzt hat. »Ich möchte, dass sie sich ein bisschen bei mir erholt.«

Da wird die Autotür aufgerissen. Ein Mann um die fünfzig steckt seinen Kopf zu mir rein. Er ist sonnenbankgebräunt. Mit Megabizeps, als würde er sämtliche Nachmittage nur in irgendwelchen Muckibuden herumhängen und Eisen stemmen. Der Kopf ist glatt rasiert.

»Hey!«, ruft er. »Wo fährst du mit ihr hin?«

»Geht dich nichts an.«

»Sie gehört zu mir«, sagt er. Starrt dann das Mädchen an und blafft sie im Befehlston auf Englisch an: »Come!«

Ich schaue sie an.

»No! No!«, ruft sie und schüttelt heftig den Kopf.

»Weg mit den Pranken!«, rufe ich.

Die Glatze fixiert mich. Bläst mir starken Knoblauchatem ins Gesicht.

Abartiges Ekelpaket.

»Du hast ja keine Ahnung, in was du dich da einmischst, meine Gute«, sagt er.

Meine Gute? Ich merke, wie Wut in mir hochkocht.

»Ich kümmere mich um sie«, fährt er im gleichen Tonfall fort.

»Raus mit dir, du Schwein!«, brülle ich.

Er zögert. Versucht, mich mit Blicken zu töten. Richtet sich dann schnell auf und läuft um das Auto herum. Will die Tür auf der anderen Seite aufmachen.

Ich recke mich quer über die Rückbank. Kann gerade noch die Kindersicherung drücken, bevor er sich am Türgriff zu schaffen macht.

»Fahr schon!«, rufe ich dem Taxifahrer zu.

Er zögert.

Der Glatzkopf hämmert mit den Fäusten auf die Fensterscheibe. Kräftig. Das ganze Auto vibriert unter den Schlägen. Das Mädchen lehnt sich zitternd vor Angst an mich.

»Bist du taub?«, rufe ich. »Gib Gas!«

Der Taxifahrer greift zum Handy.

»Ich lass mir nicht mein Auto beschädigen«, sagt er und tippt seelenruhig eine Nummer ein.

»Was hast du vor?«, fragt der Typ auf dem Beifahrersitz.

»Die Polizei anrufen, natürlich!«, antwortet der Fahrer und hält sich das Handy ans Ohr. »Ich brauche ein Protokoll, falls er etwas ramponiert hat.«

Mein Typ beeilt sich, die Tür zu öffnen, und steigt aus. Er steckt noch mal den Kopf durch die offene Autotür und schaut mich verlegen an. »So was ist nichts für mich«, sagt er entschuldigend, knallt die Autotür zu und verschwindet.

Verdammt! Warum musste ich bloß an einen so gehirnlosen Schwanzträger geraten?

Die Glatze steckt seine Knoblauch-Visage durch die Beifahrertür. »Come!«, sagt er wieder zu dem Mädchen. Im Befehlston, als würde er mit einem ungehorsamen Hund reden.

»Die Polizei ist schon unterwegs«, sagt der Fahrer.

»Es wäre aber nicht nötig gewesen, die zu holen«, sagt die Glatze. Er wirkt plötzlich sichtlich beunruhigt.

Ich nutze die Gelegenheit, beuge mich nach vorne und sage zum Fahrer: »Wenn du einen Anwalt brauchst, um die Glatze dazu zu kriegen, die Schäden am Auto zu bezahlen, bin ich sofort dazu bereit.«

»Bist du Anwältin?«, fragt er.

»Die ganze Stadt fürchtet mich.«

Der Glatzkopf guckt mich forschend an. »Das ist alles ein bedauernswertes Missverständnis«, sagt er schließlich. Kriecht aus dem Auto. Knallt die Türe zu.

»Hey, Moment mal!«, ruft der Fahrer. Aber er reagiert zu spät. Die Glatze ist in der Menschenmenge verschwunden.

Ich lehne mich zurück. Versuche, das Mädchen zu beruhigen, während der Fahrer das Auto nach Schäden absucht und den Polizisten die Vorkommnisse zu Protokoll gibt. Als er sich wieder hinter das Lenkrad setzt, reiche ich ihm eine meiner Visitenkarten.

»Wohin soll's gehen?«, fragt er und steckt die Karte ins Handschuhfach.

Das Auto fährt langsam aus der Innenstadt. Die Nacht ist gelaufen. Der Typ abgehauen, ohne seine vorderste Pflicht zu tun. Stattdessen habe ich jetzt ein ausländisches Kind am Hals, das scheinbar nur drei Worte der englischen Sprache zu kennen scheint:

You, help und no.

Verdammt noch mal! Warum muss ich mich immer in Sachen einmischen, die mich überhaupt nichts angehen?

»Nächstenliebe ist ein Vollzeitjob.«

Sagt Mama.

3

Raggi macht eine Schlankheitskur.

Man sieht es ihm aber nicht an. Noch nicht. Er füllt seinen Schreibtischstuhl im Büro der Kriminalpolizei aus wie noch nie. Stößt jedes Mal mit seiner Wampe an die Schreibtischkante, sobald er etwas auf seine Memo-Zettel kritzeln muss.

Augenfällig wird die Schlankheitskur allerdings durch seine Gemütslage. Raggi ist wegen jeder kleinsten Kleinigkeit sofort beleidigt. Regt sich ständig über alles und nichts auf. Hat den Eindruck, dass seine Umwelt nur ein einziges Interesse verfolgt: ihm auf die Nerven zu gehen.

Das bezieht sich auch auf die Klage des fernöstlichen Mädchens.

Gestern Nacht habe ich die Kleine zu Hause erst mal ins Bett gesteckt. Hatte selber noch keine Lust, schlafen zu gehen. Machte mir einen tiefschwarzen Espresso. Ging dann in mein Büro im Erdgeschoss des Hauses. Machte den Computer an. Sah nach meinem Kontostand. Trug dann meine neuesten Zahlungen in das Buchhaltungsprogramm ein. Soll und Haben.

Erst gegen Mittag erreichte ich Sigrún, eine isländische Staatsbürgerin philippinischer Abstammung. Hochgebildet. Spricht mehrere Sprachen.

Als sie endlich vorbeikommen konnte, gingen wir hoch ins Gästezimmer und haben das Mädchen geweckt. Sie unterhielten sich. Umarmten und küssten sich. Lachten und weinten gleichzeitig.

Ein riesiger Wortschwall sprudelte aus dem Mädchen. Sie redete ohne Punkt und Komma in einer Sprache, von der ich nicht ein einziges Wort verstand.

Schließlich hatte ich die Nase voll davon, außen vor zu sein. »Was sagt sie?«, fragte ich.

»Sie heißt Corazon und ist erst 18 Jahre alt«, antwortete Sigrún. »Ihre Geschichte ist wirklich schrecklich und ein Fall für die Polizei, denke ich.«

»Bist du sicher? Heute Nacht wirkte sie völlig verängstigt, als sie die Goldjungs in der Innenstadt sah.«

»Goldjungs?«

»Die Bullen.«

»Goldjungs. Das Wort habe ich noch nie gehört.« Sigrún gab das Wort in ihre Datenbank im Gehirn ein und wandte sich dann wieder Corazon zu. Sie sprachen eine Weile aufgeregt miteinander.

Dann schaute Sigrún zu mir: »Sie sagt, dass sie heute Nacht ganz alleine in der Menschenmenge war, auf der Flucht in einer unbekannten Stadt, in der sie niemanden kannte. Aber jetzt ist alles ganz anders, weil sie neue Freunde und eine Anwältin gefunden hat, nicht wahr?«

Was sonst?

Also machten wir uns auf den Weg zur Kripo.

Raggi stimmt jetzt also zu, ein Protokoll aufzunehmen. Schiebt die Akten auf dem Tisch zur Seite. Rückt währenddessen eine Packung Herbalife hinter den Computer. Findet ein paar unbeschriebene Notizblätter. Stellt den Kassettenrecorder an. Guckt das Mädchen prüfend an. Behält sie die ganze Zeit im Auge, während sie spricht.

Raggi fragt. Sigrún übersetzt. Ich höre mir Corazons Geschichte ein zweites Mal an. Es ist die gleiche Geschichte wie zu Hause im Schlafzimmer. Keine Widersprüchlichkeiten.

Die Glatze hatte Corazon vor einem Monat von den Philippinen hergebracht. Sie konnte kaum ein Wort Englisch. Er nur ein paar Worte Philippinisch. Sie unterhielten sich mit der Hilfe eines Dolmetschers. Er bot ihr an, als Au-pair-Mädchen nach Island zu kommen. Sie sollte auf Kinder aufpassen, kochen, waschen und putzen und dafür gut bezahlt werden.

Ihre mittellose Familie war von dem Angebot völlig begeistert. Sie hatten noch nie einen Isländer getroffen. Wussten auch nichts über Island. Nur, dass das Land in Europa war, wo alle Geld ohne Ende hatten. Also sagte sie zu.

Der Albtraum begann am Morgen, nachdem sie im Haus der Glatze in der Weststadt angekommen war. Als sie im fensterlosen Kellerzimmer wach wurde, waren alle ihre Kleider verschwunden. Auch ihr Gepäck und ihre Ausweise. Und die Tür war abgeschlossen.

Es war nicht vorgesehen, dass sie Kinder hüten oder kochen sollte. Die Glatze zeigte ihr gleich am ersten Tag, wo's langging. Fesselte sie ans Bett und vergewaltigte sie. Nahm den Geschlechtsverkehr auf ein Video auf, das er ihr hinterher vorspielte. Machte ihr klar, dass das Video an ihre Eltern auf die Philippinen geschickt würde, wenn sie irgendwie aufsässig werden würde.

Obwohl ihr nach den ersten Tagen völlig klar war, welche Rolle sie im neuen Land spielen sollte, wehrte sie sich weiter. Da drohte er ihr, sie fürchterlich zu entstellen. Zeigte ihr Fotos eines anderen asiatischen Mädchens. Er gab vor, dass er sie für ähnlichen Ungehorsam bestraft hatte. Das Gesicht war völlig entstellt. Die Haut war von irgendeiner Säure völlig verätzt.

»You next?«, fragte er drohend.

Da gab sie schließlich auf.

Einige Tage später verlangte die Glatze, dass sie sich anzog. Fuhr sie gegen Abend in einem schwarzen Jeep durch die Stadt. Raus aufs Land. Zu einem Sommerhäuschen, wo ein anderer älterer Typ um die fünfzig darauf wartete, sie zu missbrauchen. Die Glatze holte sie nach zwei Stunden wieder ab.

Die abendlichen Ausflüge häuften sich. Manchmal fuhren sie zu Häusern in der Stadt. Manchmal raus aufs Land in ein Sommerhaus. Eins lag an einem großen See. Einige Male fuhren sie zu einem Holzhaus an einem Fluss. Da wohnte ein älterer Mann, der von ihr besonders begeistert zu sein schien. Wollte sie immer wieder haben. Sie konnte nichts tun, außer ihnen allen zu Willen zu sein.

Raggi fragt sie genauer nach diesen Orten. Will Ortsnamen und andere Details haben.

Corazon kann das Haus am Fluss beschreiben. Sowohl von außen als auch von innen. Aber sie kennt keine isländischen

Bezeichnungen. Weder Ortsnamen noch die der Männer. Sie kann die Sprache nicht. Weiß noch nicht mal, wie die Glatze in Wirklichkeit heißt. Nur dass die Kunden ihn Sjonni nennen. Oder irgendwas in der Richtung.

Am Abend, als sie verschwinden konnte, hatte die Glatze vergessen abzuschließen. Sie lag in ihrem Bademantel auf dem Bett und guckte Fernsehen. Hörte etwas an der Türe kratzen. Stand auf, um nachzusehen, was das war. Nahm die Klinke in die Hand. Die Tür ging auf, und eine grauweiße Katze schoss zu ihr ins Zimmer. Sie hörte, dass die Glatze im Obergeschoss Radau machte, und zögerte nicht lange. Fand die Kellertür ins Freie und flüchtete hinaus in die Nacht. Rannte, so schnell sie konnte, bis sie auf Menschen stieß, mit denen sie doch keinen Kontakt aufnehmen konnte. War schon fast dabei, aufzugeben, als sie auf mich traf. Ihre Retterin.

»Würdest du das Haus wiederfinden?«, fragte Raggi.

Sie schüttelt den Kopf. Weiß nur, dass es nicht weit von der Stelle weg war, wo sie mich getroffen hatte. Ungefähr zwanzig Minuten war sie auf der Straße gelaufen. Oder eine halbe Stunde. So ungefähr.

»Aha«, sagt Raggi. »Das finden wir schon raus.«

»Wie?«, frage ich.

»Sie braucht eine Aufenthaltsgenehmigung, um im Land bleiben zu dürfen. Das muss ja irgendwo registriert worden sein. Und damit auch, wo ihr Wohnsitz ist. Wir kriegen das schon raus.«

»Wo soll sie in der Zwischenzeit bleiben?«

»Das Ausländeramt kann sie in einem Hotel oder auf dem Natostützpunkt unterbringen.«

»Es wäre nicht gut, wenn sie jetzt irgendwo ganz alleine wäre, denn sie ist nach dieser schrecklichen Erfahrung am Boden zerstört«, sagt Sigrún.

Wahre Worte. Corazon sitzt vor dem Schreibtisch wie eine ängstliche Maus. Schaut mich flehentlich an.

»Sie kann bei mir bleiben«, sage ich schließlich zu Raggi. »Bis die Sache geklärt ist.«

»Mach, was du willst. Ich gebe das weiter.«

»An wen?«

»An das Ausländeramt. Sie gehört schließlich in deren Zuständigkeitsbereich.«

»Soweit ich weiß, waren Entführung und Vergewaltigung bisher eure Sache.«

»Wir verfolgen natürlich diesen Aspekt des Falles.«

»Ich rufe morgen an«, sage ich und stehe auf.

»Dafür gibt es ja Telefon.«

»Sag Corazon, dass sie in den nächsten Tagen bei mir bleiben kann«, sage ich zu Sigrún.

»Bist du der wiedergeborene barmherzige Samariter?«, fragt Raggi grinsend. »Wenn nicht sogar eine neue Mutter Teresa! Ich hätte wirklich nicht damit gerechnet, ausgerechnet dich in dieser Rolle zu sehen.«

Ich gucke ihn scharf an.

»Oder du bist bekehrt worden«, fährt er im gleichen Tonfall fort. »Es wäre wirklich ein Erlebnis, dich auf dem Ingólfstorg deinen Glauben bezeugen zu hören.«

»Ich rufe dich noch gleich heute Abend an«, antworte ich säuerlich. »Nur um dich zu ärgern natürlich, Herzchen.«

Raggi und ich sind eine Art Freunde. Schon seit ich frisch von der Uni weg die Verteidigung Kleinkrimineller übernommen hatte. Er hat mir in der Anfangsphase manchmal geholfen. Schien der einzige menschliche Typ bei der Kripo zu sein. Aber natürlich steht er unter dem Pantoffel seiner Vorgesetzten. Muss nach deren Pfeife tanzen. Deshalb sind wir schon so manches Mal heftigst aneinander geraten. Aber wir wissen beide, dass das im Grunde nichts an unserer Freundschaft ändert. Sie hat sich immer als stärker erwiesen als zeitweilige Wortgefechte und Streitereien.

Er scheucht mich mit der rechten Hand zur Tür, wendet sich

mit säuerlicher Miene dem Computer zu, wirft die Herbalife-Schachtel zur Seite und fängt an, die Tastatur zu traktieren.

»Schlankheitskur machen heißt dem Tod ins Auge sehen.« Sagt Mama.

4

Raggi hat vollkommen Recht. Ich bin bekehrt.

Er hatte nur den falschen Gott im Sinn. Mammon ist mein Mann. Den gibt's auch in der Bibel. Der Gott des Geldes. Gott all dessen, was die Räder zum Laufen bringt. Gott unser aller, die den Mut haben, für sich selbst zu leben.

In den nächsten Tagen möchte ich mich nur um Mammon kümmern. Immer mehr Geldscheine kassieren. Die Schuldner festnageln. Auf dem Markt kaufen und verkaufen. Dafür sorgen, dass mein Vermögen und meine Investitionen immer mehr abwerfen.

Im letzten Jahr ging es mit dem Scheinchenkassieren etwas schleppend. Seit dem Angriff auf mich in Kópavogur kann ich zwar mit der Schulter, die so schlimm gebrochen war, wieder gut arbeiten. Aber ich habe manchmal unangenehme Schmerzen. Besonders spätabends. Dann spuckt mein Unterbewusstsein Erinnerungen vergangener Zeiten aus, die ich am liebsten vergessen will. Der Bronzestatuen-Mord. Und Lilja Rós.

In den ersten Monaten nach dem Attentat habe ich mich auskuriert und gelernt, richtig mit dem Computer umzugehen. Mein Cousin Sindri hat mir einen Internetzugang besorgt. Das Schätzchen. Hat mir beigebracht, den Computer für mich arbeiten zu lassen. Informationen zu besorgen. Kontostand abzufragen. Überweisungen zu tätigen. An der Börse kaufen und verkaufen. Kein Problem. Ich bin schnell dahinter gekommen, dass der Computer das beste Hilfsmittel der Geldwirtschaft ist.

Meine Wohnung war noch nie so sauber wie in den letzten Tagen. Corazon geht in dankbarem Glückseligkeitsrausch von Zimmer zu Zimmer. Räumt ständig auf. Wäscht auch jedes einzelne Kleidungsstück, das sie zwischen die Finger bekommt.

Wir verständigen uns hauptsächlich mit Gesten und Blicken.

Das klappt.

Ich hatte keine Lust, auf die Ergebnisse von Raggis Nachforschungen zu warten. Machte mich noch am gleichen Tag mit Corazons rechtlicher Lage vertraut. Klapperte ein paar Ämter ab. Wenn die Sachbearbeiter ihren Pass sehen wollten, wurde ich unverschämt. Füllte dann ein paar Anträge aus. Bekam sie unterschrieben und gestempelt. Gegen Abend hatte sie alle nötigen Papiere zusammen, um in Island bleiben zu können. Alles auf meine Verantwortung.

Die Zeitungen quellen über mit Berichten vom Herzschlag des blonden Fernsehsternchens. Sie hieß Steinunn. Wurde Steina genannt. Die Todesursache ist noch nicht geklärt. Jedenfalls nicht offiziell.

Sie lebte noch, als sie ins Krankenhaus eingeliefert wurde. War aber im Koma. Kam nie wieder zu Bewusstsein. Es hat sicher einige Stunden gedauert, bis sie gestorben war.

Warum hörte ihr Herz zu schlagen auf? Sie war noch nicht mal dreißig und dem Hörensagen nach bei guter Gesundheit. Trotzdem hatten alle mit eigenen Augen verfolgen können, wie sie mitten in der Livesendung einen Herzinfarkt bekam. Diejenigen, die die Uraufführung verpasst hatten, konnten sich an den Wiederholungen in den Nachrichten der diversen Sender aufgeilen. Das war die beliebteste Show der Woche.

Aber junge Leute bekommen nicht einfach aus heiterem Himmel einen Herzinfarkt. Deshalb begannen sofort im ganzen Land die Gerüchte zu brodeln. Da war was im Wasser, von dem sie getrunken hat, sagten die meisten. Hundertprozentig. Mit Sicherheit hochwirksames Gift.

Aber dann war es Mord.

Ich verfolge normalerweise eher solche Nachrichten als das übliche Gewäsch der Presse. Die Massenmedien scheinen ausschließlich Interesse an Gymnastik und an Skandälchen der politischen Kulissenschieber zu haben. Diese Art Unterhaltung ist nichts für mich.

Natürlich kannte ich die Fernsehblondine überhaupt nicht. Deswegen könnte mir der Fall egal sein. Aber ich war sozusagen live bei ihrem Herzinfarkt dabei gewesen – so als wäre es zu Hause bei mir im Wohnzimmer passiert. Das prägt und bleibt im Gedächtnis hängen. Verbindet einen mit unsichtbaren starken Banden sogar mit völlig unbekannten Leuten.

Ich liege im Bett. Bin grade am Einschlafen, als das Telefon klingelt. Habe eigentlich keine Lust. Hebe letzten Endes trotzdem aus alter Gewohnheit ab.

»Kannst du uns helfen?«, fragt die Frau am Telefon, ohne sich vorzustellen. Die Stimme ist ruhig und besonnen. Aber zittert trotzdem vor unterdrückter Erregung.

»Am liebsten nicht. Ich war schon fast eingeschlafen.«

Die Frau schweigt einen Augenblick. »Aber du wurdest uns besonders empfohlen«, sagt sie dann.

»Von wem?«

»Ich weiß nicht, wie er heißt.« Die Stimme bricht. »Es war ein dicker Beamter bei der Kripo.«

Raggi?

»Um was geht es?«

»Um das, was da im Fernsehen passiert ist.«

Mit einem Schlag bin ich hellwach. Setze mich im Bett auf. »Inwiefern?«

»Meine Tochter wurde den ganzen Tag verhört. Sie behaupten, dass sie etwas furchtbar Schreckliches getan hat.«

Etwas furchtbar Schreckliches?

Das klingt viel zu gut, um sofort schlafen zu gehen. Deshalb notiere ich Namen und Adresse, ziehe mich wieder an, setze mich in meinen Benz, öffne die Garage mit der Fernbedienung, fahre rückwärts heraus und mache mich auf den Weg ins Neubauviertel Grafarvogur, wo Mutter und Tochter wohnen.

Mein Benz ist ein Genuss auf Rädern. Einfach das Beste, was es auf der Welt gibt.

Die beiden wohnen in einer Drei-Zimmer-Wohnung im Dachgeschoss eines neuen Mehrfamilienhauses. Es steht inmitten einer Siedlung von Häusern, die ungefähr alle gleich aussehen.

Die Mutter öffnet die Tür. Ich schätze sie so um die fünfzig. Etwas dicklich und abgespannt. Mit glattem, dunkelbraunem Haar und abgearbeiteten Händen.

»Ich heiße Heidrún«, sagt sie und reicht mir zur Begrüßung die Hand. »Danke, dass du gekommen bist.«

Die Wohnung ist sauber und ordentlich. Hellgrauer Teppich auf dem Fußboden im Wohnzimmer. Rote Couchgarnitur. Eichentisch und einige gepolsterte Stühle. Ein großer Fernseher an einer Wand. Kleine Porzellanfiguren im Regal.

»Und das hier ist meine Ásta.«

Die Tochter sitzt am großen Couchtisch. Sie scheint um die zwanzig zu sein. Schlank und groß. Feminin, obwohl das helle Haar so kurz geschnitten ist wie bei einem Jungen.

Sie ist mit den Nerven fertig. Hält eine Limoflasche in den Händen, die sie gedankenlos hin und her dreht. Die Augen sind geschwollen. Sie hat geweint.

Ich setze mich ihr gegenüber an den Tisch.

»Darf ich dir einen Kaffee anbieten?«, fragt Heidrún.

»Das wäre nicht schlecht.«

Sie geht in die Küche. Lässt uns alleine.

Ich komme direkt zur Sache: »Erzähl mir, um was es geht.«

»Sie glauben, dass ich etwas ins Wasser getan habe, das Steina getrunken hat, kurz bevor sie starb«, sagt Ásta. Sie konzentriert sich auf die halb leere Limo-Flasche. »Irgendein Gift, soweit ich das verstanden habe.«

»Warum glauben sie das?«

»Es gehört zu meinem Job beim Fernsehen, mich während solcher Sendungen um das Wasser zu kümmern. Also, saubere Gläser und kaltes Wasser zu besorgen, in die Gläser einzugießen, all so was.«

»Hast du es auch in besagter Sendung gemacht?«

Sie nickt.

»Niemand anders?«

»Nein.«

»Bist du ganz sicher?«

»Ja. Aber ich habe das Wasser nur aus der Kanne in die Gläser eingeschenkt. Ich habe nichts Gefährliches in das Wasser getan, wie sie behaupten. Das ist wirklich wahr.«

Heidrún bringt den Kaffee herein. Er ist ziemlich stark. Peppt einen ganz schön auf.

Ich öffne meine Aktentasche. Hole meinen Notizblock und einen Stift heraus. »Lass uns das Ganze genau durchgehen. Was du an diesem Abend gemacht hast.«

»Ich habe es den ganzen Tag schon x-mal erzählt.«

Ich starre sie an, bis sie den stechenden Blick fühlt und mich ansieht. Sich klar macht, um was es geht.

»Entschuldige«, sagt sie. »Ich bin nur so müde.«

»Kein Problem. Berichte mir jetzt von der Sache mit dem Wasser.«

»Steina hatte das Studio an diesem Abend zweimal. Zuerst hat sie mit Gunna über Kinofilme geredet, danach Hallgerdur interviewt.«

»Ist das die Literaturkritikerin?«

»Ja, genau.«

»Erzähl weiter.«

»Ich habe die Kanne wie immer am Waschbecken in der Maske gefüllt und dann zwei Gläser für Gunna und Steina eingeschenkt.«

»Was dann?«

»Als Steina und Hallgerdur drankamen, waren schon beide Gläser aus den Kulissen abgeräumt worden. Es war nur ein Glas im Studio übrig. Ich habe es zu spät bemerkt, aber Steina meinte, es sei schon in Ordnung, also habe ich in das Glas eingegossen und es auf den Tisch gestellt.«

»Wo war die Kanne zwischen den beiden Teilen?«

»Auf dem Tisch hinter den Kulissen, wie immer.«

»Im Studio?«

Sie nickt.

Meine Tasse ist leer. Heidrún schenkt mir aus der hellblauen Kaffeekanne nach.

»Was haben sie im Wasser gefunden?«

»Ich weiß es nicht.«

»Haben sie nichts darüber gesagt?«

»Nein.«

»Vielleicht wissen sie es noch nicht.«

Der Kaffee ist immer noch heiß und stark.

»Wie lange arbeitest du schon dort?«

»Erst seit ein paar Wochen«, antwortet Ásta. »Steina hat mir einen Platz besorgt.«

»Also habt ihr euch schon vorher gekannt?«

»Ja, sie hat mich in der Schule in Fernsehjournalistik unterrichtet. Sie arbeitet auch als Lehrbeauftragte.«

»Hat gearbeitet«, verbessere ich unbewusst.

Sie schaut hoch. Das Gesicht beginnt zu zittern. Dann bricht sie in Tränen aus.

Heidrún tröstet ihre Tochter. Legt ihr den Arm um die Schultern. Streichelt ihr den Kopf. Trocknet dann ihr Gesicht mit einem weißen Taschentuch, als sei sie immer noch ein Kind.

Ich warte, bis Ásta sich wieder beruhigt hat. »Was haben sie sonst noch gegen dich in der Hand?«

»Nichts.«

»Bist du sicher?«

»Sie versuchen, die Tatsache, dass Steina an dem Abend schlechte Laune hatte, aufzublasen. Sie hat einige angemotzt und mich auch.«

»Warum?«

»Beim Eingießen ist Wasser auf ein Blatt gespritzt, das auf dem Tisch lag, als sie sich auf das Gespräch mit Gunna vorbereitet hat.«

»War es deine Schuld?«

»Wahrscheinlich. Ich war ziemlich gestresst.«

»Warum?«

»Ach, einfach so, nichts Besonderes.«

»Guck mich an!«, sage ich scharf.

Sie schaut auf. Ich gucke ihr fest in die Augen.

»Hast du irgendwas zu verbergen?«

Sie schüttelt den Kopf.

»Und du hast nichts Tödliches ins Wasser getan?«

»Nein!«

Zum ersten Mal ist ein plötzlicher Gefühlsausbruch in ihrer Antwort zu spüren.

»Ásta ist ein ehrliches und warmherziges Mädchen«, sagt Heidrún. »Sie würde doch nie auf die Idee kommen, jemandem etwas zu Leide zu tun, dafür lege ich meine Hand ins Feuer.«

Ich lasse mich überzeugen. Jedenfalls im Moment. Lasse ein Antragsformular aus meiner Aktentasche gleiten. Fülle es aus.

»Unterschreib das hier«, sage ich und schiebe das Blatt zu ihr über den Tisch.

Ásta nimmt den Stift, den ich ihr reiche. Einen Augenblick später ist sie offiziell meine Klientin.

»Danke«, sagt Heidrún. »Es ist eine große Erleichterung, sie in guten Händen zu wissen. Du musst dir auch keine Sorgen wegen des Honorars machen, denn ich kümmere mich darum.«

»Mächtig ist das Mutterherz.«

Sagt Mama.

5

Der stellvertretende Polizeichef sitzt wie der Meister des Universums hinter dem großen Schreibtisch und schaut überheblich auf Ásta herab, die ihm auf dem weißen Stuhl gegenübersitzt.

Er hatte sofort zu Beginn des Verhörs seine altbekannte Miene aufgesetzt, als hätte er Verstopfung: versteinertes Gesicht, zusammengepresste Lippen, stechender Blick. Sie wollen Ásta auf die Psychotour kriegen.

Ich sehe auch, dass die Masche schnell den gewünschten Erfolg hat. Sie wird unsicher. Antwortet mit halben Sätzen. Weicht seinem Blick aus, guckt mal auf den Boden, mal zu mir.

Der Kerl hat sein Handwerk gelernt.

Raggi darf die ersten Fragen stellen. Wiederholt alles, was sie beim ersten Verhör schon durchgekaut haben. Lässt sie alle Details vom Tathergang am besagten Abend noch einmal berichten. Wer was, wie und warum getan hat. Das verschüttete Wasser. Steinunns schlechte Laune. Das Glas, aus dem sie trank. Die Reaktionen, als sie bewusstlos wurde. Alles olle Kamellen. Die gleichen Fragen. Gleiche Antworten. Nichts Neues.

Ásta gehen diese Wiederholungen auf die Nerven. Regt sich auf. Vergisst meine Ermahnung, dass sie eiskalt und ruhig überlegen soll, bevor sie antwortet. Und genau das wollen sie. Währenddessen wartet der Vize ab und beobachtet wie ein Geier seine Beute genau, bevor er zufasst. Plötzlich beginnt er, selber Fragen zu stellen.

»Wann hast du Steinunn kennen gelernt?«

»Das hab ich doch auch schon erzählt«, antwortet Ásta. »Sie war meine Lehrerin.«

»Was hat sie unterrichtet?«

»Also, wie man beim Fernsehen arbeitet, Sendungen erstellt und so. Sie ist mit uns den ganzen Prozess durchgegangen.«

»Wie hast du dich mit ihr verstanden?«

»Ganz prima.«

»Wie gut hast du sie denn gekannt?«

»Sie war meine Lehrerin, wie ich eben schon gesagt habe.«

»Was hat sie dir denn noch alles beigebracht?«

»Was noch?«, wiederholt Ásta. »Nichts.«

»Und trotzdem hat sie dir einen Job beim Fernsehen besorgt?«

»Anderen hat sie auch geholfen.«

»Wart ihr nicht gute Freundinnen?«, fragt der Vize scharf. Das letzte Wort betont er ganz besonders.

»Wir haben uns gut verstanden.«

»Ihr wart doch ganz besonders gute Freundinnen, nicht wahr?«

»Ich weiß nicht, was du meinst«, antwortet Ásta. Ihr scheint die Frage peinlich zu sein. »Ganz normal, wie es so üblich ist, glaube ich.«

»Ach ja? Ganz normal, wie es üblich ist?«, fragt der Vize überheblich und starrt sie weiterhin an. Aus seinen Augen spricht ganz eindeutig Verachtung.

»Ja«, antwortet sie mit leiser Stimme.

Das Schweigen zieht sich. Ich habe keine Ahnung, auf was der Kerl hinaus will. Gucke deshalb Ásta an und versuche, ihr geistigen Beistand zu leisten. Lächele aufmunternd, als sie aufschaut.

Dann gibt der Vize mit seinem langen, knochigen Zeigefinger ein Zeichen.

Raggi nimmt die Fernbedienung, die auf dem Tisch liegt, und macht den Videorecorder an, der uns gegenüber an der Wand auf einem Tisch neben einem großen Fernseher steht. Als er auf einen anderen Knopf drückt, verschwindet der graue Schnee von der Mattscheibe, und ein Bild erscheint.

Für eine Weile schauen wir alle schweigend den Bildschirm an. Dann japst Ásta nach Luft und schlägt die Hände vors Gesicht.

Verdammte Bestien!

»Was zum Teufel soll das?«, frage ich und versuche, meine Wut im Zaum zu halten. Ohne großen Erfolg.

Sie tun so, als sei nichts passiert, und gucken sich weiter den Film auf dem Bildschirm an. Ein Video mit Steinunn und Ásta, zusammen im Bett. Nackt. Verschlungen in leidenschaftlichen Umarmungen.

»Ach ja, alles ganz normal, wie üblich?«, wiederholt der Vize schließlich höhnisch.

Ásta bricht in Tränen aus. Ich springe auf und eile zu ihr. Sie lassen das Video weiterlaufen.

»Das war's für uns«, sage ich und helfe Ásta hoch. »Dann könnt ihr Spanner wenigstens ungestört weiterglotzen.«

»Sie geht nirgendwo hin«, sagt der Vize schroff.

»Ásta ist nicht im Stande, nach dieser Schikanierung weitere Fragen zu beantworten.«

»Du bist nicht in der Lage, das zu beurteilen.«

»Dann verlange ich, dass ein Arzt hergerufen wird. Sofort!«

Der Vize bewegt erneut für Raggi seinen langen, dünnen Zeigefinger. Raggi macht das Video aus.

»Ich gebe ihr ein paar Minuten, um sich zu beruhigen«, sagt der Vize. »Dann machen wir weiter.«

»Nicht ohne ärztliche Untersuchung.«

»Sie braucht keinen Arzt.«

»Ich verbiete ihr, weitere Fragen zu beantworten, es sei denn, sie wird einer ärztlichen Untersuchung unterzogen. Ihr könnt den ganzen Tag lang Fragen stellen, aber ich sorge dafür, dass ihr nicht eine Antwort bekommt. Keine einzige!«

Sie werfen sich schnell ein paar Blicke zu. Dann nickt der Vize langsam. Raggi steht auf und schiebt sich langsam raus auf den Flur.

Als der Arzt schließlich erscheint, hat Ásta sich schon wieder beruhigt. Er untersucht sie oberflächlich und misst dann den Blutdruck.

»Sie ist nervlich etwas angespannt, aber ansonsten in guter Verfassung«, sagt er und packt seine Instrumente wieder in die schwarze Tasche. »Ich kann ihr natürlich etwas Beruhigendes geben.«

»Kein Medi-Dope«, antworte ich.

Er schaut mich mit vorgetäuschtem Mitleid an. Schüttelt dann verdrießlich den Kopf.

»Ist sie in der Lage, vernommen zu werden?«, fragt der Vize.

»Medizinisch gesehen ist sie in Ordnung.«

»Gut. Stell mir darüber ein Attest aus.«

Was sonst? Klassischer Fall von gegenseitiger Hilfeleistung bei Staatsdienern.

»Ich beantrage, mit Ásta unter vier Augen sprechen zu dürfen, bevor die Vernehmung fortgesetzt wird«, sage ich. »Sonst rate ich ihr, keine weiteren Fragen zu beantworten.«

»Du hast dazu kein Recht.«

»Dann verklag mich doch.«

Wir taxieren uns eine Weile, während der Vize die Situation einschätzt. Dann trifft er eine Entscheidung.

»Ihr bekommt zehn Minuten«, stößt er mit gepresster Stimme hervor.

Als sie auf den Flur hinausgegangen sind, führe ich Ásta wieder zum Tisch und setze mich neben sie. Sie ist völlig fertig.

»Ich habe nicht gewusst, dass sie Videos von uns aufgenommen hat«, sagt sie ziemlich leise.

»Wie soll ich dir denn helfen, wenn du mir nicht die komplette Wahrheit sagst?«

»Müssen es denn alle wissen?«

»Der Knackpunkt ist, dass sie es schon wissen. Und ich

konnte dich noch nicht mal auf das Verhör vorbereiten, weil du mir nichts von eurer Beziehung gesagt hast.«

»Entschuldige.«

»Wir haben nur wenig Zeit. Wann begann die Sache?«

»Letztes Jahr.«

»Wer hat die Initiative ergriffen?«

»Sie.«

»Wart ihr noch zusammen, als sie starb?«

»Ja. Aber ich wollte Schluss machen.«

»Wann?«

»Ein paar Mal. Aber da wurde nie was draus.«

»Ist an dem Tag, an dem sie starb, noch etwas anderes zwischen euch vorgefallen? Irgendetwas, was sie wissen könnten?«

»Im Laufe des Tages habe ich ihr wieder einmal gesagt, dass ich Schluss machen wolle. Dieses Mal war ich mir hundertprozentig sicher, und deshalb bekam sie schlechte Laune.«

Ásta wischt sich das Gesicht mit einem rosa Taschentuch ab.

»Wer wusste von eurer Beziehung?«

»Niemand, glaube ich.« Sie zögert. »Außer Kalli.«

»Kalli?«

»Steinas Mann. Er hat uns einmal erwischt.«

Die Zeit ist um.

»Du musst wohl oder übel ihre Fragen zu eurer Beziehung beantworten«, sage ich. »So wie die Lage aussieht, kommst du nicht darum herum. Aber denk daran: wenn du mir noch mal etwas Wichtiges verschweigst, gehe ich einfach und lasse dich bei diesen Geiern alleine zurück. Kapiert?«

Sie nickt. »Ich konnte dir nichts darüber sagen, als du neulich Abend zu uns nach Hause gekommen bist«, sagt sie und schaut mich mit Tränen in den Augen an. »Dann hätte Mama es auch gehört. Das wäre einfach furchtbar.«

Na klar! Schiss vor Muttern hoch zehn!

6

Das Verhör endet im Chaos. Ásta heult lauthals. Ich schreie den Vize an. Er brüllt zurück. Raggi versucht, die Wogen zu glätten, und macht damit alles noch schlimmer. Wir sind nahe dran an einer Prügelei.

»Raus!«, ruft der Vize schließlich und zeigt mit zitterndem Finger auf die Tür. Mit diesem knochigen. »Raus, bevor ich dich in den Knast schicke, alte Hexe!«

Ich denke überhaupt nicht daran zu gehen, aber Raggi packt mich von hinten mit eisernem Griff und schiebt mich zur Tür. Er schnauft und pustet auf dem Weg wie ein uralter Traktor.

Ásta folgt uns raus auf den Gang. Dort streckt Raggi den Arm nach der Klinke aus und knallt hinter uns die Tür zu.

Bäng!

»Du hast sie ja nicht alle, Stella!«, sagt er keuchend vor der Tür.

»Der hat sie ja wohl nicht alle!«, antworte ich lautstark.

»Denk an deine Mandantin.«

»Genau das tue ich.«

Ein paar Leute sind hier und da auf dem Gang stehen geblieben und verfolgen unser Gespräch. Raggi ist das nicht recht.

»Kommt mit rein zu mir«, sagt er und watschelt den Gang entlang.

Ásta versucht, ihre Tränen unter Kontrolle zu bekommen. In Raggis Büro biete ich ihr einen Stuhl an und reiche ihr noch ein Taschentuch, als sie sich gesetzt hat.

»Versuch jetzt, dich zu beruhigen«, sage ich und starte einen Versuch zu lächeln. »Dann fahre ich dich nach Hause.«

Raggi hat sich an seinen Schreibtisch gesetzt. Seine Speckrollen werden von der Tischkante massiert. Er grabscht unbewusst nach seiner Herbalife-Packung und lässt sie zwischen den Händen hin und her wandern.

»Nächstes Mal hast du nicht so viel Glück«, sagt er.

»Dieser Spanner da drinnen ist der, der hier Glück hatte!«, rufe ich. »Wir könnten ihn mit Sicherheit wegen sexueller Nötigung verklagen!«

»Er hat doch nur gefragt, was wir fragen müssen. Die Beziehung der beiden ist wichtig für die Ermittlungen.«

»Seit wann ist es ein Verbrechen, Lesbe zu sein?«

»Ach, hör doch auf!«

»Diese Gesetze muss ich wohl überlesen haben.«

Er starrt mich düster an, ohne ein Wort zu sagen.

»Ich weiß noch nicht mal, warum ihr Ásta überhaupt ein zweites Mal verhört. Ist wirklich ein Verbrechen begangen worden? Kannst du mir das vielleicht sagen?«

»Ein endgültiges Ergebnis liegt noch nicht vor.«

»Warum dann dieses Verhör? Rennt ihr etwa den Gerüchten der Presse hinterher? Oder irgendwelchen Klatschgeschichten?«

Raggi legt die Packung zur Seite und faltet seine Hände über seiner Wampe. Er schließt für einen Augenblick die Augen, als ob er tief in eine Meditation versinken würde.

»Die Resultate der Obduktion und der chemischen Analyse des Trinkwassers lassen leider länger auf sich warten als geplant«, antwortet er schließlich ruhig. »Wir wollten aber die Zeit nutzen, um schon mal einige Sachen zu klären.«

»Ihr habt kein Recht, unschuldige Leute über ihr Privatleben zu verhören.«

»Ich möchte nicht länger mit dir darüber streiten«, sagt Raggi erschöpft.

Ásta ist immer noch ziemlich niedergeschlagen, als ich mit ihr im Benz in den Grafarvogur brause. Aus dem, was dem Vize in seiner Tirade entfuhr, konnte man schließen, dass es Kalli gewesen war, der das Liebesvideo der Polizei zugespielt hatte. Er gab auch zu Protokoll, dass Steinunn immer wieder die Beziehung beenden wollte und an jenem Tag, als sie starb, wieder einen Versuch unternommen hatte. Ganz entgegen Ástas Aussage.

Wer von beiden sagte die Wahrheit?

Ich wusste es noch nicht. Kannte Ásta nicht gut genug, um sicher zu sein. Hatte sie mir nicht wissentlich wichtige Informationen vorenthalten? Vielleicht tat sie das immer noch?

Ich werfe einen schnellen Blick in ihre Richtung. Sie hat aufgehört zu weinen. Starrt in ihren Schoß. Zerknüddelt mein Taschentuch und schiebt es nervös zwischen ihren Händen hin und her. Scheint ein pures Nervenbündel zu sein.

Kann ich ihr vertrauen? Das ist die große Frage, auf die ich eine Antwort finden muss. Aber ich weiß nur das über sie, was sie mir selbst erzählt hat. Und ihre Mutter. Ich brauche andere Informationen. Muss ein paar Leute fragen, die sie kennen. Vielleicht alte Schulfreunde ausfindig machen. Oder Mitarbeiter beim Fernsehen fragen. Das wäre wahrscheinlich das Beste. Bei der Gelegenheit kann ich mir auch gleich angucken, wie es in dem Studio aussieht, in dem Steinunn den Herzschlag bekam.

Heidrún ist nicht zu Hause. Deshalb muss ich Ásta alleine zurücklassen. Geht nicht anders. Ich ermuntere sie, sich auszuruhen. Sich aufs Bett zu legen und zu schlafen. Kräfte zu sammeln für die nächste Runde.

Corazon bereitet ein hervorragendes Essen vor. Ich merke das schon am Geruch, während ich die blitzblank geputzte Treppe hochsteige. Aber ich habe gar keine Lust auf Essen, sondern auf was ganz anderes. Ich habe ein starkes Bedürfnis nach ein paar kräftigen Schlucken meiner Lieblingsflüssigkeit. Würde was auch immer für ein Glas Jack pur geben. Sogar ein ganzes Königreich, wenn ich es auf Lager hätte.

Den ersten Schluck kippe ich hastig hinunter, aber den nächsten lasse ich lange auf der Zunge brennen und ganz langsam den Hals hinabrinnen.

Welch ein Unterschied!

Setze mich dann ins Wohnzimmer. In den weichen Sessel. Genehmige mir einen dritten Schluck. Umspiele ihn mit meiner Zunge, bis mir Tränen in die Augen steigen.

Wow!

Was diese Art von Oralverkehr angeht, würde selbst Monica L. vor meinen Künsten erblassen.

Schließlich genehmige ich mir den letzten Schluck, lege den Kopf gemütlich an die Sessellehne, schließe die Augen und genieße es zu spüren, wie sich das Feuerwasser im Körper ausbreitet.

Ich rühre mich erst wieder, als Corazon mit dem Abendessen ins Wohnzimmer kommt. Der starke Essensgeruch steigt mir in die Nase, zumal sie mit Gewürzen nicht gerade sparsam umgeht.

Sie verwöhnt mich, als wäre ich eine Prinzessin. Sehr verführerisch, aber ich darf mich nicht daran gewöhnen, mich von ihr bedienen zu lassen. Ist nicht mein Stil. Möchte nicht von anderen abhängig sein. Damit war's vorbei, als ich nach Reykjavík in die Uni ging. Für den Rest meines Lebens. Nie wieder.

Corazon geht zurück in die Küche. Nach einer Weile hieve ich mich aus dem Sofa und gehe ihr nach. Sehe, dass sie dort essen möchte.

»Komm mit!«, sage ich entschlossen. »Nimm dein Essen mit ins Wohnzimmer.«

Natürlich versteht sie kein Isländisch. Aber kann gleich den Tonfall deuten. Den Befehlston in der Stimme. Und die Gesten. Lächelt unsicher, während ich ihr helfe, ihren Teller und die Töpfe ins Wohnzimmer zu tragen. Stelle alles auf den Couchtisch. Bedeute ihr, dass sie sich auf das Sofa setzen soll. Lasse mich dann wieder in den gemütlichen Sessel sinken, mache den Fernseher an und genehmige mir noch einen vorzüglichen Bissen.

»Ausgezeichnet«, sage ich und schaue lächelnd zu ihr.

»Okay?«, fragt sie.

»Okay«, antworte ich mit starker Betonung. Sie freut sich merklich und bedient sich endlich auch.

Ich höre mir die Nachrichten vom ersten Programm eher an, als tatsächlich hinzusehen. Ich möchte nur mitkriegen, ob es von der Polizei Neuigkeiten zu den Ermittlungen von Steinunns Tod gibt. Schon beachtenswert, wie unbedeutend die Nachrichten ansonsten sind. Dorsch und Kapelan, Aluminium und Elektrizität. Und Politiker, die mit viel Blabla nichts sagen. Dass sie sich dafür nicht zu schade sind.

Nach dem Essen schütte ich mir wieder die dunkle Flüssigkeit ins Glas. Mache es mir dann im weichen Sessel besonders gemütlich, schließe die Augen und genehmige mir einen großzügigen Schluck Jack pur.

Der beste Geschmack der Welt.

Kurze Zeit später ruft Corazon mir die Wirklichkeit ins Bewusstsein zurück. Sie schreit auf, sodass ich mich genötigt sehe, die Augen zu öffnen und sie anzusehen.

»Was ist denn?«, frage ich.

Sie guckt wie gebannt auf den Fernseher. Auf dem Bildschirm ist gerade ein gut aussehender, weißhaariger Mann zu sehen, der interviewt wird. Er trägt einen modischen Anzug, hat einen Schmerbauch und höfliches Auftreten.

Mir kommt er gleich bekannt vor. Habe diesen Typen schon oft in den Nachrichten der Fernsehsender oder auf den Seiten der Tageszeitungen gesehen. Mir fällt bloß grade nicht ein, wie zum Teufel er heißt.

Dann erscheint sein Name auf dem Bildschirm. Geirmundur.

Na klar! Hätte ich doch wissen müssen! Er ist der Leiter irgendeines Riesenunternehmens. Ein richtig großer Hecht also.

Corazons Reaktion war heftig, als sie den Kerl auf dem Bildschirm gesehen hat. Jetzt gestikuliert sie wütend, während sie aufgebracht ohne Punkt und Komma redet.

Zweifellos etwas Wichtiges. Nur dass ich kein einziges Wort verstehe.

»Okay«, sage ich schließlich, stehe auf, hole mein Handy und wähle Sigrúns Nummer. »Beruhige dich, während ich telefoniere!«

Sie wird still. Guckt mich aufgeregt an, als könnte sie es kaum erwarten, mir ein schreckliches Geheimnis anzuvertrauen.

7

Was ist eigentlich los mit mir?

Warum bin ich auf einmal so unschlüssig? Warum zögere ich, mit aller Kraft auf die Säulen der Macht loszugehen? Das sieht mir gar nicht ähnlich.

Werde ich vielleicht alt?

Nein!

Oder einfallslos?

Nein, auch nicht.

Bin eher auf der Hut. Gebranntes Kind scheut das Feuer und so. Ich habe mich früher schon mal mit all denen angelegt, die der Meinung waren, Land und Einwohner seien ihr Privateigentum, und das war nicht so lustig. Deshalb ist es sicher normal, kurz zu zögern und sich was Gutes einfallen zu lassen. Nicht einfach ohne nachzudenken ins kalte Wasser springen, wie ich es bisher getan habe.

Realistisch sein.

Warum sollte ich privat und persönlich auf einen der einflussreichsten Männer der Gesellschaft losgehen? Auf den Kerl von Corazon?

Und wie sollte ich die Sache angehen, wenn ich schon so töricht bin, mich darauf einzulassen?

Fragen. Zweifel.

38

Unerträglich!

Als ich Sigrún erreicht und Corazon das Handy gegeben habe, quatscht sie los wie ein Wasserfall. Dann reicht sie mir das Telefon wieder.

»Sie ist so außer sich wegen dieses Mannes, den sie eben in den Nachrichten gesehen hat«, sagt Sigrún.

»Was ist mit ihm?«

»Sie behauptet, dass Geirmundur der Mann sei, den sie ein paar Mal getroffen hat, wenn Sjonni mit ihr ins Sommerhaus am Fluss gefahren ist.«

Ich gucke Corazon prüfend an. »Ist sie sich ganz sicher?«

»Ja.«

Ich setze mich erst mal wieder ruhig hin und labe mich am Jack. Denke die Sache gezielt durch.

Und zögere.

Beschließe dann, erst mal Thórólfur anzurufen. Ein alter Studienkollege aus der Juristischen Fakultät. Zuallererst mehr Informationen sammeln. Er weiß alles über Politik und Finanzwelt. Schreibt lange Artikel im *Morgunbladid*. Ich lese das nie, sehe nur seinen Namen in der Zeitung und weiß, dass er was drauf hat und immer gut informiert ist.

»Geirmundur?«, wiederholt er mich am Telefon. »Willst du ihn verklagen?«

»Ich bin nur neugierig.«

»Wenn du Interesse an solchen Männern zeigst, steckt doch immer noch was anderes Dubioses dahinter«, sagt Thórólfur.

Schlaues Kerlchen.

Es gelingt mir, ihn zuzuquatschen. Nach einer kleinen Weile redet er wie ein wandelndes Lexikon. Geirmundur hatte ein paar Jahre im Parlament gesessen, bekam aber irgendwann, als er keine Lust mehr hatte, für ein Taschengeld Politik zu betreiben, den Direktorenposten.

»Die Opposition nennt ihn manchmal die leibhaftige Riesenkrake«, erklärt Thórólfur, »oder den Direktor Islands. Es ist tatsächlich so, dass er sowohl im Geschäftsleben als auch in der Politik viel Einfluss hat. Mir wurde mal gesagt, er telefoniere täglich mit dem Premierminister.«

»Und was ist mit seinem Privatleben? Ist er verheiratet?«

»Seine Frau starb vor einigen Jahren an Krebs.«

»Hat er keine Neue?«

»Ich hab nichts darüber gehört.«

»Er wird doch wohl kaum ein Keuschheitsgelübde abgelegt haben?«

Thórólfur lacht. »Der Kerl ist ein Energiebolzen und eine harte Nuss, wenn es um Geschäfte geht«, sagt er. »Aber im Sommer investiert er seine Kräfte eher in Lachs-Angeln und Schnaps, hab ich gehört. Vielleicht auch in Frauen, aber das weiß ich wirklich nicht.«

»Wie ich höre, hat es dir der Typ wirklich angetan?«

»Geirmundur ist eine unglaublich schillernde Persönlichkeit. Macht viel mehr Spaß, sich mit ihm zu beschäftigen und nicht mit den ganzen anderen farblosen Jüngelchen«, antwortet Thórólfur. »Er ist eigentlich ein richtiger Schürzenjäger, wie es sie früher mal gab. Heutzutage sind solche Männer rar, weil alle versuchen, sich in der Mittelmäßigkeit zu verstecken.«

Mannomann. Wirklich bemerkenswert, wie begeistert kleine Jungs immer von großen Jungs sind!

Ich lasse mir nichts anmerken. Habe nichts davon, mein Lexikon vor den Kopf zu stoßen.

Am nächsten Morgen zögere ich nicht länger. Lasse Sigrún zu uns kommen. Lasse sie Corazons Aussage genau übersetzten. Setze eine schriftliche Erklärung auf, die beide unterschreiben. Fahre dann direkt mit dem Benz zur Kripo.

Raggi liest das Schriftstück öfter als einmal durch. Legt es neben sich auf den Schreibtisch. Sitzt dann wie ein schwitzender Buddha regungslos auf seinem schwarzen Schreibtischstuhl und schaut mich undurchdringlich an.

»Was soll ich damit machen?«, fragt er schließlich.

»Was glaubst du?«

»Nichts.«

»Wie, nichts?«

»Nichts.«

Ich versuche, meine Wut zurückzuhalten. »Warum?«

»Niemand kann die Aussage des Mädchens bezeugen. Niemand.«

»Mit wem hast du geredet?«

»Sie kam auf völlig legalem Weg als Dienstmädchen oder Au-pair ins Land«, fährt Raggi fort, ohne auf meine Frage zu antworten. »Sie hat unter guten Verhältnissen bei Sigurjón gewohnt, in einem schönen, hellen Zimmer, das ich selbst gesehen habe. Zwei Zeugen sagen aus, dass sie das Haus putzen und manchmal kochen sollte, aber es sich ansonsten hat gut gehen lassen.«

»Haben das die Freunde von der Glatze gesagt?«

»Von der Glatze?«

»Von Sjonni? Sigurjón? Oder wie auch immer du den kahl rasierten Kriminellen nennen möchtest?«

»Diese Zeugen waren oft bei Sigurjón zu Gast. Sie können deshalb beurteilen, was dort vor sich ging. Sie meinen, dass die Behauptungen von dem Mädchen ausgemachte Lügengeschichten und Fantastereien sind, nichts anderes.«

»Glaubst du das auch?«

»Ja, und dieser neue Versuch hier bestärkt mich noch in dieser Annahme.« Raggi nimmt das Papier wieder zur Hand und liest es noch einmal durch. Schüttelt dann den Kopf. »Pass bloß auf, dass sie sich nicht noch alle Parlamentsdiskussionen im Fernsehen anguckt!«, legt er nach und grinst anzüglich. »Sie wäre im Stande, die ganze Regierung zu verklagen!«

Ich springe auf und gehe zum Tisch. »Wollt ihr das also unter den Teppich kehren?«

»Wir müssen unsere Zeit und die Mannschaft, die wir haben, zur Klärung von wirklichen Kriminalfällen einsetzen.«

»Mir kann keiner weismachen, dass Corazon diese Geschichten nur erfindet. Das ist doch Blödsinn.«

»Wir sind da anderer Meinung.«

»Dann seid ihr mal wieder auf der falschen Fährte, wie schon so oft.«

Er grinst wieder. »Man muss auch mal verlieren können, Stella, nimm dir ein Beispiel an den Kollegen!«

»Du meinst, wie ein Mann?«, keife ich zurück.

»Ach, entschuldige, ich wollte dich nicht beleidigen«, sagt er und kann seine Freude nicht länger verbergen. Grinst so breit, dass es aussieht, als würde sein verschwitztes Gesicht in zwei Teile springen.

Aber ich bin nicht in der Laune, um mich schweigend mit dämlichen Witzchen abzufinden. Noch nicht mal, wenn sie von Raggi kommen.

»Du hast dir doch nicht etwa das verschwundene Polizei-Koks reingezogen?«, frage ich wütend. »Oder bekommt Herbalife deinem verfetteten Gehirn nicht?«

Aber Raggi überhört mein Gekeife. Lacht nur.

»Die Dummheit ist immer gehörlos.«

Sagt Mama.

8

»Mein Gott, sehe ich nicht schrecklich aus?«, fragt Hallgerdur schon wieder und schaut sich zum wahrscheinlich zwanzigsten Mal im großen Spiegel in der Maske an.

»Du siehst super aus«, antwortet die gestresste Visagistin und lächelt mechanisch, während sie gebrauchte Kleenex-Tücher in den Mülleimer wirft. In der vergangenen Viertelstunde hat sie Make-up, Puder und Lippenstift in das Gesicht der Kritikerin gespachtelt. Unmöglich, unter der ganzen Schmiere noch irgendwo ein Stückchen echte Haut zu entdecken.

Hallgerdur soll in ein paar Minuten zur Livesendung ins Studio gehen. Scheint irgendwie stressig zu sein. Sie tigert die ganze Zeit hektisch in der Maske auf und ab. Hin und wieder wirft sie einen Blick auf voll gekritzelte Notizzettel. In der Zwischenzeit quatscht sie ohne Punkt und Komma.

Ich hatte die Erlaubnis des Aufnahmeleiters bekommen, heute Abend den Kulturbericht des Fernsehens hinter den Kulissen zu verfolgen. Um mit eigenen Augen zu sehen, wie alles jenseits der Scheinwerfer und der Kameras abläuft.

Der Leiter der Sendung scheint an die vierzig zu sein. Groß. Und schlank. Mit glänzenden Haaren und einem dunklen, modischen Dreitagebart.

Er hat Mitleid mit Ásta. Sagt, dass es ihm schwer fällt zu glauben, dass sie das Verbrechen begangen haben soll.

»Sie ist doch so ein nettes Mädchen«, hat er am frühen Abend gesagt, als er mich in sein Büro gebeten hatte. Zog dann die Nase schon wieder hoch. Schwierig zu beurteilen, ob es wegen Schnupfen oder Koks war. »Aber ich fand es selbstverständlich, ihr ein paar Tage frei zu geben, bis sich der Fall geklärt hat.«

Ich lächelte, als würde ich zustimmen.

»Von hier aus wird die Sendung geleitet«, fuhr er fort und zeigte mir, wie er innerhalb von Sekunden entscheiden kann, welche Kameraeinstellung ausgestrahlt wird. Es gab dort alle möglichen Bildschirme und Geräte, Knöpfe und Schalter, von denen ich keine Ahnung hatte und die mich noch weniger interessierten. Hörte ihm deshalb nur mit einem Ohr zu, während ich meinen Blick über das Studio schweifen ließ, über die Bühne, wo die Interviews stattfinden sollten, und den Weg, der vom geschlossenen Tonstudio auf den Flur und direkt in die Maske führte. Dort sorgten ein paar Maskenbildner dafür, dass die, die im Fernsehen erschienen, einigermaßen erträglich aussahen.

Jetzt läuft die Sendung auf vollen Touren.

»Wann musst du rein?«, fragt Hallgerdur mich plötzlich. Es ist, als habe sie mich endlich in der Maske wahrgenommen.

»Ich gucke nur zu.«

»Hast du ein Glück. Ich habe mir geschworen, im nächsten Herbst aufzuhören, aber dann mache ich doch immer weiter.«

»Warum?«

»Manchmal kommt es mir vor, als sei es meine Pflicht«, antwortet sie. »In der Literaturszene wird mir so viel Bedeutung geschenkt, dass mir schon mal gesagt wurde, ich sei die einzige Kritikerin, die es in ihren Händen halte, ob sich ein neues Buch verkauft oder nicht.«

»Gefällt dir das?«

»Aber alle diese Strapazen machen mich richtig nervös«, sagt sie, ohne auf meine Frage zu antworten. »Vielleicht bin ich im tiefsten Inneren einfach so ein unverbesserlicher Masochist«, fügt sie hinzu und lächelt künstlich.

»Masochist? Das ist nicht unbedingt die gängigste Beschreibung, die ich über dich gehört habe.«

»So? Was denn?«, fragt sie aufgeregt und schaut mich wissbegierig an. »Was wird über mich gesagt?«

Ich lächele.

Sie starrt mich an und wirft dann überheblich den Kopf in den Nacken. »Ich vertrage es schon, das zu hören.«

»Spielt es für dich eine Rolle, was andere über dich sagen?«

»Nein, natürlich ist es mir völlig egal, aber ich möchte es trotzdem wissen«, antwortet sie.

»Jemand hat dich Sadist genannt.«

»Ja, ja, auch Biest, Schlachter, Arschloch, unbefriedigte Kuh und vieles mehr«, fährt sie fort und breitet ihre Arme aus. »Sag, was du willst, aber Fakt ist natürlich, dass diese abgeschmackten Verfasser keine Kritik vertragen. Und die Herausgeber sind auch nicht besser.«

»Du machst das bestimmt ganz hervorragend heute Abend«, sage ich einschmeichelnd.

»Klopf auf Holz!«, ruft sie. »Toi, toi, toi! Klopf auf Holz, sofort!«

Ich schaue mich um, sehe aber auf den ersten Blick nichts, das aus Holz sein könnte. Überall scheint es Plastik, Eisen, Aluminium, Glas und Stoff zu geben, aber kein Holz.

»Hier«, sagt sie schließlich und gibt mir einen kleinen Bleistift, den sie in ihrer Handtasche gefunden hat. »Klopf auf ihn!«

Ich ticke mit meinem Zeigefinger leicht auf ihren Bleistiftstummel.

»Aaah!«, sagt Hallgerdur. Sie atmet ein paar Mal tief ein und aus und steckt dann den Bleistift wieder in ihre Handtasche.

»Bist du so abergläubisch?«

»Was ist denn dabei?«, fragt sie spitz.

»Äh, nichts.«

»Man weiß ja nie, ob so was nicht doch irgendeinen Einfluss hat. Ich sehe keinen Grund, das Schicksal herauszufordern.«

»Das Schicksal? Ist es möglich, sowohl abergläubisch zu sein als auch an das Schicksal zu glauben?«

Bevor Hallgerdur antworten kann, kommt ein junger Kerl in die Tür. Er ist groß. Mit gestylten Muskeln. Und kurz geschnittenem schwarzen Haar. Erinnert mich an den spanischen Banderas, nur jünger. Appetitlicher.

»Du bist als Nächstes dran«, sagt er zu Hallgerdur.

»Oh Gott, liebster Kári, sehe ich nicht schrecklich aus?«, fragt sie und guckt den Kerl erwartungsvoll an, der sie eine Weile eingehend betrachtet.

»Du bist klasse«, antwortet er schließlich und öffnet die Tür, um die Kritikerin durchzulassen.

Hallgerdur lächelt froh, wirft schnell noch einen Blick auf ihre Notizen und geht dann zügig durch die Tür ins Fernsehstudio.

Ich gehe ihr mit Abstand hinterher. Sehe, wie sie sich an den Tisch setzt. Ihr gegenüber nimmt ein Mann mittleren Alters

Platz, der einen Anzug anhat. In dem abgedunkelten Studio wuseln noch viele Leute hin und her. Jemand kommt und befestigt ein kleines Mikrofon an der Kleidung der Kritikerin. Die Visagistin begutachtet noch einmal Hallgerdurs Gesicht und korrigiert ein paar kleine Flecken mit einem weichen Puderkissen. Kári kommt mit einer Kanne Wasser und gießt ein Glas ein, das auf dem Tisch steht. Er geht mit der Kanne zurück und stellt sie auf ein kleines Tischchen, das im Schatten gleich neben dem Eingang vom Studio steht.

Die Kritikerin vergisst sofort alle Nervosität, als sie anfängt zu reden. Schaut nur kurz zu Beginn auf ihre Aufzeichnungen auf dem Tisch, taucht dann aber ins Gesprächsthema ein und lässt die Fetzen fliegen.

Ich höre ihr kaum zu. Beobachte eher alles, was sich außerhalb des Sets abspielt. Die Leute, die hinter den Scheinwerfern in der Dunkelheit herumschleichen. Gehe dann zur Wasserkanne und bleibe dort eine Weile stehen, ohne dass mich jemand bemerkt. Bin sicher, dass egal wer genau das Gleiche an jenem schicksalhaften Abend gemacht haben könnte. Das ist ein Plus für Ásta. Wenn denn überhaupt Gift im Wasser gewesen war, das Steinunn getrunken hatte.

Hallgerdur ist nach der Sendung noch nervöser, nachdem Kári sie wieder aus dem Studio begleitet hat. Sie setzt sich in den Stuhl vor einem der großen Spiegel und redet wie ein Wasserfall, während sich die Visagistin aufs Neue bemüht, ihr Gesicht zu verschönern. Will überzeugt werden, dass sie alles toll gemacht hat. Ich gebe ihr die Vergewisserung.

Als ihre Stimme von all dem Gequatsche heiser wird, holt die Schminkfrau ein Glas Wasser und reicht es ihr.

»Nein, nein, bist du wahnsinnig?«, schreit Hallgerdur auf.

»Aber das beruhigt den Hals.«

Die Kritikerin lacht sichtbar nervös. »Glaubst du etwa, dass ich mich nach dem, was passiert ist, noch traue, hier Wasser zu trinken?«, fragt sie. »Kommt überhaupt nicht in Frage.«

»Aber es kommt direkt aus dem Hahn.«

»Ist mir doch egal«, sagt sie und steht auf. »Ich will das Schicksal nicht noch einmal herausfordern.«

»Noch einmal?«, frage ich.

»Ja«, sagt sie und stopft ihre Notizen in eine schwarze Handtasche. »Wusstest du das nicht? Es war mein Glas, aus dem Steina getrunken hat. Mein Glas!«

9

Hallgerdur ist nicht mit dem Auto gekommen. Also ergreife ich die Gelegenheit, sie noch ein bisschen auszuquetschen, und biete ihr an, sie in meinem silbergrauen Stahlross nach Hause zu kutschieren. Ich muss mich noch nicht mal besonders anstrengen, Infos aus ihr herauszufischen. Ab und zu mal das Gesprächsthema in die richtige Richtung lenken, und sie quatscht den ganzen Weg raus nach Seltjarnarnes wie ein Wasserfall.

»Normalerweise brauche ich in diesen Sendungen immer etwas zu trinken. Ich kriege so schnell einen trockenen Hals, wenn ich viel rede, und trinke fast alle zehn Minuten ein Glas leer. Aber zum Glück brauchte ich das an diesem verhängnisvollen Abend nicht.«

»Glaubst du wirklich, dass es dein Glas war und nicht das von Steinunn?«

»Das ist völlig klar. Kurz bevor wir loslegten, gab es ziemliche Scherereien. Das Mädchen hatte nur ein Glas zur Hand. Steina sagte, dass sie kein Wasser bräuchte, und scheuchte sie weg. Aber mitten in der Sendung wurde sie auf einmal so heiser, dass ihre Stimme fast versagte. Das passiert manchmal aus heiterem Himmel und ist wirklich schrecklich. Da nahm sie mein Glas, trank daraus und kippte dann genau vor meiner Nase um. Ein unglaublicher Schock.« Die Kritikerin kichert nervös. »Zum Glück war ich wegen dem Buch, das ich gerade in der Mache hatte, viel zu aufgeregt, sodass ich gar nicht ans Trinken dachte«, fährt sie fort. »Mir wurde gesagt, dass ich den armen Jungen völlig fertig gemacht habe, aber das ist mir egal.«

»Vielleicht war das Wasser ja ganz harmlos?«

»Nein, nein, ich bin vollkommen überzeugt davon, dass es vergiftet war.«

Ich halte den Benz vor einem großen, in Weiß und Rot angestrichenen Einfamilienhaus an.

»Das passt so gut zu allem anderen, was diesen Winter passiert ist«, fährt sie fort.

»Was zum Beispiel?«, frage ich.

Sie guckt zu den dunklen Fenstern des Hauses. »Gunnar ist nicht da«, stellt sie fest. »Komm rein, und ich erzähl dir die ganze Geschichte.«

Das Wohnzimmer ist edel eingerichtet. Dicke, samtweiche Teppiche. Große Gemälde an den Wänden. Möbel, die aussehen, als kosteten sie ein Vermögen. Trotzdem knirscht das dunkle Leder ein wenig, als ich mich aufs Sofa setze. Das wird doch wohl kaum Kunstleder sein?

Hallgerdur geht direkt zum Barschrank aus Hartholz, der in einer Ecke steht, und öffnet den Kühlschrank. Alles befindet sich an Ort und Stelle: Hochprozentiges, Sodawasser und andere nicht alkoholischen Getränke zum Mixen, Eiswürfel im Gefrierfach.

Sie bringt eine Flasche und zwei Schnapsgläser an den Tisch. Irischer Whiskey.

»Für mich nicht«, sage ich, als sie einschenkt. »Ich muss noch zurückfahren.«

»Scheiß drauf.«

Ich lasse den Iren trotzdem stehen. Habe viel zu viele Feinde bei der Polizei, um es darauf anzulegen, mit Alkohol am Steuer erwischt zu werden. Außerdem wartet zu Hause schon Jackie auf mich.

Sie kippt sich ein Glas in einem Zug herunter, gießt sich wieder ein und setzt sich in den Sessel mir gegenüber.

»Zuerst dachte ich, es sei einfach nur eine Reihe von merkwürdigen Zufällen. Etwas, das jedem passieren könnte. Aber erst als Steina starb, habe ich die Begebenheiten in Zusammenhang gebracht und alle Vorkommnisse als Einheit betrachtet.«

»Was für Begebenheiten?«, frage ich.

»Zuerst waren es Blumen. Es war letzten Winter, spät im November, wenn ich mich richtig erinnere. Als ich nach Hause kam, lag ein großer Blumenstrauß hier auf dem Tisch. Ich dachte, sie seien von Gunnar, denn er schenkt mir manchmal Blumen, wenn er wieder irgendeinen hirnlosen Schwachsinn angestellt hat und mehr Geld braucht. Aber er sagte, dass ein Bote die Blumen gebracht habe, und deshalb suchte ich die Karte.«

Sie nimmt sich einen guten Schluck.

»Und?«

»Die dazugehörige Karte war schwarz. Kohlrabenschwarz.«

»Was stand drauf?«

»Nichts. Stell dir mal vor, du bekommst eine namenlose schwarze Karte! Das ist wirklich gruselig.«

So langsam hätte ich schon Lust auf das irische Feuerwasser. Genehmige es mir aber nicht.

»Dann habe ich mir die Blumen näher angesehen und sah, dass es neunzehn weiße Chrysanthemen waren.« Hallgerdur starrt mich an. »Es bedeutet immer den nahenden Tod, wenn man weiße Chrysanthemen geschickt bekommt«, fügt sie nach einer kurzen Pause hinzu.

»Wer sagt das?«

»Das weiß doch jeder!«

Ich schaue ihr schweigend zu, wie sie das Glas noch einmal leert.

»Wir waren uns absolut sicher, dass uns irgendein erbärmlicher Schwachkopf verarschen will«, fährt sie fort. »Deshalb schmiss ich die Blumen weg und dachte nicht mehr weiter darüber nach. Ich habe diese Blumensendung auch nicht mit den späteren Ereignissen in Verbindung gebracht, die ebenfalls sehr merkwürdig waren.«

»Erzähl mir ein paar Beispiele.«

»An einem Abend, als ich schon ins Bett gehen wollte, kam ein Pizzakurier zu uns. Er brachte zehn Pizzen, von denen er sagte, wir hätten sie bestellt. Das war natürlich völlig abwegig, aber er behauptete steif und fest, dass derjenige, der die Bestellung aufgegeben hätte, meinen Namen, Adresse und Telefonnummer angegeben hätte, und das passte alles zusammen.«

»Was hast du gemacht?«

»Nun ja, am Ende hab ich ihn einfach rausgeschmissen. Was sollte ich auch mit zehn Pizzen?«

»War das nicht ein Fehler der Firma?«

»Nein, ich bin sicher, dass das vorsätzlich geschah. Aber wir haben auch das als dummen Streich verbucht und den Vorfall nicht weiter verfolgt.«

»Noch was?«

»An einem Morgen hatte ich auf allen Reifen meines Autos einen Plattfuß«, berichtet sie weiter. »Wir mussten den Abschleppdienst kommen lassen. In der Werkstatt haben sie nichts an den Reifen feststellen können, außer natürlich, dass die Luft raus war. Der Mechaniker hat mir gesagt, jemand hätte einfach die Luft rausgelassen.«

»Vielleicht die Kinder hier im Viertel?«

Sie ist viel zu sehr damit beschäftigt, in ihren Erinnerungen zu kramen, um mir zu antworten.

»Vor zwei Wochen sollte ich einen Vortrag in Selfoss halten. Am Abend vorher hatte ich auf dem Heimweg noch zur Sicherheit voll getankt. Als ich dann auf der Fahrt in den Osten gerade die Skihütte links liegen gelassen hatte, blieb auf einmal der Wagen stehen. Es gelang mir, einen Lastwagenfahrer anzuhalten und ihn einen Blick auf das Auto werfen zu lassen. Er lachte mich ziemlich schnell schallend aus und sagte, der Tank sei einfach nur leer. Beim Losfahren habe ich natürlich nicht auf die Benzinanzeige geachtet, denn das Auto sollte ja eigentlich voll getankt sein.«

»Hast du auch wirklich getankt?«

»Natürlich!«

»Aber das sind doch alles eher harmlose Streiche. Sie stellen keine Bedrohungen dar, und schon gar keine Mordversuche. Ich sehe da keinen Zusammenhang.«

Bei diesem Kommentar flippt sie völlig aus. »Du glaubst dann wohl auch, dass ich nicht alle Tassen im Schrank habe?«, ruft sie.

Auch?

Ich schüttele den Kopf. Sehe keinen Anlass, sie schon in diesem Stadium des Falles zu enttäuschen. Muss sie unbedingt bei der Stange halten, damit sie mehr erzählt.

»Eine weiße Lüge ist immer besser als die schwarze Wahrheit.«

Sagt Mama.

10

In der peinlichen Stille kommt ein Auto zu meiner Rettung. Das Scheinwerferlicht gleitet für einen Moment durch das große Fenster im Wohnzimmer, als das Auto die Einfahrt zum Haus entlangfährt.

Hallgerdur schaut kurz aus dem Fenster, als wir hören, wie eine Autotür mit Kraft zugeknallt wird, und gießt sich dann mehr vom Iren ins Schnapsglas.

»Gunnar meint«, sagt sie und nickt mit dem Kopf in Richtung Gang, »ich sei nicht ganz dicht.«

»Glaubst du wirklich, dass jemand dich mit organisierten und durchdachten Heimsuchungen quält und sogar dein Leben bedroht?«

»Ich bin davon überzeugt.«

»Wer sollte auf diese schreckliche Weise gegen dich eingenommen sein?«

»Da kommt doch auf jeden Fall schon mal die Hälfte der Bevölkerung in Frage«, sagt Gunnar, während er ins Wohnzimmer kommt. Er ist dicklich, mit leicht angegrauten Schläfen und geröteten Wangen. Dem blaugrauen Anzug sieht man an, dass er eine Menge Geld gekostet hat. Er geht zur Minibar, ohne zu grüßen.

»Wenn es dein Beruf ist, unschuldige Leute öffentlich zu verunglimpfen, so wie meine Frau es aus Jux und Dollerei betreibt, dann kannst du darauf wetten, dass sich deine Feinde schneller vermehren als Mücken auf einem Misthaufen«, fährt er im gleichen Tonfall fort.

»Du hast doch sicher mitgekriegt, dass mein liebster Gunnar versucht, in Alliteration zu reden«, sagt Hallgerdur höhnisch. »Er hält sich versehentlich für einen großer Dichter, vor allem, wenn er mal wieder ein paar Millionen Kronen durch angeborene Idiotie verloren hat und sich besäuft.« Sie kippt das Glas in einem Zug runter. »Er verliert natürlich mein Geld«, fügt sie hinzu und schenkt sich erneut ein Glas ein.

Gunnar durchsucht die Minibar.

»Machst du auf *big business*?«, frage ich.

Sie gibt ihm keine Chance, zu antworten. »Das, was Gunnar macht, nennt sich eigentlich Finanzberatung«, sagt sie und hebt die Stimme. »Andere wenden sich dieser Branche zu, um Geld zu vermehren, aber er hat sich darauf spezialisiert, Geld zu verlieren. In seinen Augen ist das genauso viel Kunst, wie einen guten Roman zu schreiben.«

»Was weißt du denn schon darüber, wie man einen guten Roman schreibt?«, fragt Gunnar und schüttet Cola in amerikanischen Wodka. »Deine einzige Erfahrung auf dem Gebiet des literarischen Schaffens ist es doch, einen besonders schlechten Roman zu schreiben.«

»Was hast du denn jetzt schon wieder angestellt, Gunnar?«

Er probiert den Wodka. Dreht sich dann um. »Du weißt doch bestimmt, dass sich die große Kritikerin Jahre damit abgemüht hat, den schlechtesten Roman Islands zu schreiben, oder?«, sagt er und schaut mich grinsend an. »Man konnte niemanden dazu bringen, diese furchtbare Kreation als Buch herauszugeben, obwohl sie damals vor den Herausgebern wirklich auf den Knien herumgerutscht ist.«

»Gunnar ist mein tiefster Bewunderer«, sagt sie und versucht zu lächeln.

»Was hat noch der alte Dichter Benedikt Anno dazumal gesagt: Der, der was kann, macht. Der, der nichts kann, lehrt. Deshalb ist meine Hallgerdur Kritikerin und nicht Schriftstellerin.«

»Er lernt solche Zitate auswendig, damit die Leute denken, er sei belesen.«

»Neulich wollte ich doch noch mal dein altes Manuskript überfliegen, zu meiner ewigen Erheiterung, aber ich habe es nirgendwo gefunden. Du hast es doch nicht etwa endlich in den Müll geschmissen?«, fragt Gunnar hämisch.

»Du musst heute aber viel verloren haben.«

Er setzt sich aufs Sofa. »Prost«, sagt er zu mir und hebt sein Glas. »Gehörst du zu den wenigen glücklichen Schriftstellern, die meine Frau zurzeit über alles liebt und deren stinklangweilige Bücher sie über den grünen Klee lobt?«

»Nein.«

»Dann musst du wohl beim Fernsehen arbeiten. Die meinen, sie sei der helle Wahnsinn, wenn ich ihre Lieblingsworte zitieren darf. Mir hat einer auf einer Silvesterfeier gesagt, sie sei so wunderbar blutrünstig und geil.«

»Stimmt was nicht damit?«

»Womit?«

»Blutrünstig und geil zu sein?«

»Bist du ganz sicher, dass du nicht beim Fernsehen arbeitest?«

»Ja.«

»Unglaublich«, sagt er. Trinkt sein Glas zur Hälfte leer. Grinst dann Hallgerdur an: »Du fährst doch jetzt nicht auch auf Mädchen ab?«

»Ist es nicht wunderbar, so einen Mann zu haben?«, fragt sie.

»Unsere Ehe ist wirklich sehr liebevoll und glücklich«, sagt Gunnar und schaut wieder mich an. »Ich habe sie noch nie schlecht behandelt, und im Gegenzug hilft sie mir auch gerne über finanzielle Engpässe hinweg.«

»Zumal er mich ausnimmt wie eine Weihnachtsgans.«

»Soll ich wirklich glauben, dass du weder ein Kritikerschleimer noch ein Fernsehheini oder eine lesbische Liebschaft bist?«

Ich nicke lächelnd. Will nichts sagen, was diese unglaublich witzige Komödie stören könnte.

»Sieh mal an. Die Menschen sind schlecht.«

»Sie ist Rechtsanwältin, mein Schatz«, sagt Hallgerdur. Ein gemeines Grinsen huscht über ihre Lippen, als sie sieht, dass er zusammenzuckt.

»Eine Rechtsanwältin? Was willst du mit einem Anwalt?«

»Was glaubst du wohl?«

»Ich glaube gar nichts«, antwortet er.

»Da haben wir dein Leben in Kurzfassung: gar nichts!«

Gunnar guckt mich an. Wachsamkeit ist in seinen Augen. »Darf ich fragen, um was es geht?«

»Wir unterhalten uns nur«, antworte ich.

»Ach so.« Er steht auf. »Dann ist es wohl am besten, wenn ich euch nicht weiter dabei störe.«

Lautes und böses Gelächter von Hallgerdur begleitet ihn auf den Flur. Ich gucke sie fragend an.

»Er hat Angst, dass ich jetzt endlich den Geldhahn zudrehe«, sagt sie. »Es tut ihm gut, ein paar Tage gequält zu werden.«

»Hast du Geld, er aber nicht?«

»Mein Vater war einer der großartigen Seegrafen, und wir drei Geschwister haben stattlich geerbt. Aber ich musste ein Viertel meines Anteils an der Reederei verkaufen, damit Gunnar weiter Geld verlieren konnte, ohne offiziell Bankrott zu gehen.«

»Das ist doch idiotisch.«

»Ja, das finde ich auch. Aber so ist das Leben.«

»Was hast du eigentlich von dieser Beziehung?«

»In meiner Familie war es verpönt, unverheiratet zu sein«, antwortet sie, lacht wieder und schenkt sich mehr von dem Iren ein. »Mittlerweile lässt Gunnar mich auch meistens in Ruhe, es sei denn, er ist blank.«

»Findest du das richtig?«

»Er will lieber was Frischeres.«

Hallgerdur schaut schweigend auf den Grund des kleinen Glases in ihrer Hand. Vergisst Ort und Zeit. Verliert ihre Maske. Auf einmal sehe ich die Frau, die sich hinter all dem dick aufgetragenen Make-up und der scharfen Zunge verbirgt. Eine einsame Frau mittleren Alters in ihrem stinkteuren Ledersessel.

»Glück bekommst du nicht für Geld. Auch nicht für viel Geld.«

Sagt Mama.

11

Der erste feurige Riesenschluck treibt mir Tränen in die Augen. Schickt einen Energieschub durch den ganzen Körper.

Wunderbar!

Jackie war wirklich das Warten wert. Er ist einfach der Beste. Immer.

Ich bin alleine in meinem Büro. Sitze in der Abenddämmerung auf dem Boden mit dem Rücken an die Wand gelehnt und lasse meine Gedanken schweifen.

Das mit dem Glück und dem Geld ist schon merkwürdig. Natürlich hatte Mama bis zu einem gewissen Grad Recht. Es ist wirklich nicht möglich, Glück zu kaufen, auch wenn man viel Geld hat. Aber das ist nur die eine Seite der Medaille. Wenn man kein Geld hat, kann man gar nichts kaufen.

Ich trinke noch einen Schluck. Lasse ihn auf der Zunge brennen.

Hmmmm!

Glück steht also nicht zum Verkauf. Genauso wenig wie die wahre Liebe oder das ewige Leben. Aber Geld ist trotzdem das Wichtigste. Wenn du genug Scheinchen besitzt, kannst du lange Zeit verdrängen, dass das Glück, das endlos in der Weltgeschichte umherschwirrt, sich sonst wo befindet, nur nicht bei dir. Da liegt also der Hase im Pfeffer.

Deswegen mache ich auch weiter, Scheinchen zu kassieren. Auf meinen Konten Geld anzuhäufen.

Aber ich kann nicht aufhören, an Gunnar und Hallgerdur zu denken. Was für eine merkwürdige Beziehung! Gegenseitige Abneigung, die sie noch nicht mal verheimlichen. Starke finanzielle Verbindungen, die alle einseitig sind. Was hält die beiden eigentlich zusammen? Warum hat sie sich nicht schon längst von diesem selbstherrlichen Blutsauger getrennt? Gibt es etwas Entwürdigenderes, als einem mittelalten Fettwanst, der nur Interesse an Frischfleisch hat, Geld in den Rachen zu werfen?

Oh Mann.

Als ich nach Hause kam, habe ich Raggi angerufen. Aber es gab immer noch keine Ergebnisse von der Obduktion. Und auch keine chemische Analyse des Wassers.

Er ging direkt in die Vorwärtsverteidigung.

»Wir warten genau wie du auf diese Ergebnisse«, sagte er. »Es ist ja nicht unsere Schuld, dass sich das so lange hinzieht.«

»Habe ich das behauptet?«

»Ich habe dieses dämliche Wasser jedenfalls nicht nach Frankfurt geschickt.«

»Nach Frankfurt? Was sagst du da?«

Raggi stockte. »Ich habe nicht Frankfurt gesagt«, antwortete er entnervt.

»Doch!«

»Nein, zum Teufel!«

»Was hat eine polizeiliche Wasserprobe in Frankfurt zu suchen?«

Es gelang mir, ihm Stück für Stück das ganze Trauerspiel aus der Nase zu ziehen. Irgendjemand im Labor hatte einen großen Fehler begangen. Hat die Probe aus dem Wasserglas in ein Paket verstaut, das vom Institut nach Deutschland verschickt werden sollte. Es kam erst nach ein paar Tagen heraus, die die Polizei mit emsigem Suchen nach der Probe verbracht hatte. Alles wurde auf den Kopf gestellt – sowohl in den Lagerräumen der Kripo als auch des Labors –, bis das Versehen herauskam und allen Beteiligten klar wurde, dass das Wasser auf dem europäischen Festland unterwegs war.

»Wenn du irgendwo erwähnst, dass du das von mir hast, spreche ich kein Wort mehr mit dir«, brüllte Raggi ins Telefon.

»Was regst du dich denn so auf?«

»Ich reg mich auf, wann ich will!«

»Mann, pass auf deine Pumpe auf!«

»Als ob du dir irgendwelche Sorgen wegen meines Herzens machen würdest.«

»Natürlich mache ich mir welche, mein Herz.«

Er stöhnte dumpf.

»Habt ihr mit der Kritikerin geredet?«, fragte ich.

»Mit Hallgerdur? Sie hat direkt am Abend eine Aussage gemacht, aber die war nicht brauchbar.«

»Du solltest noch mal mit ihr reden.«

»Warum?«

»Sie hat Angst.«

»Vor was?«

Ich erzählte ihm von Hallgerdurs Befürchtungen.

»Ist die nicht einfach ein bisschen hysterisch?«, fragte er.

Ach du liebe Zeit!

»Du solltest sie trotzdem noch mal befragen.«

»Mal sehen.«

Als ich begann, ihn über den Stand der Dinge in Sachen Corazons Klage auszufragen, war er noch kürzer angebunden.

»Ich habe dir doch schon gesagt, dass der Fall von unserer Seite aus abgeschlossen ist«, antwortete er.

»Aber ihr habt doch noch nicht mal begonnen, richtig zu ermitteln.«

Er wurde wieder laut. »Der Fall ist abgeschlossen, habe ich gesagt. Abgeschlossen!«

»Wirklich interessant, wie viel Angst ihr vor den großen Mächtigen habt. Die haben euch doch alle in der Tasche.«

»Hier hat niemand Angst vor irgendwem. In diesem Fall gibt es einfach nichts mehr zu ermitteln. Kapierst du das nicht? Ende, aus, finito! Wie dieses dämliche Telefonat!«

Er hat den Hörer tatsächlich auf die Gabel geknallt.

Ich genehmige mir noch einen, als Corazon anklopft, hereinguckt und das Licht anmacht. Falls sie überrascht ist, mich auf dem Boden sitzen zu sehen, lässt sie sich nichts anmerken. Ist mittlerweile so einiges gewöhnt.

»Essen?«, fragt sie auf frisch gelerntem Isländisch.

Ich stehe auf und nehme das Glas mit in den oberen Stock.

Natürlich wollten die Goldjungs nicht weiter in dem Fall von Corazon ermitteln. Und sie würden damit sogar durchkommen, es sei denn, ich unternähme etwas, was ihnen den Boden unter den Füßen heiß werden ließe.

Aber was?

12

Am nächsten Sonntag wache ich frühmorgens auf. Alle noch verbliebenen Zweifel sind endgültig wie weggeblasen. Weiß genau, was ich zu tun habe. Tun muss.

Das ist den Goldjungs zu verdanken. Oder besser gesagt, sie sind daran schuld. Sie waren der Tropfen, der das Fass zum Überlaufen gebracht hat. Kamen am frühen Samstagmorgen zu mir nach Hause, um Corazon zu einem neuen Verhör abzuholen. Ließen schnell erkennen, dass sie sie nicht länger als Opfer betrachteten. In ihren Augen war sie eine Kriminelle. Hatte die Anschuldigungen an die Glatze erfunden und dann auch noch einen bekannten Ehrenmann in ihr Lügennetz verstrickt. Geirmundur.

Der Vize eröffnete das Verhör. Er gab die Zeugenaussage der Glatze und seiner zwei Kumpanen zum Besten, die darin bestanden zu bezeugen, wie gut Corazon es in der Weststadt gehabt habe. Sie behaupteten auch, dass sie keine Lust gehabt habe zu arbeiten. Stattdessen habe sie den ganzen Tag vor dem Fernseher gehangen und dann danach getrachtet, das Nachtleben zu genießen.

Corazon schüttelte kräftig den Kopf, als der Dolmetscher die Behauptungen der Glatze und seiner Zeugen übersetzte.

»Nein, nein«, sagte sie und schaute mich ängstlich an. »Das stimmt nicht.«

»Natürlich nicht«, kommentierte ich. »Diese Zeugenaussagen sind komplette Lügenmärchen.«

»Ich werde Kommentare dieser Art von der Rechtsanwältin nicht dulden«, bellte der Vize.

Aber obwohl sie Corazon fast drei Stunden lang bearbeiteten, gelang es ihnen nicht, sie dazu zu bewegen, ihre Aussage zu ändern. Es stand also Aussage gegen Aussage. Und es war glasklar, welche Ansicht die Goldjungs in der Sache vertraten.

»Wenn du glaubst, dass das die richtige Methode ist, um eine Aufenthaltsgenehmigung in Island zu bekommen, irrst du dich gewaltig«, sagte der Vize. »Falsche Anschuldigungen wegen verbrecherischer Tätigkeiten sind eine sehr ernste Angelegenheit und können zu einer Freiheitsstrafe führen, der dann selbstverständlich die Ausweisung aus dem Land folgt.«

»Ich lege Einspruch ein, dass meiner Klientin auf diese Weise gedroht wird«, sagte ich.

»Wir machen ihr nur klar, was isländische Gesetze vorschreiben.«

Corazon war für den Rest des Tages völlig niedergeschlagen. Verstand nicht, wie es möglich war, die Tatsachen derartig zu verdrehen, und fürchtete, dass sie mit Schimpf und Schande nach Hause geschickt würde.

Ich versuchte, sie zu trösten und wieder aufzubauen. Dabei merkte ich, wie ich immer wütender wurde. Und war überzeugt, dass ich in der Sache etwas unternehmen musste. Initiative ergreifen. Einen Weg finden, um sie mit der Nase ganz brutal auf die richtige Fährte zu stoßen.

Aber wie?

Vielleicht damit, direkt in die Höhle des Löwen einzudringen und auf Geirmundur selber loszugehen?

Die Kerle, die ganz oben sitzen, haben nicht nur viel Macht. Sie sind auch empfindlich, was ihre eigene Person angeht. Lag es da nicht am nächsten, sich auf den Kerl zu stürzen? Mal kräftig bei ihm anzuklopfen und ihn in Rage zu bringen?

Als ich am Tag danach aufwache, ist mein Vorgehen beschlossene Sache.

Ich brauchte gerade mal zwei Telefonate, um den Typen aufzustöbern. Er ist in seinem Ferienhaus am Fluss.

Mein Benz schnurrt auf dem Asphalt. Ich werfe ab und zu einen Blick in den Straßenatlas, der auf dem Beifahrersitz liegt. Brauche ihn aber eigentlich nicht. Corazon hatte mir in groben Zügen den Weg erklärt. Auch das Ferienhaus. Sowohl von innen als auch von außen. Sie hatte im Protokoll für die Goldjungs alles detailgenau beschrieben.

Ich fühle mich in meinem Traumauto wie auf Wolken. Wir haben die Sonne im Rücken, mein Benz und ich, zumal es schon fast Mittag ist. Haben gleich unser Ziel erreicht.

Ich erkenne das Haus sofort, als ich es in der Ferne entdecke. Das Sommerhaus hat die Größe eines kleinen Einfamilienhauses, aus dunkel gestrichenem Holz. Das Dach ist rot. Die Fenster auch. Eine große Veranda befindet sich an zwei Seiten des Hauses. Ein Garten rundherum. Viele große Bäume. Aber keine Blumen.

Es sieht alles genauso aus wie in Corazons Beschreibung. Sie hat ein gutes Auge. Und ein gutes Gedächtnis.

Ein frisch aufgeschütteter Kiesweg führt von der Hauptstraße runter zum Fluss. Ich parke den Benz außerhalb des Zauns neben einem glänzenden schwarzen Jeep. Ein echter Seegrafenwagen. Könnte direkt aus dem Autohaus kommen.

Ich steige aus. Schaue mich um.

Niemand ist im Garten. Auch keine Bewegungen hinter den Gardinen.

Glasklar, was ich machen muss.

Ich gehe über die Veranda zur Tür. Schlage ein paar Mal fest an die Tür.

Warte einen Moment.

Hämmere dann erneut noch kräftiger an die Tür. Dreimal mit kurzem Abstand. Die Schläge dröhnen so laut, dass der Lärm reichen müsste, um sogar einen Landstreicher zu wecken, der seinen Rausch ausschläft.

Endlich höre ich Geräusche im Haus.

Geirmundur reißt die Tür auf. Grob. Er sieht verschlafen aus. Das grauweiße Haar ist durcheinander und ungekämmt.

Der Kerl ist grade wach geworden. Unwirsch. Ganz eindeutig schön verkatert nach einer feucht-fröhlichen Nacht. Er taxiert mich mit blutunterlaufenen Augen.

»Was, verdammt noch mal, soll dieser Krach?«, fragt er und bindet sich den Gürtel seines dunkelblauen Bademantels zu. Seine Stimme klingt heiser. Barsch. Feindlich.

Ich stürme an ihm vorbei ins Haus. Bleibe mitten im Wohnzimmer stehen. Drehe mich langsam einmal um meine eigene Achse. Betrachte den weichen Teppich. Die teuren Möbel. Die Malereien. Die Bar in der Ecke. Den Durchgang in die Küche. Ich erkenne alles wieder.

Er starrt hinter mir her.

»Ich muss nur was überprüfen«, sage ich. Marschiere dann in den schmalen Gang auf der Suche nach den Schlafzimmern.

Die Tür ganz am Ende, hatte Corazon gesagt.

Nehme die Klinke in die Hand. Öffne die Tür. Erkenne das Zimmer sofort. Alles stimmt. Außer dieser Frau im Bett. Sie liegt auf dem Bauch. Im Tiefschlaf trotz des ganzen Krachs. Ich sehe nur das helle Haar und den nackten Rücken.

Geirmundur kommt in die Tür. Sein Gesicht ist rot und angeschwollen. Nicht nur vom Gelage der Nacht. Sondern vor Wut. Rasender Wut.

»Was zum Teufel hast du in meinem Haus zu suchen, du freches Weibsstück?«, fragt er und ergreift mich. Fest. Seine starken Finger quetschen meine Haut am Arm.

»Weißt du das nicht?«

»Dann würde ich dich nicht fragen, dämliches Miststück!«

»Du tust mir weh!«

»Dann antworte schon!«

»Was für ein Kavalier!«

Er zieht mich hinaus auf den Flur. Schließt die Tür zum Schlafzimmer. Schiebt mich vor sich her ins Wohnzimmer.

Der Typ hat Kraft in den Händen. Vielleicht ist das nur die Energie der Wut. Aber es reicht völlig aus. Es gelingt mir nicht, mich loszumachen.

»Was willst du?«, fragt er noch einmal.

»Den Ort sehen, wo das Verbrechen begangen wurde.«

»Das Verbrechen? Von was für einem Verbrechen sprichst du?«

»Von der Vergewaltigung.«

»Vergewaltigung?«

Geirmundur ist tatsächlich überrascht. Er hatte offensichtlich etwas ganz anderes erwartet.

»Wer soll hier wen vergewaltigt haben?«, fragt er.

»Kommen so viel Frauen in Frage?«

»Du bestimmt nicht.« Er starrt mich immer noch mit verkaterten Augen an. »Keinem Mann, der noch alle beisammen hat, würde es einfallen, dich zu vergewaltigen. So viel steht fest.«

»Lass mich los.«

»Zuerst antwortest du mir. Dann kannst du meinetwegen ans Ende der Welt verschwinden.«

»Gegen dich ist Anklage wegen Vergewaltigung eines Mädchens von den Philippinen erhoben worden.«

»Verdammter Blödsinn!«

»Von dem Mädchen, das dein Freund Sigurjón eingesperrt und gezwungen hat, zu deinem und anderer Leute Vergnügen die Beine breit zu machen!«

»Sigurjón? Was für ein Scheiß-Sigurjón?«

»Dieses Mal kommst du nicht davon. Das Mädchen hat dich auf Fotos wiedererkannt.«

Der Typ marschiert mit großen Schritten auf die Tür zu. Zieht mich hinter sich her auf die Veranda. Stößt mich die Treppe hinunter. Geht danach wieder zum Haus.

»Wer schickt dich eigentlich?«, fragt er im Eingang. »Bist du eine von diesen durchgeknallten Stígamót[*]-Weibern oder was?«

---

[*] Stígamót: Verein, der ein Frauenhaus unterhält und Frauen, die Opfer von Sexualverbrechen wurden, berät und rechtliche Hilfe anbietet. (Anm. d. Übers.)

Ich massiere mir meinen Arm. Versuche, die Schmerzen zu lindern. Das Blut wieder in Zirkulation kommen zu lassen.

»Das Mädchen hat dieses Sommerhaus von innen beschrieben. Ganz genau. Es passt alles zusammen.«

»Wenn du nicht augenblicklich verschwindest, lass ich die Polizei kommen und dich einlochen!«, ruft er und schmeißt die Türe zu. Der Knall ist so laut, dass er im ganzen ruhigen Tal widerhallt.

»Wir kriegen dich!«, rufe ich.

Gehe dann schnell zu meinem Benz auf den Parkplatz.

Als ich davonfahre, steht der Typ am Fenster. Jemand steht direkt hinter ihm. Im Schatten. Die blonde Freundin hat sich also aus dem Bett erhoben.

Auf dem Weg in die Stadt überlege ich, was bei der Aktion herausgekommen ist.

Jetzt weiß ich jedenfalls, dass Corazon in Geirmundurs Sommerhaus war. Kein Zweifel.

Und der Kerl glüht vor Wut. Ist völlig ausgerastet, wie zu erwarten war.

An wem lässt er seine Wut jetzt aus? An der Glatze? Den Goldjungs? Oder an Corazon?

Oder an mir?

Das wird sich sicher schnell herausstellen. Ich habe mein Bestes getan, um Geirmundur aus der Reserve zu locken. Jetzt ist er am Zug.

13

»Zur Seite, bitte!«

Zwei massige Goldjungs bahnen Ásta einen Weg durch den Menschenauflauf, der sich auf dem Flur angesammelt hat. Fotojäger und Fernsehtrottel drängeln um die Wette, um die Gefangene auf Film und Zelluloid zu bannen.

Sie hat sich ihre rote Jacke über den Kopf gelegt, um ihr Gesicht zu verstecken. Zum Glück. Zieht sie auch erst herunter, als die Türen zum Saal des Obersten Gerichts geschlossen worden sind.

Die Goldjungs hatten Ásta vor drei Tagen verhaftet. Frühmorgens, kaum dass die Ergebnisse von Steinunns Obduktion vorlagen. Am gleichen Abend noch bekamen sie vom Bezirksgericht das Okay für Untersuchungshaft, wogegen ich natürlich lauthals Einspruch einlegte. Und jetzt wird gleich das Oberste Gericht seine Entscheidung verkünden.

Ásta und ich sitzen nebeneinander. Sie ist total im Eimer. Sie versucht, ihr Zittern zu unterdrücken, indem sie sich mit beiden Händen am Stuhl festhält.

»Unsere Chancen stehen nicht schlecht«, sage ich ermutigend. Aber Ásta nimmt mich kaum wahr. Sie hatte nie erwartet, verhaftet zu werden, geschweige denn in Untersuchungshaft zu kommen. Ein ganz schöner Schock.

Heidrún gelingt es besser, ihre Gefühle zu verbergen. Sie sitzt in der vordersten Zuschauerbank und zeigt keine Anzeichen von Angst und Furcht, die sie doch bestimmt plagen. Nickt ganz im Gegenteil Ásta aufmunternd zu, wenn diese den Kopf hebt und einen schnellen Blick in den Saal wirft.

Die Obduktion hatte ergeben, dass Steinunn einen schweren Herzfehler hatte. Aber die direkte Ursache für das Herzversagen waren trotzdem illegale Drogen.

Allerdings wurden in ihrem Körper Reste verschiedener Rauschgifte gefunden. Darunter war eine erhebliche Menge Ecstasy, geringfügige Restbestände von Lysergid, dem berühmten Rauschmittel LSD und Spuren eines starken Schlafmittels. Es war bereits bestätigt worden, dass Steinunn es an den meisten Abenden nahm, um einschlafen zu können. Sie hatte also einen wahrhaftigen Medikamentencocktail intus.

Der Gerichtsmediziner meinte trotzdem zu wissen, welche Droge letzten Endes den Ausschlag gab. Vor dem Bezirksgericht erläuterte er, dass Steinunn eine große Portion einer gefährlichen Art Ecstasy-Pillen bekommen hätte, in denen die Stoffe PMA und PMMA anstelle von MDMA benutzt wurden. Diese tödlichen Tabletten, die neuerdings hier zu Lande unter der Bezeichnung »Mitsubishi« verkauft würden, könnten leicht eine völlig gesunde Person ins Jenseits befördern. Und sie hätten zweifellos Steinunn das Leben gekostet, vor allem wegen ihres angeborenen Herzfehlers. Daran bestünde kein Zweifel.

Die Goldjungs gingen davon aus, dass Ásta die E-Pillen heimlich in Steinunns Glas getan hatte und damit die Verantwortung für ihren Tod trug. Deshalb nahmen sie sie fest, bevor die Ergebnisse der chemischen Untersuchung der Wasserprobe vorlagen. Der Bezirksrichter schien der gleichen Ansicht zu sein und verurteilte sie umgehend zu zehn Tagen Untersuchungshaft.

Die Presse drehte durch. Die fanden es unglaublich spannend, dass ein junges Mädchen unter Mordverdacht stand. Und dann sah sie auch noch gut aus! Das war Unterhaltung vom Feinsten.

Ich fand es beispiellos, dass die Bürohengste nicht auf die Analyse des Wassers warteten. Sie hatten kein Beweismaterial, das Ásta direkt mit Steinunns Tod in Verbindung brachte. Trotzdem wurde sie in den Knast geschickt.

Was für ein Prozess!

Im dicht besetzten Verhandlungssaal herrscht Schweigen. Erwartungsvolles Schweigen. Die meisten Zuschauer sind Männer, junge und alte. Sie glotzen Ásta neugierig an. Manche gucken weg, wenn ich sie scharf ansehe, als ob sie sich ein bisschen für ihren Voyeurismus schämten. Aber das hält nur kurz an. Sie können die Augen nicht von ihr wenden.

Perverse Schweine!

Endlich kommen die Männer in den Saal. Einer nach dem anderen in einer Reihe. Mit einer Robe nach mönchischer Sitte, wie die berüchtigte Inquisition im Mittelalter.

Der Vorsitzende hält ein Buch in der Hand. Steht wie der oberste Priester der Gerechtigkeit vor dem Altar. Liest das Urteil. Es ist ganz kurz: »Der Antrag auf Untersuchungshaft wird abgelehnt.«

Ein verwundertes Murmeln geht durch den Saal. Die Pressegang ist völlig überrascht. Und mit Sicherheit auch enttäuscht. Der Vize reagiert am stärksten auf das Urteil. Sein Gesicht zieht sich zusammen, als hätte er in eine Zitrone gebissen.

Ich grinse in wunderbarer Siegesstimmung breit zu ihm hinüber. Heidrún guckt zu ihrer Tochter und lächelt erleichtert. Ásta atmet tief durch. Lehnt sich mit Freudentränen an mich.

»Du bist frei wie ein Vogel«, sage ich und klopfe ihr auf die Schulter.

»Das habe ich dir zu verdanken.«

Ich grabsche mir eine Kopie des Urteils. Überfliege schnell die Begründung, während die Schlüssellochgucker langsam den Saal verlassen. Sehe, dass es mir gelungen ist, die Richter zu überzeugen. Sie waren auch der Ansicht, dass es an Beweisen mangelt. Aus dem Wortlaut geht indirekt hervor, dass die Goldjungs mit dem Antrag auf Untersuchungshaft hätten warten sollen, zumindest bis die Analyse des Wassers vorliegt.

Vielleicht ist dieses Urteil nur eine Galgenfrist. Aber ein Sieg weckt in mir immer wieder die gleichen tollen Gefühle.

»Noch nicht«, sage ich, als Ásta aufstehen will. »Wir versuchen zuerst, die Geier auf dem Gang loszuwerden.«

Aber als ich kurz darauf den Kopf durch die Tür stecke, stehe ich im Blitzlichtgewitter. Die Pressefritzen warten also immer noch auf sie.

Zum Schluss haben wir keine andere Wahl, als Ásta die rote Jacke über den Kopf zu hängen und so auf den Flur zu gehen. Ich führe sie hinaus auf den Parkplatz, setze sie in meinen silbergrauen Nobelschlitten und düse mit Mutter und Tochter auf dem schnellsten Weg in den Grafarvogur. Rate ihnen, sich den Rest des Tages zu entspannen. Sich auszuruhen. In den nächsten Tagen könnte der Trubel wieder losgehen. Die Goldjungs geben sicherlich nicht auf.

Am Abend rufe ich Raggi an. Bekomme die Bestätigung, dass die Wasserprobe in Deutschland gefunden worden ist und in den nächsten Tagen im Land erwartet wird.

»Aber warum knöpft ihr euch eigentlich den Mann von Steinunn nicht mal vor?«, frage ich.

Raggi lacht.

»Habe ich irgendetwas Witziges gesagt?«

»Es gibt keinen Grund, ihn zu verdächtigen.«

»Hat Steinunn nicht das ganze Dope von ihm gekriegt?«

»Was für Dope?«

»Na, alle diese Medikamente, die man in ihr gefunden hat.«

»Karl ist Spezialist in der Chirurgie. Er war natürlich nicht der Hausarzt seiner Frau.«

»Welcher Quacksalber hat ihr denn dann den Dopingcocktail verschrieben?«

»Soweit ich weiß, vertraute der Hausarzt dem Urteilsvermögen seiner Patientin und gab ihr die Medikamente, um die sie bat.«

»Ich glaube, ihr solltet mal lieber den Kalli durchleuchten, als endlos auf Ásta herumzuhacken. Wie du weißt, ist Mord meistens ein Hobby innerhalb der Familie.«

»Er war weit weg, als Steinunn im Studio aus dem Wasserglas trank. Ásta jedoch war vor Ort und hatte sowohl die Möglichkeit als auch ein Motiv.«

»Er war doch wohl kaum erfreut über ihre Affäre?«

»Das kann man doch wohl kaum Affäre nennen.«

»Was meinst du?«

»Meines Wissens nach hat Steinunn ihn nie mit einem anderen Mann betrogen.«

»Wo ist der Unterschied?«

»Ach, du weißt schon, zwei Mädchen, die ein bisschen miteinander herumspielen. Das ist doch ziemlich unschuldig, so was geht vorbei. Karl sagt, dass er diese Beziehung nie ernst genommen hat.«

»Teufel noch mal, er hat sie aber ernst genug genommen, um euch gleich davon zu berichten!«

»Damit hat er uns ja auch endlich auf die heiße Spur gebracht.«

»Auf die falsche Spur, ja.«

»Ach, Stella, es hat doch keinen Zweck. Und jetzt lass mich bitte in Ruhe.«

»Wie kannst du bloß so verdammt vernagelt sein?«

»Ich hab keine Lust mehr«, sagt er.

»Raggi, Schätzchen. Mach doch die Augen auf!«

Er lässt sich nicht erweichen. Die Goldjungs sind der festen Überzeugung, den Mordfall gelöst zu haben. Sie sind für Argumente nicht empfänglich.

»Nichts blendet so sehr wie der Selbstbetrug.«

Sagt Mama.

14

Mein Benz und ich sind auf dem Weg ins Kjós, um neue Informationen über Geirmundur und die Glatze zu holen.

Meine silberne Nobelkarosse schnurrt sanft über den Asphalt. Umschmeichelt mich verführerisch im Fahrersitz. Benimmt sich wie ein verschmuster Siamkater.

Er ist immer noch meine einzig wahre Liebe.

Zuerst wollte ich auf den Köder nicht anbeißen. Zumal ich vermutete, dass das Telefonat heute Morgen völliger Blödsinn war. Wahrscheinlich will mich nur irgendein Handlanger von Geirmundur oder der Glatze umsonst auf eine Landpartie schicken.

Aber als es darauf ankam, konnte ich der Versuchung natürlich nicht widerstehen. Ich musste sicher sein. Vielleicht hatte mich ja auch ein echter Informant angerufen? Die Wahrscheinlichkeit ist verschwindend gering. Wie ein Sechser im Lotto.

Der Typ am Telefon hatte mir genug Beweismaterial versprochen, um Geirmundur und die Glatze festzunageln.

»Ich habe sowohl schriftliche Unterlagen als auch Fotos«, sagte er.

»Dann komm doch mit den Sachen in mein Büro«, antwortete ich.

»Bist du verrückt? Ich will nicht, dass mich jemand in deiner Nähe sieht!«

»Warum nicht?«

»Du hast es nicht gerade mit Pfadfindern zu tun. Wenn die Männer wüssten, dass ich Informationen an dich durchsickern lasse, würden sie mich abmurksen, ganz klar.«

»Wie dramatisch.«

»Ich meine es ernst! Erkennst du nicht, was für Geirmundur auf dem Spiel steht, wenn herauskommt, dass er ein achtzehnjähriges Mädchen vergewaltigt hat?«

»Wo sollen wir uns treffen? In der Stadt?«

»Weißt du, wo der Staupastein ist? Dieser Felsen, der so aussieht wie ein kleines Schnapsglas?«

»Prost!«

»Der Berg befindet sich an der alten Ringstraße im Kjós.«

»Eine Dreiviertelstunde Autofahrt? Viel zu weit!«

»Ich erwarte dich pünktlich um zwölf Uhr mittags an dem Felsen.«

Er beendete das Gespräch, bevor ich antworten konnte.

War das eine Verarschung?

Vielleicht. Aber ich konnte es nicht drauf ankommen lassen.

Auf dem Vesturlandsveg, der aus der Stadt herausführt, herrscht reger Verkehr. Viele verlassen die Straße in Mosfellsbaer. Alle anderen fahren geradeaus weiter zum Tunnel, der unter dem Hvalfjördur herführt. Mein Benz ist das einzige Auto, das nach rechts in den Tídaskard abbiegt.

Der Frühling ist feucht und ungemütlich. Dunkelgraue Wolken hängen immer noch in der Luft. Die Erde ist voll gesogen von der Schneeschmelze in den letzten Tagen. Die Überbleibsel des Winters verschwinden aus dem Tiefland.

Die einspurige Schotterstraße, die von der Hauptstraße an den Hang zum Staupastein führt, ist vom Winter arg mitgenommen. Sie ist mit Schlaglöchern und ausgewaschenen Rinnen von den Frühlingsfluten überzogen.

Der Benz arbeitet sich vorsichtig den Abhang hinauf. Bald kann ich das Heck eines großen grauschwarzen Jeeps sehen, der auf dem Parkplatz hinter dem berühmten Steinbecher der Natur steht.

Es sieht so aus, als ob nur ein Mann im Auto wäre. Er sitzt hinter dem Steuer. Wendet mir den Rücken zu. Hat ein rotes Baseballkäppi auf dem Kopf.

Ich lasse den Benz vorsichtig den Abhang hinauffahren. Parke dann rückwärts ein. Halte hinter dem Jeep an, sodass es leichter ist, zu verschwinden, falls es nötig sein sollte. Holzauge, sei wachsam!

Mein Informant lässt mich nicht lange warten. Er öffnet die Beifahrertür und setzt sich neben mich.

Ein dunkelhaariger Typ. Abgemagert. Wahrscheinlich um die fünfzig. Sieht ganz schön verlebt aus. Er hat ein völlig zerfurchtes Gesicht, wie das Waschbrett, das Oma immer benutzte.

»Geirmundur ist wütend auf dich.« Er kommt direkt zur Sache und guckt mich forschend an. Er hat dunkle und tief liegende Augen.

»Wie nett.«

»Und wenn Geirmundur vor Wut tobt, dreht sein Freund Sjonni völlig durch.«

»Und was geht mich das an?«

»Ihre Wut richtet sich gegen dich.«

»Wie du selber siehst, zittere ich bei diesen Nachrichten und klappere vor Angst mit den Zähnen«, antworte ich lächelnd.

»Wo sind die Unterlagen, die du mir versprochen hast?«

»Du sollst sie in Zukunft in Ruhe lassen«, sagt er, ohne mir zu antworten.

Ich gucke ihm direkt bis auf den Grund seiner kleinen schwarzen Löcher.

»Ihre Nachricht an dich lautet, dass du aufhören sollst, dich in ihre Angelegenheiten einzumischen.«

»Du hast also keine Unterlagen für mich?«

»Warst du dumm genug, das tatsächlich zu glauben?«

Also war es tatsächlich eine Verarschung.

»Und du bist nur ein kleiner, unbedeutender Laufbursche?«

»Sie baten mich, dich zu warnen.«

»Dann hast du das ja erledigt.«

»Sie haben mir aufgetragen, dir Vernunft beizubringen und dir zu zeigen, was mit denen passiert, die sich in ihre Privatangelegenheiten einmischen.«

Oh Mann. Dieser Typ fängt an, mir mächtig auf die Nerven zu gehen. Ich finde, dass ich mir jetzt genug von diesem Blödsinn angehört habe.

»Du hättest mir diese Bagatelle auch am Telefon mitteilen können«, sage ich wütend.

»Telefongespräche sind so unpersönlich.«

»Mach, dass du aus meinem Auto kommst!«

Er lehnt sich zu mir hinüber. »Zuerst muss ich ganz sicher sein, dass du mich auch richtig verstanden hast«, sagt er und fährt dabei mit seiner Hand unter meine Haare. Streicht mit seinen zigarettengelben Fingern meine Wange herunter bis unter das Kinn. Legt die Hand um meinen Hals und drückt ganz langsam zu, bis ich kaum noch Luft kriege.

»Manchen Weibern fällt es so unglaublich schwer, uns Männer zu verstehen«, fährt er fort. Seine Stimme klingt ganz gelassen. Völlig ruhig. Als ob er über das Wetter reden würde. »Bist du eine von diesen Zicken, die schwer von Kapee sind und die man hin und wieder mal ein bisschen durchbläuen muss, um die Gehirnzellen in die richtige Reihenfolge zu bringen?«

Ich fasse mit beiden Händen seinen Arm und versuche, den Griff zu lockern. Aber er ist stärker, als er aussieht. Seine Finger bewegen sich keinen Millimeter.

Plötzlich lächelt er, sodass man die gelben Zähne glänzen sieht, und lässt dabei ein wenig locker.

Ich schnappe nach Luft. »Du Ungeheuer!«, rufe ich und massiere mir meinen gequetschten Hals.

»Solche Nachrichten möchte ich immer persönlich überbringen«, sagt er grinsend. »Dann können auch keine Missverständnisse aufkommen.«

»Ich verklag dich wegen Körperverletzung!«, rufe ich. »Und das mache ich auch ganz persönlich, du Affe!«

Das Lächeln erreicht die schwarzen Augen nicht. »Du wirst niemanden verklagen«, sagt er. »Du lässt Geirmundur in Frieden. Du lässt Sjonni in Frieden. Und du lässt mich in Frieden. Im Gegenzug lassen wir dich in Frieden. Auf diese Weise wird alles ein großes Friedensbündnis zwischen uns.«

Es hat keinen Sinn, sich weiter mit diesem Irren zu unterhalten. Am besten wäre es, ihn auf dem schnellsten Weg loszuwerden.

»In Ordnung«, sage ich. »Also raus jetzt!«

»Ich muss ganz sicher sein, dass du mich auch richtig verstanden hast.«

»Die Botschaft war leicht verständlich.«

»Du möchtest also mit diesen Verfolgungen aufhören?«

»Was glaubst du?«

Das Lächeln verschwindet. Die schwarzen Augen starren mich an, ohne zu erkennen zu geben, was er denkt.

»Ich bin leider nicht ganz davon überzeugt, dass du dir über den Ernst der Lage im Klaren bist«, antwortet er schließlich. »Aber dem kann man ein bisschen nachhelfen.«

Ich nehme den Schlüssel und lasse den Benz an.

»Ja, dem kann man ein bisschen nachhelfen«, wiederholt der Typ, ohne eine Miene zu verziehen.

Sobald er die Tür geschlossen hat, fahre ich den Schotterweg langsam hinunter. Ich hätte schon Lust, mit hundert Sachen von diesem Irren wegzubrausen, aber das darf ich natürlich meinem Auto nicht zumuten. Ich beschädige doch meine Luxuskarosse nicht auf ungepflegten Trampelpfaden! Deswegen zwinge ich mich, auf dem Weg bis zur Hauptstraße langsam und vorsichtig durch die Schlaglöcher zu fahren.

Als der Benz an der Gabelung anhält, spüre ich plötzlich einen schweren Schlag.

Bäng!

Ein lautes Klirren wird hörbar, als das Auto plötzlich nach vorne ruckt. Mein Hinterkopf knallt schnell und kräftig auf die Kopfstütze des Fahrersitzes.

Ich werfe einen schnellen Blick in den Rückspiegel. Sehe den grauschwarzen Jeep direkt hinter mir. Er hat den Benz auf die Straßenmitte geschoben.

Der Irre glotzt mich durch die Windschutzscheibe an. Grinsend.

Ich warte nicht auf eine neue Attacke, sondern gebe Gas und fahre mit dem Auto der Nase nach den Abhang hoch in den Hvalfjördur hinein.

Als ich wieder in den Spiegel schaue, ist das Geländewagenungeheuer immer noch direkt hinter mir. Folgt mir wie ein schrecklicher Schatten.

Hier kann man einfach nicht über hundertzwanzig fahren. Die Straße ist zwar frei, aber kurvenreich, und direkt neben dem Asphalt führen steile Abhänge hinunter ins Meer. Mir fällt im Traum nicht ein, mich für diesen Widerling umzubringen.

Mit der einen Hand halte ich das Lenkrad fest, während ich

mich mit der anderen zum Handschuhfach recke und mein
Mobiltelefon nehme. Ich muss Hilfe rufen. Den Notruf erreichen. Halte das Telefon ans Ohr, aber höre kein Signal. Gucke
auf das Handy.

Verdammt!

Die Batterie ist leer. Tot. Mausetot.

Ich pfeffere das nutzlose Gerät weg. Gucke wieder in den
Spiegel. Sehe, dass der Typ im großen Jeep immer noch da ist.
Direkt hinter mir. Verfolgt mich wie ein mordlustiger Irrer in
einem amerikanischen Gangsterfilm.

Natürlich ist es gefährlich, mit dieser Geschwindigkeit in
den Hvalfjördur hineinzufahren, Hügel hoch und runter und
um scharfe Kurven. Aber es gibt nirgendwo Platz, um zu wenden, also muss ich mit dem Affenzahn weiterfahren.

Als der Benz sich erneut in eine Kurve legt, schießt der
grauschwarze Jeep plötzlich an meine rechte Seite und zwingt
mich auf die linke Spur.

Ich versuche, die Geschwindigkeit zu erhöhen, aber er
macht es auch. Dann drossele ich plötzlich das Tempo. Aber
es scheint, als hätte er damit gerechnet. Schließlich gebe ich
wieder anständig Gas, mit dem gleichen Erfolg.

Das Geländewagenungeheuer hält die ganze Zeit das gleiche Tempo wie ich, bis wir oben auf einem steilen Kap ankommen. Da biegt der Irre plötzlich nach links und kickt den Benz
kräftig mit dem Ende seiner Stoßstange in die Seite, sodass
mein Auto mit fürchterlichem Krach und Gepolter gegen die
Leitplanke geworfen wird.

15

»Maaamaaaaaa!!!«

Ich höre mich selber schreien. Irgendein verborgenes Bedürfnis, das sich vor langer Zeit in der Tiefe meiner Seele häus-

lich eingerichtet hat, schickt diesen lauten Ruf nach Mama, als alles um mich herum völlig aus den Fugen gerät. Eine Art instinktiver Urschrei, der aus den dunklen Tiefen des Unterbewusstseins kommt, während ich in meiner geliebten Silberkarosse aus dem Sitz gehoben werde und mit dem Auto über die Leitplanke und weit über die Ringstraße hinausfliege.

Der Benz knallt unsanft auf den groben Schotter und die rasiermesserscharfen Steine jenseits der Straße und wird wieder hoch in die Luft geschleudert. Der Sicherheitsgurt spannt sich so abrupt und brutal über meinem Körper, dass ich plötzlich starke Schmerzen in Brust und Schulter empfinde. Im gleichen Augenblick bläst sich im Handumdrehen ein schneeweißer Airbag auf und verhindert, dass sich mein Kopf beim Zusammenstoß mit der in kleinste Stückchen zersprungenen Windschutzscheibe in blutiges Hackfleisch verwandelt.

Mein Traumauto kommt wieder unsanft mit lautem, schneidenden Getöse, das einem durch Mark und Bein geht, auf dem steinigen Boden auf. Dann kippt der Benz und rutscht den Abhang immer weiter hinunter, bis er zwischen zwei großen Felsen hängen bleibt, die hoch über dem schwarzen Strand aufragen.

Nach all diesem Krach tritt plötzlich Stille ein.

Totenstille.

Ist das das Ende?

Nein, zum Teufel! Ich bilde mir ein, dass ich noch nicht ganz tot bin. Noch nicht. Trotzdem ist mein Ego nur bruchstückhaft vorhanden. Als ob das Gehirn nach den Stößen und dem Salto mortale noch nicht ganz funktionsfähig sei.

Ich schnappe in kurzen Abständen nach Luft. Spüre, wie das Herz mit schmerzhaftem Druck Blut pumpt, in rasender Akkordarbeit. Ich bin körperlich und geistig völlig durcheinander, und alle Körperfunktionen arbeiten wie auf der Überholspur.

Aber ich bin nicht tot.

Für eine Ewigkeit denke ich nur daran zu atmen. Solange ich atmen kann, bin ich am Leben. Klare Sache.

Ganz allmählich beruhigt sich mein Körper. Das Herz verlangsamt sich. Die Lunge benimmt sich wieder normal. Das Gehirn fängt an zu arbeiten.

Sind meine Knochen irgendwo gebrochen? Komme ich aus dem Auto? Ist mein Benz schrottreif? Ist der Irre immer noch oben an der Straße? Wartet er vielleicht auf mich?

Ein Gedanke jagt den nächsten. Zischen mit einem Affenzahn zwischen Millionen Gehirnzellen umher. Lassen Fragen auftauchen, auf die ich keine Antwort weiß.

Ich habe das Gefühl, als ob der Benz halb auf der Seite läge, mit dem Heck hoch in die Luft. Ich selber bin völlig auf dem Sitz eingekeilt, als wäre ich in Metall eingegossen, und hänge schräg nach links. Der Sicherheitsgurt hält mich fest. Der Airbag auch.

Habe ich irgendwo Knochenbrüche?, frage ich mich im Geiste erneut.

Zuerst checke ich die Hände. Fühle sofort, dass ich alle Finger bewegen kann. Die Arme müssten dann also in Ordnung sein.

Aber was ist mit den Füßen?

Sie sind im Wrack total eingekeilt. Ich versuche, meine Zehen zu strecken. Alle auf einmal. Sie bewegen sich ein bisschen. Sie scheinen auf die Befehle des Gehirns zu reagieren. Vielleicht habe ich auch keinen Beinbruch?

Aber die Brust? Und die linke Schulter? Da tut es mir wahnsinnig weh. Als ob jemand mich windelweich geprügelt hätte. Mich mit geballter Faust und voller Kraft verdroschen hätte.

Die Schmerzen versetzen mich unfreiwillig weit zurück in die Vergangenheit. Zurück in jene Zeit, die ich mich so lange gezwungen habe zu vergessen. In jenes Zimmer im Keller im Osten.

»Hör auf, Papa! Hör auf!«

Irgendetwas in mir verlangt danach, weinen zu dürfen. Aber ich versage mir das. Nie weinen. Nicht ein einziges Mal. Immer stark genug sein, um alles auszuhalten. Sich nicht vom Unglück übermannen lassen, egal wie widerwärtig es sein mag.

Mein eisenharter Wille gewinnt wieder die Oberhand über alles andere. Ganz langsam gelingt es mir, meine aufgewühlten Gefühle zu bändigen. Auch diese unterbewussten. Schaufele die alten Schlangengruben wieder zu. Sperre die Geheimnisse wieder weg. Sie haben sich gefälligst wieder in tiefster Dunkelheit des Unterbewusstseins zu verstecken.

Dann versuche ich, mich aus dem Sicherheitsgurt zu befreien. Und wenn es nur wäre, um die Schmerzen zu lindern. Aber es klappt nicht. Von allen Seiten wird etwas dicht an mich gedrückt. Der Sitz, der Airbag, die Tür. Und das Dach, das bei der Karambolage bis an meinen Kopf eingedrückt wurde.

Ich stecke fest. Komme ohne Beistand nirgendwo hin. Bin gezwungen, darauf zu warten, dass mir jemand zu Hilfe kommt.

Aber was ist mit dem Kriminellen, der versucht hat, mich zu töten? Er muss doch gesehen haben, welche katastrophalen Auswirkungen sein Auffahrmanöver hatte! Vielleicht war das Ergebnis viel schlimmer, als er erwartet hat? Wie würde er reagieren? Hilfe rufen?

Nein. Das war unwahrscheinlich.

Es ist, als ob mein Herz einen Aussetzer macht.

Vielleicht kommt der Kerl runter zum Autowrack, um sich davon zu überzeugen, dass ich auch ganz sicher tot bin? Ihm müsste ja klar sein, dass ich ihn den Goldjungs im Detail beschreiben könnte. Ihn vor Gericht ans Kreuz nageln kann. Spuren der Kollision müssten auch an seinem Jeep deutlich zu erkennen sein. Sicher genügend Beweise, um ihn ein paar Jahre in die Faulenz-Anstalt zu schicken. Vielleicht wollte er dieses Risiko nicht eingehen und kommt hier herunter und vollendet sein Werk?

»Ganz ruhig, Stella, ganz ruhig«, flüstere ich mir zu. »Entweder kommt der Typ oder auch nicht. Das ist nicht länger in deiner Hand. Du musst einfach abwarten. Versuchen, klar zu bleiben. Und das Beste hoffen.«

Hoffen?

Das ist nicht gerade mein Ding.

Aber der Kerl kommt nicht. Niemand lässt sich beim Wrack blicken.

Die Zeit vergeht unglaublich langsam, aber sicher. Eine Stunde nach der anderen verstreicht in die Ewigkeit, ohne dass Hilfe kommt.

Es beginnt langsam zu dämmern. Schon seit langem tut mir der ganze Körper weh. Ich bin wahnsinnig durstig. Und habe Hunger.

Wahrscheinlich bin ich eingeschlafen. Oder bewusstlos geworden. Zumindest komme ich erst wieder zu mir, als sich jemand an meinem Gesicht zu schaffen macht. Ich öffne die Augen. Sehe eine große Hand, die sich durch die gebrochene Fensterscheibe und am weißen Airbag entlangstreckt. Und ein Gesicht außerhalb des Fensters.

»Sie ist wieder zu sich gekommen«, ruft ein Mann mit tiefer Stimme, der ganz dicht an der Autotür steht. Er hat einen kriegerischen Helm auf dem Kopf.

»Leuchtet mal hierher!«, ruft ein anderer.

Kurz darauf wird das Auto in grelles Flutlicht getaucht.

»Wir müssen dich aus dem Auto rausschweißen«, sagt der mit der tiefen Stimme zu mir. »Bleib ganz ruhig.«

Sie brauchen lange, um mich aus dem Wrack zu befreien. Sie müssen mit dem Schweißbrenner ein großes Teil aus der zusammengequetschten Seite des Benz lösen. Auch die Lehne des Fahrersitzes. Erst dann können sie mich vorsichtig durch das Loch auf den Schotter und die Steine bugsieren. Hier legen sie mich auf eine Bahre und tragen mich den Abhang hinauf und in den Krankenwagen, der an der total verbeulten und zerrissenen Leitplanke wartet.

»Habe ich Brüche?«, frage ich den Arzt, der sofort anfängt, mich zu untersuchen, als der Krankenwagen in die Stadt losfährt.

»Zum Glück finde ich nirgendwo einen offenen Bruch«, antwortet er widerwillig. »Aber mit Sicherheit können wir es erst nach dem Röntgen sagen.«

Später setzt er sich und schaut mich an.

»Wenn du nach dieser Gewalttour keine Knochenbrüche hast, ist das ein echtes Wunder.«

Wunder?

Es bringt nichts, sich mit mir über derlei Aberglauben zu unterhalten. Ich glaube nicht an Wunder. Nicht mehr.

»Wunder sind Gottes Art, um Entschuldigung zu bitten.«

Sagt Mama.

16

»Dein Benz ist berühmt geworden«, sagt Raggi, während er wie ein freundlicher Teddybär ans Krankenbett in der Unfallstation tappt. »Guck mal.«

Er reicht mir eine *DV*. Auf dem Titelblatt der Nachmittagsausgabe im Yellow-Press-Stil ist ein riesiges Bild von meiner Silberkalesche. Mein schöner Benz ist ein schrecklicher zusammengedrückter Haufen aus verbeultem Blech und zersplittertem Glas geworden. Oben über dem Bild wird mit dicker, roter Schrift gefragt: »Mordversuch?«

Es schüttelt mich beim Anblick meines so furchtbar mitgenommenen Traumautos. Und wie zum Kuckuck war ich lebendig aus diesem grauenhaften Blechhaufen gekommen?

»Das ist sicher das, was man eine ›Viertelstundenberühmtheit post mortem‹ nennt«, fährt Raggi fort, der sich fest vorgenommen hat, witzig zu sein.

»Ich bin nicht tot. Vielleicht nicht in bester Verfassung, aber trotzdem noch recht lebendig, soweit ich weiß.«

»Ich meinte eigentlich das Auto.«

Hahaha!

Er versucht wohl nur, mich ein wenig aufzumuntern. Kann ich auch ganz gut gebrauchen. Seit ich kurz nach Mitternacht in die Ambulanz eingeliefert wurde, habe ich endlose Untersuchungen über mich ergehen lassen müssen. Diese Weißgekleideten haben mir überallhin Spritzen gesetzt und Schläuche verlegt. Mir befohlen, alles mögliche widerliche Zeug zu schlucken. An meinem Körper herumgedrückt und gepiekt, als wäre er eines der Weltwunder. Zwischendurch wurde ich in riesengroßen Aufzügen viele Stockwerke hoch- und runtergefahren und vor kalten Röntgengeräten in alle möglichen Positionen gedreht.

Und das Ergebnis?

Drei angebrochene Rippen und Hämatome am ganzen Körper, die meisten jedoch auf der Brust, den Schultern und den Beinen. Und dann hatte ich sicher auch noch einen leichten Nervenzusammenbruch. Das sagen jedenfalls die süßen Kerle in den weißen Kitteln.

»Du wirst ein paar Wochen lang gelb, grün und blau sein«, hatte einer von ihnen gesagt, als er gegen Mittag nach mir sah. Er versuchte auch, witzig zu sein. »Aber ansonsten ist alles in Ordnung mit dir. Das ist wirklich unglaublich.«

Die Nacht verging in einer Art Nebel, denn ich hatte im Krankenwagen eine gute Dosis Medi-Dope bekommen, die dafür sorgte, dass mir mein Körper nicht mehr so höllisch wehtat.

Trotzdem war ich wach genug, um zu merken, dass sie mich hier und da untersuchten. Von Kopf bis Fuß.

Ich berichtete allen, die mir zuhören wollten, was sich auf der Straße am Hvalfjördur abgespielt hatte. Auch dem unerfahrenen Goldjüngelchen, der seichte Versuche machte, mich zwischen wiederholtem Fotoshooting à la Röntgen zu verhören. Etwas von den Informationen war eindeutig an die Zeitung durchgesickert. Da stand, dass ein großer Jeep meinen Benz absichtlich von der Straße gedrängt hatte.

Die Ärzte wollen mich nach Hause schicken. Sagen, dass ich es ein paar Tage langsam angehen lassen soll. Und sie schärfen mir ein, mich natürlich sofort zu melden, wenn auf einmal irgendwo Schmerzen auftauchen. Aber ansonsten wird mir Entspannen und Ausruhen verordnet.

»Ich fahr dich in die Stadt«, sagt Raggi, die Güte in Person. »Wir können den Fall auf dem Weg eingehend besprechen.«

Er versucht, sich von seiner besten Seite als ein echter Gentleman zu zeigen. Er zieht den Vorhang vor das Bett, damit ich mich in Ruhe anziehen kann, ohne dass mich alle beglotzen. Als würde mir das etwas ausmachen.

Mir tut der ganze Körper weh. Und ich bin schlapp. Muss in Etappen aufstehen. Rolle mich erst auf die Bettkante. Richte mich ganz vorsichtig auf. Ziehe die weiße Krankenhauskleidung aus und meine eigene an. Es ist mir unangenehm, so langsam und steif zu sein. Als wäre ich auf einmal eine alte Frau.

Oh Mann! Diese Wehleidigkeit ist unerträglich. Man lebt nicht vom Selbstmitleid allein. Im Gegenteil. Ich sollte mich deshalb aufregen. Die Wut in richtige Bahnen lenken. Mal richtig ausrasten.

»Verdammte Schweine!«, wüte ich laut für mich alleine. »Ich lasse euch bei lebendigem Leib zerfleischen!«

Raggi steckt den Kopf durch den Vorhang. »Ist alles in Ordnung?«, fragt er besorgt.

Mir geht es gleich schon viel besser.

Das Polizeiauto wartet vor der Einfahrt der Notaufnahme. Raggi und ich setzen uns auf den Rücksitz. Dann fährt sein Fahrer los.

»Das war nichts anderes als ein Mordversuch«, sage ich.

»Ich wäre mit Sicherheit tot, wenn ich nicht in einem Benz gesessen hätte.«

»Du hattest auch Glück, dass du nicht betrunken warst.«

Ich drehe mich schnell zu Raggi hin und fühle, wie ein stechender Schmerz über den Rücken zum Hals hochfährt.

»Was sagst du da?«

»Nur, dass das den Ausschlag gab, dir zu glauben.«

»Hast du gedacht, ich hätte das alles selber inszeniert?«

»Manche haben das am Anfang in Erwägung gezogen.«

»Dass ich meinen Benz schrottreif gefahren habe und mich
selber fast dabei umgebracht hätte, nur um irgendein Mär-
chen zu erfinden?«

»Ja, manch einer war der Ansicht, er hätte die volle Berech-
tigung zu untersuchen, ob es ein gestellter Unfall war. Es hätte
eine Verzweiflungstat sein können oder schlichtweg Trunken-
heit am Steuer.«

»Und mit welchem Ziel?«

»Nun, um uns zu zwingen, in einem Fall zu ermitteln, den
wir bereits abgelehnt haben. Was sonst?«

»Ihr habt ja vielleicht eine blühende Fantasie!«

In den nächsten Minuten herrscht totale Stille im Auto. Ich
kann kaum glauben, dass die Goldjungs so daneben sind. Und
doch – wahrscheinlich fanden sie alles besser, als gezwungen
zu sein, die politischen Top-Männer zu stören. Wie bescheuert
das auch sein mag.

Plötzlich übermannt mich wieder die Wut. Starre Raggi
wieder an. »Woher weißt du eigentlich, dass ich nicht betrunken war?«, frage ich aufgebracht.

»Wir haben das heute Nacht im Krankenhaus überprüfen
lassen.«

»Ohne mein Einverständnis? Das ist strafbar!«

»Ich habe das in deinem Interesse veranlasst«, antwortet
Raggi völlig gelassen. »Aber du kannst mich natürlich verklagen, wenn du willst.«

Ich atme tief ein. Atme dann ganz langsam wieder aus. Wiederhole das ein paar Mal. Versuche, mich wieder zu beruhigen.

Vielleicht sagt er ja die Wahrheit? Vielleicht dachte er wirklich daran, was für mich das Beste sei?

»Die Beschreibung des Täters, die du uns gegeben hast, klang ziemlich bekannt in der Zentrale«, fährt Raggi fort. Er greift nach einem Papphefter, der auf dem Beifahrersitz liegt, öffnet ihn und zeigt mir ein Schwarz-Weiß-Foto.

Ich erkenne das zerfurchte Gesicht und die schwarzen Augen sofort wieder.

»Das ist die verdammte Bestie«, erkläre ich. »Bin ganz sicher.«

»Der harte Höddi ist ein alter Bekannter von uns«, sagt Raggi. »Er geriet schon in jungen Jahren auf die schiefe Bahn und hat oft für Körperverletzungs- und Rauschgiftdelikte gesessen. Trotzdem ist es jetzt schon drei oder vier Jahre her, seit er das letzte Mal eingelocht wurde.«

»Von was lebt er denn so?«

»Laut unbestätigter Quellen war er meistens als Geldeintreiber beschäftigt, besonders für Dealer, aber auch für Stripkönige wie zum Beispiel Porno-Valdi. Er soll nicht zimperlich sein, wenn er zur Tat schreitet, wie ich gehört habe. Deswegen nennen sie ihn den harten Höddi.«

Porno-Valdi?

Böse Zungen behaupten, dass er nicht nur der König des Nachtlebens in der Hauptstadt sei, sondern auch der der schattenreichen Unterwelt, wo Drogen an- und verkauft werden. Der unerreichbare Hintermann, bei dem alle geheimen Fäden zusammenlaufen.

Wie gefährlich er als Gegner ist, weiß ich aus eigener Erfahrung. Hatte ihn ein- oder zweimal wegen des Mordes in der Staatskanzlei getroffen. Der Kleinkriminelle, den ich damals verteidigen sollte, war ein Bote in Lohn und Brot des Pornokönigs gewesen.

»Und die Glatze? Arbeitet er auch für Valdi?«

»Darüber ist mir nichts bekannt«, antwortet Raggi. »Aber die kennen sich mit Sicherheit. Die Szene ist doch so klein.«

»Habt ihr Höddi schon gekriegt?«

»Noch nicht, als ich das letzte Mal Neuigkeiten abgefragt habe. Aber er ist schon auf jeder Polizeistation und auf dem Flughafen in Keflavík zur Fahndung ausgeschrieben. Schlechter sieht es mit dem Jeep aus.«

»Wieso?«

»Deine Beschreibung passt genau auf ein Auto, das vorgestern gestohlen wurde.«

Verdammt! Also war es kaum möglich, einen Zusammenhang zwischen Höddi und dem Jeep herzustellen. Und auch nicht mit der Glatze. Und schon gar nicht mit Geirmundur.

»Aber der Jeep wird sich finden«, fährt Raggi fort. »Und wer weiß, vielleicht hat Höddi ein paar Spuren hinterlassen, vielleicht sogar Fingerabdrücke?«

Wir sind bei meinem Reihenhaus angekommen.

Raggi steigt zuerst aus dem Polizeiauto aus, reicht mir die Hand und guckt mir hinterher, als ich zur Haustüre gehe. Wartet geduldig, während ich klingele. Einmal. Zweimal. Dreimal.

Jedes Mal, wenn ich auf die Klingel drücke, höre ich deutlich das Schellen im Gang. Aber Corazon kommt nicht an die Tür.

17

Ich schlage ein paar Mal mit geballter Faust an die Tür. Nicht, weil es irgendetwas ändern würde, denn natürlich hört man die Klingel viel besser als meine erbärmlichen Attacken. Aber ich muss mich irgendwie abreagieren. Meine Ungeduld loswerden.

Wo steckt Corazon?

Mit Sicherheit nicht schlafend im Bett am helllichten Tag. Niemals.

Wo dann?

Ist sie zu krank, um an die Türe zu kommen? Oder hat sie sich vielleicht Sorgen gemacht, weil ich gestern Abend nicht wie gewohnt nach Hause gekommen bin, und bei Sigrún um Hilfe gebeten?

Schließlich drehe ich mich zu Raggi um, der immer noch am Polizeiauto steht. Rufe zu ihm hinüber: »Habt ihr Corazon eigentlich Bescheid gesagt, dass ich im Krankenhaus bin?«

»Keine Ahnung«, antwortet er und watschelt ein paar Schritte in meine Richtung.

»Du hast sie jedenfalls nicht benachrichtigt?«

»Nein, daran habe ich überhaupt nicht gedacht.«

»Dann hat es wohl niemand gemacht.«

Probleme, Probleme!

Das erste ist natürlich dieses verdammte Schloss. Wie soll ich in meine Wohnung kommen? Meine Schlüssel sind immer noch irgendwo tief im Autowrack vergraben.

Vielleicht wäre es am besten, erst mal per Telefon zu recherchieren?

Ich vergesse mich einen Augenblick und beginne, nach dem Handy zu suchen.

Teufel noch mal! Es steckt natürlich auch irgendwo im Schrotthaufen.

»Ruf doch mal für mich bei Sigrún an«, sage ich zu Raggi.

Er zieht sein Mobiltelefon aus der Lederhülle und guckt mich fragend an. Zum Glück weiß ich die Nummer auswendig.

»Corazon?«, fragt sie verwundert. »Sie hat mich heute Morgen angerufen und mich gefragt, ob ich wüsste, wo du wärst. Ich riet ihr nur, ruhig zu bleiben und abzuwarten, du wärst sicher nur unterwegs, Party machen. Stimmt etwas nicht?«

»Wollte sie irgendwohin gehen?«

»Sie hat mir gegenüber nichts dergleichen erwähnt.«

Corazon würde sich nie ohne Sigrúns oder meine Begleitung vor die Haustür wagen. Sie hatte dafür viel zu viel Angst vor der Glatze. Dann muss ihr in der Wohnung etwas zugestoßen sein. Ich muss deshalb da rein. Sofort.

»Ich habe keinen Ersatzschlüssel«, sage ich und reiche Raggi das Telefon.

»Willst du dann nicht den Schlüsseldienst kommen lassen?«

»So schnell wie möglich.«

Raggi geht zurück zum Polizeiauto, lässt den Fahrer in der Zentrale anrufen und schnellstmöglich einen Schlosser ordern.

Einige neugierige Nachbarn hängen hinter ihren Gardinen und beobachten uns. Meinen mit Sicherheit, dass die Goldjungs mich endlich für ein unglaubliches Verbrechen festgenommen haben. Wurde ja auch Zeit!

Diese Schnuckelchen haben dann ein richtig saftiges Thema, das sie beim Abendessen durchkauen können. Mir doch egal.

Die Oma im Nachbarhaus beobachtet uns aus dem Wohnzimmerfenster. Das ist die einzige Familie in der Straße, wo drei Generationen zusammenwohnen. Die alte Frau scheint immer zu Hause zu sein. Sie sagt sogar immer Guten Tag, wenn wir uns zufällig auf dem Bürgersteig begegnen.

Als der Schlüsseldienst die Haustür geöffnet hat, flitze ich in die Wohnung und gucke in ein Zimmer nach dem anderen.

Alles ist aufgeräumt. Sauber und ordentlich. Aber Corazon ist nirgendwo zu sehen. Ich sitze auf ihrem Bett im Gästezimmer, als Raggi endlich die Treppe hochkommt. Er versucht, sein gewichtsbedingtes Gekeuche zu überspielen.

»Ist das Mädchen nicht da?«

»Nein, sie scheint sich in Luft aufgelöst zu haben.«

»Oder ist sie vielleicht einkaufen gegangen? Mir wurde gesagt, das kommt in den besten Familien vor.«

Das war sicher sarkastisch gemeint.

»Im Kühlschrank ist mehr als genug zu essen«, antworte ich und versuche, ruhig zu bleiben. »Hier wird immer im Voraus für eine ganze Woche eingekauft.«

»Ja ja, das wird sich schon alles klären.«

Ich folge Raggi die Treppe hinunter und raus auf den Bürgersteig.

»Vielleicht haben die Nachbarn sie gesehen?«, sage ich. »Komm, wir reden mal mit der Oma.«

Die alte Frau sieht, dass wir auf ihr Haus zugehen. Sie kommt schnell an die Tür. »Bei euch jungen Leuten ist ja immer was los!«, sagt sie und lächelt gutmütig.

»Ich habe meinen Schlüssel verloren und kam nicht rein«, antworte ich. Zumal es immer gut ist, die Erklärungen einfach zu halten. »Du hast doch sicher das Mädchen bemerkt, das bei mir zu Gast ist, nicht wahr?«

»Die Ausländerin?«

Ich nicke.

»Ja, sicher.«

»Hast du gesehen, ob sie heute das Haus verlassen hat?«

»Ja, sie wurde um die Mittagszeit herum abgeholt.«

»Abgeholt? Von wem?«

»Nun, von zwei jungen Männern.«

»Was für Männer?«

»Es waren zwei gut aussehende Jungs, die einen hervorragenden Wagen fuhren, aber mehr weiß ich nicht über sie, Liebes.«

»Hattest du den Eindruck, dass sie freiwillig mit ihnen geht?«

»Freiwillig?«, wiederholt die Oma und überlegt eine Weile. »Ich habe gar nicht daran gedacht, dass es nicht so sein könnte. Die beiden haben sie allerdings zwischen sich zum Auto geführt, aber das alles schien ganz normal zu sein.«

Raggi betrachtet die alte Frau eingehend. »Hast du dir zufällig die Nummer des Autos gemerkt?«, fragt er.

»Nein, nein, mein Guter, glaubst du, dass ich auf solche Kleinigkeiten Acht gebe?«

»Das gefällt mir nicht«, sage ich besorgt zu Raggi. »Waren die beiden vielleicht von euch?«

»Ausgeschlossen«, antwortet er, holt aber trotzdem wieder sein Handy hervor, geht ein paar Meter von mir weg auf das Polizeiauto zu und beginnt zu telefonieren.

Verdammter Schlamassel!

Ich glaube allerdings nicht daran, dass die Goldjungs Corazon in meiner Abwesenheit zu einem Verhör abgeholt hatten. Und dann kommt nur einer in Frage.

Die Glatze!

Plötzlich sehe ich die Ereignisse der letzten vierundzwanzig Stunden in einem völlig neuen Licht. Die Glatze wusste, dass ich für eine Weile außer Gefecht war, denn Höddi, der Geldeintreiber, hatte dafür gesorgt. Die Glatze ergriff deshalb die Gelegenheit, während Corazon alleine zu Hause war. Täuschte sie irgendwie, um mit den beiden Tunichtguten mitzugehen, die schnell mit ihr wegfuhren.

Aber wohin?

Wo konnten die Typen sie vor den Goldjungs verstecken? Und vor mir?

»Niemand von uns hat heute mit Corazon zu tun gehabt«, sagt Raggi und macht das Handy aus.

Ich lasse mich von ihm nicht in meinen Überlegungen behindern. Erzähle ihm sofort von meiner neuen Vermutung von der Glatze und seinen Kumpanen. Lasse mich nicht von der Ungläubigkeit beeindrucken, die von dem fetten Gesicht trieft.

»Sie müssen sie an einen Ort gebracht haben, von dem sie sich absolut sicher sind, dass sie ihnen dort nicht schaden kann«, füge ich hinzu.

»Das ist wirklich besonders weit hergeholt«, antwortet Raggi trocken. »Sogar für dich.«

»Ach ja? Hast du eine bessere Erklärung für ihr Verschwinden?«

Er kratzt sich an seinem haarlosen Hinterkopf.

»Komm schon, denk nach, Mann!«, rufe ich heftig. »Was würdest du mit Corazon machen, wenn du sie loswerden wolltest?«

Er zögert, bei dem Spiel mitzumachen.

»Ich würde sie wahrscheinlich nach Hause schicken«, antwortet er dann doch nach längerem Nachdenken und zuckt gleichzeitig mit den Schultern. »Ja, ich denke schon.«

Nach Hause? Auf die Philippinen? Warum ist mir das nicht sofort eingefallen?

»Aber dafür brauchen sie ihren Pass«, sage ich und packe Raggi am Arm. »Wo ist er?«

»Beim Ausländeramt.«

»Bist du sicher?«

»Natürlich.«

»Überprüf es, Mensch, mach schon!«

Er guckt mich wütend an. Ist wirklich sauer geworden, was ich mir herausnehme. Aber ich bearbeite ihn weiter. Und am Ende gibt er nach. Geht ein wenig zur Seite und telefoniert wieder mit dem Handy.

Währenddessen werfe ich einen Blick auf die Uhr. Es ist schon nach fünf am Nachmittag.

Wenn sie mit Corazon direkt zum internationalen Flughafen nach Keflavík gefahren sind, ist es möglich, dass sie schon in der Luft ist.

Verdammte Schwanzträger!

Raggi sieht aus wie vom Donner gerührt, als er zurückkommt. »Die Polizei auf dem Flughafen checkt das gerade ab«, sagt er bedeutungsschwanger. »Ich muss sofort aufs Revier.«

»Was ist denn jetzt mit ihrem Pass?«, rufe ich ihm nach.

»Der scheint verschwunden zu sein, wie auch immer das passieren konnte!«

18

Uff! Wie soll ich mich entspannen? Es ist einfach nicht möglich! Mir mangelt es an innerem Frieden, um dem Rat der Weißgekleideten zu folgen und mich auszuruhen.

Als der Schlüsselheini endlich mit seiner Arbeit fertig war, das Schloss der Haustüre auszutauschen, setze ich mich in mein Büro und telefoniere durch die Weltgeschichte.

Zuerst bitte ich Sigrún, sich bereit zu halten, damit wir mit Corazon reden können, wenn sie wieder auftaucht. Dann drohe ich dem Polizeipräsidenten alles Übel der Welt an, wenn die Goldjungs nicht alles Menschenmögliche unternehmen, um Corazon so schnell wie möglich zu mir nach Hause zurückzubringen. Und verlange neue Nachrichten von Raggi, der nichts zu berichten hat. Zwischendurch wimmele ich die Journalisten ab. Meistens mit undeutlichen Versprechen, dass ich ihnen, um mich zu erleichtern, später alles über den Mordversuch im Hvalfjördur erzählen werde, wenn sie mich nur ein paar Tage in Ruhe lassen.

Das Warten auf neue Nachrichten über die Suche nach Corazon zerrt an den Nerven. Wenn ich nicht am Telefon hänge, klettere ich aufgebracht die Treppe hoch und runter und werfe einen Blick in jedes Zimmer. So als ob ich die Hoffnung hätte, etwas zu finden, was ich dringend brauche. Etwas Wichtiges.

Natürlich verhalte ich mich völlig idiotisch. Aber ich kann mich einfach nicht beherrschen.

Jahrelang war ich mir selber genug. Alleine, aber ganz bestimmt nicht einsam. Jetzt hingegen kommt es mir vor, als ob etwas fehlte. Habe das Gefühl einer unbegreiflichen Leere, die dieses ziellose Umherstreunen zwischen den Zimmern verursacht.

Außerdem habe ich Lust auf mein geliebtes, brennend heißes Feuerwasser aus Tennessee. Aber ich nötige mich, dieser

Versuchung zu widerstehen. Schwöre mir, die Finger von meinem Jackie zu lassen, bis Corazon wieder da ist.

Als ich erneut anrufe, hat Raggi frische Nachrichten.

»Das Mädchen sitzt in einem Flugzeug, das vor anderthalb Stunden nach Kopenhagen abgeflogen ist«, sagt er.

»Woher weißt du das?«

»Das Ticket ist auf ihren Namen ausgestellt, und außerdem hat sie bei der Ausreise ihren Pass gezeigt.«

Vor anderthalb Sunden? Diese Goldjungs sind doch immer gleich lahmarschig.

»Ist sie alleine unterwegs?«

»Uns wurde gesagt, dass niemand mit ihr an Bord gegangen ist«, antwortet er. »Diejenigen, die sie zum Flughafen gebracht haben, sind bestimmt gleich abgehauen, sobald sie durch die Passkontrolle war.«

»Das Flugzeug muss zum Wenden veranlasst werden!«, sage ich bestimmt. »Und zwar umgehend!«

»Wir haben diese Möglichkeit in Betracht gezogen.«

»Und?«

»Das Ergebnis war, dass unsere Kollegen in Kopenhagen das Mädchen in Empfang nehmen und sie mit der nächsten Maschine zurückschicken.«

»Mit der nächsten Maschine? Wann kommt sie?«

»Heute Nacht.«

»Ist das sicher?«

»Ja. Soweit ich weiß, ist die Sache mit den Dänen geklärt.«

»Und ihr wollt sie dann in Keflavík in Empfang nehmen?«

»Mit Sicherheit.«

»Dann komme ich auch. Und Sigrún.«

»Wir haben unsere eigenen Dolmetscher.«

»Was du nicht sagst!«

»Wir müssen das Mädchen natürlich sofort bei der Ankunft vernehmen.«

»Aber doch nicht mitten in der Nacht?«

»Das ist nicht ausgeschlossen.«

»Das Verhör wird doch wohl bis morgen warten können.«

»Mal sehen.«

»Nehmt ihr Sigrún und mich mit zum Flughafen?«

Raggi lacht. »Darf es noch ein Hotel auf Spesen sein?«, fragt er.

»Das wäre nett.«

»Entspann dich, Stella. Ich fahr sie heute Nacht zu dir.«

Mich entspannen?

Ach ja, richtig, ich soll mich ausruhen. Versuchen zu schlafen, wie schwierig das auch sein mag. Wenigstens ein kleines Nickerchen machen.

»Abgemacht.«

Ich seufze unabsichtlich. Lege den Hörer auf die Gabel. Horche in die Stille. Mache mir klar, dass mein Körper kurz davor ist, vor Müdigkeit und Belastung aufzugeben.

Zuerst überzeuge ich mich, dass das neue Schloss auch tatsächlich funktioniert. Dann gehe ich ins Bad. Mache die Dusche an. Stelle den kräftigen Strahl so heiß, wie es meine Haut gerade noch aushält. Ziehe mich langsam aus. Verteile meine Klamotten um mich herum auf dem Fußboden. Betrachte meinen nackten Körper im großen Spiegel. Fahre mit meinen Fingern den roten Striemen entlang, der schräg von der Schulter über die Brust läuft. Die Klauen des Sicherheitsgurtes. Sehe, dass sich gleich Hämatome gebildet haben. Bald werde ich mit blauen Flecken übersät sein.

Der heiße Strahl massiert mir von hinten Schultern und Hals. Mir geht es langsam besser. Beginne, mich zu entspannen. Gebe mir duftendes Duschgel in die Hand. Massiere damit vorsichtig meinen weichen, schmerzenden Körper. Nehme dann den Duschkopf und spüle mit dem Wasser den Schaum in die Duschtasse. Hab noch nicht einmal die Kraft, um in der Fantasie feuchte Träume zu wecken. Ich bin völlig am Ende.

Als ich mich mit dem großen Badetuch abgetrocknet habe, gehe ich langsam ins Schlafzimmer und lege mich nackt unter die Decke. Das heiße Wasser hat die Nerven beruhigt. Das Gehirn an die totale Müdigkeit des Körpers erinnert. Und an die Schlaflosigkeit. Mir gelingt es gerade noch, meinen schwarz-weißen Gockel auf den Nachttisch zu stellen, bevor ich ins Traumland entschwinde.

»Sofðu, unga ástin mín ...«[*]

Sang Mama ...

19

Der Duft weckt mich aus dem Tiefschlaf.

Der wunderbare Geruch von starkem kohlschwarzem Espresso mischt sich mit dem leichten Duft von Desire, das Corazon sich im Flugzeug auf dem Weg zurück gekauft hatte. Sie sitzt mit einem kleinen Tablett auf dem Schoß bei mir an der Bettkante und betrachtet mich, während ich wach werde.

Raggi hat sie in der Nacht zu mir nach Hause gebracht, wie er versprochen hatte. Noch auf der Schwelle begann sie, vor Freude zu weinen und drückte mich an sich. Dann lachte sie unsicher, als fürchte sie, dass mir ein solcher Gefühlsausbruch nicht gefallen würde.

Ich versuchte, sie zu überzeugen, dass es in bester Ordnung sei. Gab ihr einen leichten Kuss auf die Backe. Streichelte ihr über den Kopf. Wischte ihr die Freudentränen von den schokoladenbraunen Wangen. Führte sie dann ins Gästezimmer, wo noch alles so war wie gestern, als sie so unerwartet verschwunden war. Sagte ihr, dass sie schlafen gehen sollte. Hier wäre sie sicher. Und noch einiges andere, das sie natürlich

---

[*] Sofðu, unga ástin mín: [Ü: Schlafe, mein liebes Kleines...] Bekannte isländische Volksweise, Wiegenlied. (Anm. d. Übers.)

nicht verstand, aber da Sigrún bei sich zu Hause schlief, mussten weitere Gespräche warten. Ich selber war auch noch völlig verschlafen, kroch wieder unter die Decke und schlief schnell ein.

Aber das ist schon einige Stunden her. Mein Gockel auf dem Nachttisch zeigt mir an, dass es schon fast Mittag ist.

Aua!

Als ich meine Kaffeetasse nehmen will, tut mir mein ganzer Körper weh, wie nach einer anständigen Prügelei.

Corazon stutzt. Mit ihren dunkelbraunen Augen guckt sie mich forschend an. Fragend und besorgt zugleich.

Als ich mich im Bett aufsetze und mich an das Kopfstück vom Bett anlehne, schreit sie kurz auf. Guckt entsetzt auf den Striemen, den der Sicherheitsgurt hinterlassen hat, und auf die blauen Flecken. Dann sprudelt ein Wortschwall aus ihr heraus. Aber ich verstehe natürlich kein einziges Wort.

Schließlich reicht sie mir die Kaffeetasse, steht auf und geht auf den Flur. Der Kaffee ist heiß und stark und die reinste Koffeinbombe. Genau das, was ich brauche, um richtig wach zu werden.

Kurz darauf kommt sie mit einem Tiegel in der Hand wieder ins Schlafzimmer. Setzt sich neben mich auf den Bettrand und fängt an, mich mit der hellen Creme einzuspachteln. Beginnt an der Schulter, arbeitet sich weiter vor über die Brust und endet auf der Seite.

Ich lehne meinen Kopf an das Bettgestell und schließe die Augen. Genieße das Gefühl, wie ihre Finger die feuchte Creme auf meine empfindliche Haut auftragen. Meine Brustwarzen stellen sich unbewusst bei der Berührung auf.

Na, Stella, so nicht!

Ich öffne die Augen wieder und lächele entschuldigend.

Aber sie hat nichts bemerkt. Trägt weiter die feuchte Creme auf alle blauen Flecken auf, die sie sieht. Verschließt danach den Tiegel wieder, stellt ihn auf den Nachttisch und putzt sich die Hände ab. Guckt mir dann in die Augen. Lächelt schüchtern.

In diesem Augenblick habe ich das Gefühl, dass Corazon die kleine Schwester sein könnte, die ich nie bekommen habe. Die kleine Schwester, von der ich als Einzelkind so oft geträumt habe. Von der ich bis zu meinem sechsten Geburtstag geträumt habe. Da hatte ich Papa und Mama gefragt, ob ich nicht eine kleine Schwester als Geburtstagsgeschenk haben könnte. Mama hatte nur gelacht und den Kopf geschüttelt. Aber das hat Papa nicht gereicht. Er lachte zwar auch, aber es war kein freundliches Lachen.

»Auf was für Ideen du kommst, dumme Göre!«, schnauzte er mich an. »Als wäre ein Balg nicht schon mehr als genug!«

Mehr als genug. Einer dieser Sätze, die sich weigern, ein für alle Mal im Mülleimer des Gehirns zu verschwinden. Die immer wieder hochkommen, nur um mich zu ärgern.

Eine kleine Schwester?

Ich betrachte Corazon noch immer. Das zierliche Gesicht. Die dunklen Augen, die wie ein orientalischer Zauberspiegel aussehen. Die zarten Lippen. Plötzlich halte ich sie an den Schultern fest und ziehe sie zu mir hin. Gebe ihr einen Kuss auf die Wange. Weiß sofort, dass ich ab jetzt gut auf sie aufpassen werde. Alles tun werde, was in meiner Macht steht, um ihr die Zukunft zu ermöglichen, die sie sich selber aussucht.

Als Sigrún am Nachmittag kommt, höre ich mir Corazons Bericht an.

Sie ging davon aus, dass die zwei Männer, die zu Besuch kamen, von den Behörden waren. Sie ließ sich vollständig davon überzeugen, als sie ihr ihren Pass zeigten. Deshalb ließ sie die Männer ins Haus. Hier gaben ihr die zwei mit Gesten und Mimik zu verstehen, dass sie ihre Sachen packen und mit ihnen kommen sollte. Sie traute sich nicht, ihnen zu widersprechen. Ihr war bald klar, dass sie Richtung Flugplatz fuhren. Erkannte die Landschaft von der Hinreise wieder. Die Typen kümmerten sich darum, sie auf dem internationalen Flughafen in Keflavík einzuchecken; erst nach Kopenhagen und von dort aus mit einer anderen Maschine weiter nach Manila. Dann wurde sie von ihnen durch die Passkontrolle geschleust. Dort empfing sie irgendeine Mitarbeiterin der Fluggesellschaft und ging mit ihr hoch in den Wartesaal. Dann suchte sie Corazon wieder auf, als der Flug aufgerufen wurde, und begleitete sie bis an die Gate. Während dieser ganzen Zeit konnte sie nicht mit einer einzigen Person reden. Traf auf niemanden, der ihre Sprache verstand. Erst als sie in Kastrup ankam. Dort wurde sie von Polizisten abgefangen, die einen Dolmetscher mitgebracht hatten. Der erklärte ihr, dass sie nach Island zurückgeschickt würde. Wusste nicht, aus welchem Grund. Waren einfach Anordnungen.

Sigrún berichtet ihr, was mir in meinem Silberschlitten passiert sei, und wie das möglicherweise damit in Zusammenhang stehen könne, dass sie außer Landes geschafft werden sollte. Wahrscheinlich sei die Glatze der Drahtzieher beider Vorkommnisse.

Corazon ist völlig geknickt. Bricht in Tränen aus. Erklärt wortreich, dass diese Tragödie allein ihre Schuld sei.

Ich setze mich neben sie, nehme sie in den Arm und versuche, sie aufzumuntern. Mache ihr klar, dass sie doch nicht für die Straftaten anderer verantwortlich sei. Diese Männer hätten mich attackiert und sie entführt. Das sei deren Vergehen und nicht ihres. Schließlich lässt sie sich trösten. Nachdem sie meine Bluse völlig durchweicht hat. Ist dann auch noch darüber besorgt. Ich sage ihr, sie solle sich wieder einkriegen. Blusen sind zum Vollheulen da. Als sie sich wieder halbwegs im Griff hat, stehe ich auf und hole eine halb volle Flasche Jackie Daniels. Gieße drei kleine Schnapsgläser ein.

Wir stoßen darauf an, dass Corazon wieder in Sicherheit ist.

Die beiden nippen vorsichtig am Getränk, während ich das Glas in einem Zug leere. Lasse die brennende Flüssigkeit die

Zunge umspielen, bis mir der Jackie Tränen in die Augen treibt.

Welch ein Genuss!

Am Nachmittag fahren wir drei zu den Goldjungs, die eine detaillierte Aussage von Corazon zu Protokoll nehmen. Sie kann unter anderem sehr genau beschreiben, wie die beiden Männer ausgesehen haben.

Ich habe heute keine Energie, den Goldjungs auf die Füße zu treten. Muss das warten lassen. Erreiche Raggi am Abend, der aber so tut, als wisse er von nichts.

»Komm morgen vorbei«, sagt er. »Dann können wir die aktuelle Sachlage durchgehen.«

Okay. Ich habe keine Lust, mich jetzt mit ihm zu streiten. Möchte mich nur entspannen. Kräfte sammeln. Und Zeichensprache mit Corazon reden.

20

Sie ergriffen den harten Höddi am nächsten Morgen.

Am frühen Nachmittag bestellten sie mich zur Kripo, um ihn offiziell bei einer Gegenüberstellung zu identifizieren.

Raggi und der Vize gucken düster drein. Sie sehen aus, als ob der Stress sie umbringen würde.

Höddis Rechtsanwalt hingegen ist die Ruhe selbst. Ein gesetzter Herr um die fünfzig, der allgemein als der schleimige Einar bezeichnet wird. Immer im feinsten Stöffchen. In der Branche berühmt dafür, den Reichen die Kastanien aus dem Feuer zu holen. Wird hauptsächlich bestellt, wenn hohe Tiere in misslichen Lagen landen.

Warum verteidigt ein solcher Rechtsanwalt Kleinkriminelle wie Höddi? Das ist nicht sein Stil.

Die Männer werden ins kleine Nebenzimmer geführt, Sechs an der Zahl. Alle im ähnlichen Alter. Haben ganz alltägliche Kleidung an. Hosen aus dem Kaufhaus, Hemd, Sportjacke.

Die Goldjungs stellen sie an der Wand auf. Einen neben den anderen. Dann geben sie mir ein Zeichen, mir alle ganz genau anzusehen.

Eigentlich muss ich das gar nicht. Habe meinen Angreifer sofort erkannt, als er ins Zimmer kam, zumal nicht die Chance besteht, dass ich den Teufel in naher Zukunft vergesse.

Trotzdem tue ich, um was sie mich bitten. Gehe langsam, aber bestimmt an ihnen vorbei. Gucke ihnen allen ins Gesicht. Schön der Reihe nach. Drehe dann abrupt um und bleibe vor dem Schurken mit den schwarzen Augen und den gelben Zähnen stehen. Spieße diese zerfurchte Visage fast mit meinen Blicken auf.

»Das ist das Biest«, erkläre ich und zeige auf ihn.

»Bist du auch ganz sicher?«, fragt der schleimige Einar und guckt mich lächelnd an. Sein Tonfall gibt zu verstehen, dass ich mich doch sicher vertan haben müsse.

Aber diese Masche zieht bei mir nicht.

»Klare Sache«, antworte ich bestimmt.

»Dann wäre das also geklärt«, sagt der Vize. »Führt sie wieder raus.«

Die Formalitäten werden von den Goldjungs schnell erledigt. Als ich meine Aussage unterschrieben habe, ruft Raggi mich zu sich rein. Man sieht ihm an, wie erschöpft er ist. Er hat einen noch leidenderen Gesichtsausdruck als gewöhnlich. Stöhnt, als er sich an den Schreibtisch setzt.

»Wie geht's jetzt weiter?«, frage ich.

»Das wird nachher besprochen«, antwortet er. »Wahrscheinlich allerdings erst heute Abend.«

»Er wandert doch selbstverständlich hinter Gitter?«

»Deine Identifizierung war schon sehr überzeugend, das kann niemand bezweifeln. Aber Höddi streitet alles ab.«

»Wie meinst du das?«

99

Raggi zählt an den Fingern ab, während er erklärt: »Erstens bestreitet er, jemals mit dir geredet zu haben. Zweitens behauptet er, nie mit dir eine Verabredung im Hvalfjördur gehabt zu haben. Und drittens leugnet er, dich gerammt zu haben. Wie gesagt, er streitet alles ab.«

Ach nee! Was sonst?!

»Er wird doch wohl kaum vergessen haben, sich ein Alibi zu beschaffen?«, frage ich höhnisch.

»Allerdings nicht«, antwortet Raggi.

»Und was für einen hart gesottenen Gangster hat dieser Affe dazu gekriegt, für sich zu lügen?«

»Sigurjón ist der Hauptzeuge.«

»Die Glatze?«, rufe ich. Sogar mir wäre im Traum nicht eingefallen, dass die beiden so verdammt dreist sein könnten.

»Sigurjón hat eine offizielle Aussage gemacht, in der er bezeugt, dass Höddi in der besagten Zeit bei ihm zu Hause war, und nicht, wie du behauptest, im Hvalfjördur. Sie haben Videos geguckt und Karten gespielt, sagt er.«

»Karten gespielt?«

»Ja«, antwortet Raggi, ohne die Miene zu verziehen. »Gemäß seiner Aussage haben sie Schwarzer Peter gespielt.«

Ich kann nicht anders. Ich muss einfach lachen, obwohl mir nicht danach ist.

Die Glatze und Höddi fühlen sich also so sicher, dass sie meinen, sich erlauben zu können, die Goldjungs zum Besten zu halten. Ich glaub es einfach nicht, Schwarzer Peter!

»Ihr nehmt das doch wohl nicht ernst?«

»Es steht Aussage gegen Aussage.«

»Was für ein Blödsinn. Niemand, der noch alle Sinne beisammen hat, kann die Glatze in diesem Fall ernst nehmen. Höddi hat doch genau für ihn die Drecksarbeit erledigt. Und du weißt das.«

Raggi fährt sich mit der Hand übers Gesicht, ohne mir zu antworten. Reibt sich die Augen.

»Jetzt geben wir alles dran, um so schnell wie möglich diesen Jeep zu finden«, sagt er nach ein paar Schweigeminuten. »Da müssen doch ein paar Indizien zu finden sein.«

Ich stehe auf. Gehe zum Schreibtisch. »Und in der Zwischenzeit wollt ihr dieses Schwein weiter auf der Straße herumlaufen lassen? Obwohl ich ihn identifiziert habe?«

»Ich habe dir eben gesagt, dass das noch nicht entschieden wurde.«

»Schwachsinn, verdammt noch mal!«

»Es bringt überhaupt nichts, mich anzumotzen!«

Ich nehme meine Aktenmappe. Marschiere zur Tür. Drehe mich da noch einmal um. »Was ist eigentlich mit diesen zwei Typen? Ich meine die, die Corazon zum Flughafen gebracht haben?«

»Wir suchen noch.«

»Ihr habt sie also immer noch nicht gefunden.«

»Nein.«

»Und ihr Pass? Weißt du, wie sie an den gekommen sind?«

»Der Fall wird beim Ausländeramt untersucht.«

»Die ermitteln gegen sich selbst? Na super!«

Raggi legt seine Hände auf den Bauch.

»Findest du es nicht merkwürdig, dass der schleimige Einar zu Höddis Verteidigung bestellt ist? Für einen kleinen, unbedeutenden Dealer und Geldeintreiber? Geht dir da wirklich kein Licht auf?«

Raggi guckt mich missmutig an, ohne mir zu antworten.

»Es ist wirklich traurig zu sehen, dass ihr euch zum Spielball dieser Verbrecher machen lasst! Und alles nur wegen deren Verbindungen zu Geirmundur, nicht wahr?«

Die dicken Pausbacken erröten vor schnell aufkochender Wut. Raggi möchte am liebsten etwas Unzivilisiertes von sich geben, hält sich aber in letzter Sekunde zurück. Stattdessen signalisiert er mir mit der Hand, dass ich endlich verschwinden soll.

Ich öffne die Tür. Gucke noch mal kurz über die Schulter. »Lass dir von der Glatze Schwarzer Peter beibringen. Das ist so ein simples Spiel, das könnt sogar ihr lernen!«

Knalle die Tür hinter mir zu. Stapfe den Gang entlang und hinaus ins trübe Wetter. Beeile mich, zu meinem Mietwagen zu kommen, und schmeiße die Aktentasche auf die Rückbank.

Diese gerissenen Schweine!

Normalerweise hätte die Gegenüberstellung ausgereicht, um einen Antrag auf Untersuchungshaft für den harten Höddi durchzukriegen. Das Alibi war so eindeutig an den Haaren herbeigezogen, dass man es nicht für voll nehmen konnte. Sollte er nicht eingelocht werden, gab es dafür nur eine Erklärung: Angst vor politischem Druck.

Aber das ist deren Entscheidung, nicht meine. Ich kann in der Sache nichts mehr unternehmen. Kann nur abwarten und gucken, was passiert, wie andere Opfer von Verbrechern. Jedenfalls zurzeit. Und hoffen, dass sie den grauschwarzen Jeep so schnell wie möglich finden. So ein Auto kann doch in Island nicht spurlos verschwinden! Er musste irgendwo versteckt sein. Die Frage ist nur, wo.

Ich quetsche mich in meine kleine japanische Blechdose. In den Mietwagen, den ich benutzen muss, während die Versicherung meine Schadensanzeige bearbeitet. Hatte den Benz natürlich kaskoversichert. Was anderes wäre nie in Frage gekommen. Möchte mir einen neuen Traumschlitten besorgen. Am liebsten die gleiche Marke, nur ein neueres Modell. Meine Begleitung verjüngen, wie es die Männer machen.

Kurz, bevor ich zu Hause ankomme, klingelt das Handy. Es ist Ásta.

»Ich bin völlig am Ende«, sagt sie. »Ich traue mich nicht aus dem Haus, während die Sache so über mir hängt.«

Ich versuche, sie moralisch aufzubauen. Sage ihr, dass sie so tun soll, als sei nichts passiert, und alles machen soll, worauf sie Lust hat. Aber ich höre, dass meine Rede keinen Einfluss auf sie hat. Ihre Stimme klingt immer noch, als würde sie gleich anfangen zu weinen.

Schließlich gebe ich auf und verspreche ihr, vorbeizukommen.

»Manchmal müssen Frauen zusammenhalten.«

Sagt Mama.

21

Ásta geht vor mir her in die Küche. Lässt kaltes Wasser aus dem Hahn rinnen. Trinkt, als ob sie völlig ausgetrocknet und am Verdursten sei. Sie ist nass geschwitzt. Auf der hellen Bluse sind Schweißflecken. Und zwar nicht nur unter den Achseln.

Ich habe keine Lust, die Zeit mit inhaltslosem Smalltalk zu vergeuden.

»Wir wollen eins mal von vornherein klarstellen«, sage ich und gucke sie scharf an. »Hast du Ecstasy-Pillen in Steinunns Glas getan?«

»Nein!«, ruft sie.

»Sie hat es doch wohl kaum selbst getan?«

»Warum denn nicht?«, fragt Ásta zurück. »Sie hatte oft Dope dabei.«

»Hast du gesehen, wie sie sich solche Tabletten reingezogen hat?«

»Na klar! Und wenn wir zusammen ausgegangen sind, hat sie mir auch manchmal was gegeben.«

»Wer weiß noch davon?«

Sie zuckt die Achseln.

»Das ist eine brenzlige Angelegenheit«, sage ich barsch.

»Ich vermute, einige ihrer Freunde«, antwortet sie und guckt mich besorgt an: »Und Kalli natürlich.«

»Weiß Kalli, dass Steinunn dir Ecstasy gegeben hat?«

»Ja, und?«

»Wenn die Goldjungs beweisen können, dass du Zugang zu Ecstasy hast, steckst du bis zum Hals in der Patsche.«

Ihr scheint endlich klar zu werden, dass es mir vollkommen ernst ist.

»Wie schlimm sieht es denn aus?«

»Sie könnten zum Beispiel wieder versuchen, das Oberste Gericht dazu zu kriegen, dich in U-Haft zu stecken, und diesmal mit mehr Erfolg.«

»Oh mein Gott, meinst du wirklich?«

»Aber sicher.«

Sie überlegt. »Ich erinnere mich, dass Kalli uns einmal gesehen hat. Ganz am Anfang unserer Beziehung kam er einmal überraschend nach Hause. Wir wollten gerade auf die Piste und einen draufmachen, und da hat er gesehen, wie wir Ecstasy geschluckt haben.«

Zum Teufel!

Dann ist es also nur eine Frage der Zeit, wann die Goldjungs es erfahren. Kalli wird sein Wissen an sie weitergeben, wie die Videokassette auch.

Vielleicht war Steinunn selber die beste Verteidigung? Wenn sie laut Obduktionsbericht oft Drogen genommen hatte, warum dann nicht auch vor oder während der Sendung? Um sich aufzuputschen? Oder vielleicht auch zur Beruhigung?

»Erzähl mir mehr über Steinunn«, fordere ich.

»Warum?«

»Ich muss alles über sie wissen, um dir helfen zu können.«

Ásta gibt nach.

»In Ordnung, aber zuerst muss ich mir was Stärkeres zu trinken holen«, sagt sie und geht langsam aus der Küche.

Ich folge ihr in ihr Zimmer. Es ist ziemlich klein, aber nett eingerichtet. Eine dicke rote Tagesdecke auf dem Bett. Ein kleiner Apple-Computer auf dem Schreibtisch. An einer Wand Regale mit Büchern, CDs und einer schwarzen Stereoanlage. Ein Drehstuhl. Ein weißer Kleiderschrank. Ein großes

Plakat an der Wand mit zwei Mädchen drauf, die in ein Mikrofon grölen. Mit Sicherheit irgendwelche Popstars. Ich kenne sie nicht. Habe die Popszene nicht verfolgt, seit Madonna ganz oben war. Keiner ist so gut wie sie. Niemals.

Es stellt sich heraus, dass »etwas Stärkeres« ein rötliches, lieblich plätscherndes Gesöff aus dem Reich der Kopffüßler ist. Ásta gießt den neuseeländischen Rotwein in zwei Gläser. Reicht mir das eine. Nippt an der blutroten Flüssigkeit. Setzt sich dann auf ihr Bett. Nimmt noch einen Schluck.

Ich setze mich auf den Stuhl und mache eine halbe Drehung. Habe mich nie daran gewöhnt, Rotwein einfach so zu trinken, sondern immer mit einem Festtagsmenü. Probiere aber trotzdem etwas von dem Tropfen, um ihr Gesellschaft zu leisten. Dann frage ich weiter nach Steinunn.

»Sie war unternehmungslustig«, sagt Ásta. »Als hätte sie immerzu Angst, etwas zu verpassen, und deshalb musste sie alles sofort ausprobieren, bevor es zu spät war.«

»Wusstest du, dass sie herzkrank war?«

»Steina hat es mir gegenüber nie erwähnt. Sie benahm sich eher so, als hätte sie viel zu viel Energie und als müsste sie sich immer sofort austoben, um ihre innere Kraft loszuwerden.«

»Wann fing eure Beziehung an?«

»Ziemlich schnell nach Kursbeginn.«

»Und wie kamt ihr zusammen?«

»Sie hat mich eingeladen, mit ihr auszugehen.«

»Hast du ihr einen Anlass gegeben?«

Ásta grabscht sich ein Kissen, legt sich auf den Rücken und schiebt sich das Kissen in den Nacken. Guckt an die Decke. Stellt ihr Glas auf dem Bauch ab.

»Sie wollte mich eines Tages einfach unter vier Augen sprechen. Sie sagte, sie habe von jemandem im Kurs gehört, ich sei eine Lesbe und zur Zeit Single. Sie hatte Lust, das kennen zu lernen. Eigentlich hörte es sich an, als wollte sie eine neue Sorte Eiscreme ausprobieren.«

»Aber dann hat sich doch etwas geändert?«

»Sie konnte nicht aufhören«, erzählt Ásta und guckt zu mir. Ein geheimnisvolles Lächeln umspielt ihre Lippen.

»Das Abenteuer wurde also zur stürmischen Liebe?«

»Am Anfang war es für Steina nur ein Spiel. Sie war einfach so, wollte das Leben bis auf das Letzte auskosten, alles ausprobieren, so weit gehen, wie sie konnte, alles auf die Spitze treiben.«

Ásta leert ihr Rotweinglas.

»Nach einer Weile war ich mir jedoch über ihre wirklichen Gefühle nicht mehr so im Klaren. Alles wurde ziemlich kompliziert.«

Sie stellt das Glas auf den Nachttisch, setzt sich wieder hin und beginnt, ihre Bluse aufzuknöpfen. »Ich bin so wahnsinnig verschwitzt, die Bluse ist schon ganz feucht«, sagt sie und zieht sie aus.

»Ist es wahr, dass Steinunn dich nicht gehen lassen wollte?«

»Ja, das stimmt. Ich wollte Schluss machen. Ich fühlte mich nicht wohl, mit einer Frau zusammen zu sein, die weiter bei ihrem Macker wohnte und deshalb ganz tief im Inneren keine Lesbe war. Aber jedes Mal wenn ich es zur Sprache brachte, ist sie völlig ausgerastet. Manchmal hatte ich das Gefühl, dass sie selbst entscheiden wollte, wann wir Schluss machen, manchmal nahm sie unsere Beziehung richtig ernst.«

»Hattest du selber nie Zweifel?«

»Woran?«

»Dass du verliebt warst?«

Sie nimmt die rechte Hand hinter den Rücken, löst den BH und lässt ihn auf den Boden fallen. Legt sich dann wieder hin und schließt ihre Augen halb.

»Ich war vierzehn Jahre alt, als mir klar wurde, wie ich gepolt bin«, fährt sie nach kurzem Schweigen fort. »Ich war bis über beide Ohren verliebt, sodass danach einfach keine Männer mehr in Frage kamen.«

»Und Steinunn? War sie die große Liebe?«

Ásta schließt die Augen. Antwortet nicht sofort. Atmet tief ein, sodass sich die Brust hebt.

Sie sieht klasse aus. Kein Zweifel.

Mein Hals wird plötzlich trocken. Ich nehme einen großen Schluck Rotwein.

»Steinunn war einfach so völlig anders als das, was ich gewohnt war«, antwortet sie schließlich. »Vielleicht war ich nur so begeistert, weil um sie herum immer so unglaublich viel Spaß und Action war. Es war immer, als wäre morgen Weltuntergang.«

»Eine Frau am Rande der Verzweiflung, oder was?«

»Vielleicht ist das eine Erklärung. Ich weiß es nicht.«

»Was für Tabletten nahm sie denn sonst noch, außer Ecstasy, meine ich?«

»Sie hat immer alles Mögliche geschluckt, um zu funktionieren. Alle möglichen Aufputschmittel auf Rezept. Kalli müsste doch etwas darüber wissen.«

Kalli?

Natürlich müsste er am besten von allen wissen, was für Medikamente seine Frau nahm. Vielleicht war die Zeit gekommen, ihm mal einen Besuch abzustatten?

Ásta guckt zu mir hin. »Schmeckt dir der Rotwein nicht?«

»Ich steh mehr auf harte Sachen.«

»Hier gibt's nichts anderes. Mama ist völliger Antialkoholiker.«

»Wusste sie wirklich nichts über Steinunn und dich?«

»Sie findet Beziehungen dieser Art abartig«, antwortet sie.

»Warum glaubst du das?«

»Ich weiß es einfach.«

»Du kriegst sie doch bestimmt dazu, ihre Meinung zu ändern.«

»Nein.«

»Aber sie will doch alles für dich tun. Das sieht doch jeder!«

Ásta antwortet nicht. Guckt mich nur mit diesem besonderen Lächeln auf den Lippen an.

»Du musst es ihr selber sagen«, fahre ich fort.

»Ich kann es einfach nicht.«

»Wäre jedenfalls besser, als wenn sie es sonst wie erfährt«, sage ich und stehe auf. »Überleg's dir mal.«

»Musst du schon los?«

»Ja, ich muss noch tausend Sachen erledigen.«

Ásta steht auf, als ich mein halb volles Glas auf den Schreibtisch stelle.

»Ich fühle mich nur sicher, wenn du bei mir bist«, sagt sie und umarmt mich plötzlich. Völlig unerwartet.

»Wenn ich nur so stark wäre wie du«, flüstert sie und presst ihre nackten Brüste an mich.

Ich bin völlig verblüfft. Was selten vorkommt. Brauche ein paar Minuten, um mir klar zu werden, wie ich am besten reagieren soll. Löse mich dann vorsichtig, aber bestimmt aus ihrer Umarmung.

Sie fixiert mich mit ihren himmelblauen Augen, beugt sich schnell vor und küsst mich. Ihre Lippen sind heiß. Gierig. Entfachen Feuer. Entflammen die Leidenschaft.

Ich küsse zurück. Völlig unbeabsichtigt.

Dann gewinnt die Vernunft Oberhand.

»Es hat keinen Sinn«, sage ich kurzatmig und schiebe sie von mir weg. »Und schon gar nicht zu diesem Zeitpunkt.«

Sie setzt sich wieder aufs Bett und lächelt mich an wie eine Mona Lisa, die weiß, dass sie gewonnen hat.

22

Meistens versuche ich, alles genau entgegengesetzt zu machen, wenn ich kann. Ich finde es klasse, nicht so zu sein wie alle anderen.

Es ist Freitag. Der Fastentag. An diesem Tag mussten alle hungern, während die alten Kirchenmänner regierten. Die haben es genossen, alle zu peinigen. Auch sich selbst. Brauchten sogar einen besonderen Tag dafür. Den Tag der Selbstkasteiung.

Deshalb ist der Freitag mein Festtag. Da höre ich immer schon kurz nach Mittag auf, an Mammon und Kriminelle zu denken. Gehe lieber ausschweifend Lebensmittel und Wein einkaufen. Suche aus und verwerfe immer wieder. Suche das Beste. Nehme mir dann ausgiebig Zeit, mir eine Delikatesse zu kochen. Genieße es, mich selbst zu verwöhnen.

Normalerweise bin ich der einzige Gast bei meinem freitäglichen Festschmaus. Aber heute sind wir zu dritt. Ich habe Sigrún eingeladen, damit Corazon und ich uns endlich mal richtig unterhalten können. Wird ja auch Zeit!

Corazon darf dieses Mal *chef de cuisine* sein. Sie will unbedingt, dass ich philippinische Gerichte koste, die es bei ihr zu Hause an Festtagen gab. Im kleinen Ort südlich von Manila. Also gucke ich diesmal beim Kochen nur zu.

Sie ist eine geschickte Köchin. Hat es von ihrer Mutter gelernt, sagt sie. Es macht ihr unglaublichen Spaß, Gerichte aus ihrer Heimat zuzubereiten. Lächelt uns oft zu. Erklärt uns das Gericht: Adobo. Verwendet köstliches Schweinefleisch. Würzt mit zwei Zwiebelsorten, Zitronensaft, Sojasoße und anderen Leckereien.

Der pure Genuss.

Nach dem Essen fühle ich mich wohl. Gieße Jackie ins Glas. Nippe vorsichtig am Getränk. Will den Nachgeschmack des Essens nicht wegspülen. Nicht sofort. Aber trotzdem den lieblichen Geruch aus Tennessee riechen.

Wir reden im Wohnzimmer über Corazons Zukunft. Ich versuche herauszufinden, was sie selbst möchte. Nicht in den nächsten Tagen. Sie bleibt natürlich bei mir, bis ihre Situation geklärt ist. Aber was ist mit den nächsten Monaten? Und Jahren? Möchte sie wieder zurück nach Hause? Oder in Island bleiben?

Corazon ist bescheiden. Passt auf, dass sie nicht aufdringlich wirkt. Aber ich höre schnell heraus, dass sie nicht nach Hause zurückwill. Wenn es sich vermeiden lässt. Es wäre bestimmt eine große Schande. Und außerdem baut die Familie auf sie. Darauf, dass sie in diesem fernen Land genug verdient, um Geld nach Hause zu schicken.

Ich biete ihr an, in den nächsten Monaten bei mir zu wohnen, während sie lernt, sich auf Isländisch zurechtzufinden. Verspreche, dafür zu sorgen, dass sie nicht des Landes verwiesen wird. Und dass ich in absehbarer Zeit eine Stelle für sie finden werde.

Sie freut sich unbeschreiblich. Hört gar nicht auf, sich bei mir zu bedanken. Bietet mir an, sie Cora zu nennen.

Wir stoßen auf die Zukunft an. Unterhalten uns angeregt bis nach Mitternacht. Dann geht Sigrún nach Hause. Und Cora ins Bett.

Ich selbst bin ruhelos und habe überhaupt keine Lust, alleine unter meine Decke zu kriechen. Ertrage die Vorstellung nicht.

Mein Glas ist immer noch halb voll. Ich nehme es mit. Die Flasche auch. Gehe die Treppe runter. Ins Büro. Setze mich an den alten Schreibtisch am Fenster. In meinen bequemen Chefsessel mit der hohen Lehne. Genehmige mir einen großzügigen Schluck Jackie. Und noch einen. Gieße mir noch ein Glas ein. Stelle es auf den Tisch. Und die Flasche auch. Fühle, wie die Hitze des Feuerwassers durch den Körper strömt. Mit den Gehirnzellen spielt.

Aaah!

Aber ich brauche noch einen, bevor ich den Brief aufmache.

Zuerst überfliege ich die feine Schrift. Von Anfang bis Ende. Dann fange ich wieder von vorne an und lese langsamer. Sie erzählt von ihrem Leben in Minnesota. In diesem Winter war es dort genauso kalt wie in Island. Beschreibt auch die Leute, die sie vor kurzem getroffen hat. Dann wurde Johnny krank, der Mann, den sie geheiratet hat. Trotzdem haben sie Pläne für den Sommer gemacht. Wollen ein paar Wochen nach Kalifornien. Der Brief endet wie immer mit Ratschlägen. Ich soll mich vor allem Möglichen in Acht nehmen. In Liebe, Deine Mama.

Ich bin immer wieder von ihren Briefen enttäuscht. Sie handeln immer von etwas anderem als von uns. Auch jetzt.

Lege ihn dann in eine Schublade. Zu den anderen Briefen.

Genehmige mir noch einen Schluck.

Zum Teufel noch mal! Ich habe keine Lust, hier herumzuhängen und innerlich zu heulen wie ein Kind. Meinetwegen soll sie doch in Amerika ihren Spaß haben. Ist mir doch egal.

Ich nehme den Hörer ab. Rufe ein Taxi. Leere mein Glas. Ziehe mir schnell die Jacke über. Schmeiße mir ein bisschen Farbe auf die Lippen. Schneide Fratzen vor dem Spiegel. Schlüpfe in die Schuhe. Fahre in die Innenstadt. Mich vergnügen!

Es ist spätnachts, als ich endlich in Stimmung komme. Begebe mich ganz in die Gewalt von Jackie und der Musik. Checke dabei die Hengste ab. Suche mir einen brauchbaren One-Night-Stand.

Heute Nacht will ich einen Orgasmus haben. Ganz klar.

»Hallo! Wir kennen uns doch!«

Er steht an der Bar, als ich mir Nachschub hole. Lächelnd. Wahrscheinlich um die dreißig. Sexy. Ich weiß, dass ich ihn schon mal gesehen habe. Trotzdem brauche ich einen Moment, um ihn einzusortieren.

Na klar! Der Typ, der mich beim Fernsehen in Empfang genommen hat. Der, der die Sendung geleitet hat, als Steinunn starb.

»Schön, dich wiederzusehen«, sage ich und versuche, mich zu erinnern, wie er hieß. Reynir? Runólfur? Irgendwas in der Richtung.

»Alle reden über dich«, fährt er fort. »Du bist zurzeit die Berühmtheit der Stadt!«

»Wie nett.«

»Was möchtest du trinken?«

»Du darfst gerne bezahlen, wenn du unbedingt willst«, sage ich und hebe mein Glas.

Er bestellt sich eine Margarita. Bezahlt mit einer goldenen Kreditkarte. Führt mich dann zu einem Tisch.

»Hat Ásta sich wieder erholt?«, fragt er.

»Erwartungsgemäß.«

»Ja, es ist wirklich furchtbar, wenn Unschuldige in so was reingezogen werden.«

»Also, du bist sicher, dass sie unschuldig ist?«

Er lächelt wissend und tippt sich mit seinem Zeigefinger an die Nase, als ob er über die Sache viel mehr wüsste als alle anderen.

Aber ich habe keine Lust, ihn weiter über den Fall auszuquetschen. Die Musik ist schnell und aufputschend. Der Hengst sieht vorzeigbar aus. Und ist vielleicht auch zu allen Schandtaten bereit?

So eine Gelegenheit darf man sich nicht entgehen lassen. Ich fordere ihn deshalb zu einem engen Tanz mit mir auf. Habe gleich das Gefühl, dass er auch interessiert ist.

Wir gehen zu ihm nach Hause. Er wohnt in der oberen Etage in einem alten Holzhaus im Thingholt, direkt in der Innenstadt. Bittet mich ins Wohnzimmer. Legt eine CD auf. Holt eine halb volle Cognacflasche aus einem Schrank.

Ich ziehe mir Jacke und Schuhe aus. Schnappe mir den Hengst. Drehe mit ihm zum Takt der Musik ein paar Runden im Wohnzimmer.

»Möchtest du nichts trinken?«, fragt er.

Ich schüttele den Kopf. Gebe ihm einen feuchten Kuss. Einen langen. Und tiefen. Schmiege mich an ihn an. Habe nur das eine im Kopf. Ertrage keine Verzögerungstaktiken mehr.

Aber er ist altmodisch. Möchte es lieber im Bett machen. Führt mich ins Schlafzimmer. Lässt die Kleidung auf den Boden fallen. Wartet in den Boxershorts, dass ich das Gleiche mache.

Lächelnd schiebe ich meine Hand unter den Gummizug. Ergreife den Prinz. Fühle, dass er Gutes verheißt.

Knie mich hin. Ziehe ihm den Boxer herunter. Packe den Prinz mit eisernem Griff. Drücke zu. Spüre seine Kraft.

Sehr gut!

»Leg dich hin!«, sage ich. Meine Stimme klingt rau vor Lüsternheit. Ich betrachte meinen Hengst im Bett, während ich mich untenherum ausziehe. Aber nicht obenherum. Will den Armen nicht erschrecken. Nicht in diesem Augenblick. Setze mich rittlings über seine Beine. Spiele ein wenig mit ihm. Ziehe dann dem Prinzen einen Schlafanzug an. Führe ihn ein.

Aaah!

Ich habe meinen Hengst völlig unter Kontrolle. Ich halte ihn mit den Knien fest. Benutze den Prinzen wie ein lebendiges Spielzeug. Entfache die Leidenschaft in meinem Körper. Langsam, ganz langsam. Bis der letzte Damm wie durch eine kräftige Tiefensprengung bricht. Dann lege ich auf ihm los. Gebe meinen Gefühlen freien Lauf. Kreische lauthals, als ich einen heftigen Orgasmus bekomme.

»Wenn nur das Leben eine endlose Gaudi wär.«

Sagt Mama.

23

Verdammte Feiglinge!

Die Goldjungs haben darauf verzichtet, Untersuchungshaft für den harten Höddi zu beantragen. Behaupten, es sei für die Ermittlungen des Falles nicht notwendig. Vielleicht, wenn der Jeep gefunden würde, aber auch erst dann.

Raggi versucht, die Schlamperei zu entschuldigen, als ich um die Mittagszeit bei der Kripo reinschaue. Aber es gelingt ihm nicht. Es sieht so aus, als sei er selber nicht davon überzeugt, dass sie richtig gehandelt haben. Aber er hat innerhalb der Behörde wenig Einfluss auf den Fall. Da haben seine Vorgesetzten das Sagen.

Nach den Neuigkeiten ist mein Tag im Eimer. Ich könnte in die Luft gehen! Und ich war doch nach dieser Nacht so fit! Erholt wie noch nie zuvor. Der Hengst hieß Runólfur. Hab es an der Haustür gelesen, als ich mich gegen Morgen davongeschlichen habe. Ich ließ ihn schlafen, denn er hatte gezeigt, was er konnte – hervorragend und ausdauernd. Kam direkt in die Spitzenklasse. Zumal ich fest entschlossen bin, bald wieder bei ihm vorbeizuschauen. Solche Hengste findet man nicht in jeder Bar.

In mir kocht die Wut auf die Goldjungs. Natürlich haben nur sie die Macht, etwas zu unternehmen. Aber es kommt überhaupt nicht in Frage, in der jetzigen Situation aufzugeben. Ganz im Gegenteil, ich werde alles daransetzen, den harten Höddi in den Knast zu schicken. Und die Glatze auch. Die einzige Möglichkeit ist, den Goldjungs auf die Nerven zu gehen. Unerträglich sein. Am besten jeden Tag dort aufkreuzen, bis sie sich gezwungen sehen, etwas zu unternehmen.

Aber ich muss mich auch um andere und näher liegende Sachen kümmern. Unternehme eine kurze Fahrt zum herrschaftlichen Hauptgebäude der Versicherungsgesellschaft. Sie haben das Wrack bereits begutachtet und sind bereit, ihren Teil zu bezahlen. Ohne aufzumucken.

Als Nächstes fahre ich beim Autohändler vorbei und bestelle mir eine neue Silberkarosse. Möchte ihn so schnell wie möglich geliefert bekommen, damit ich diese japanische Blechdose loswerde.

Da klingelt das Handy.

Es ist Ásta. Sie ist mutlos, niedergeschlagen. Weinerlich.

114

Also stimme ich schließlich zu, sie zu treffen, aber nicht bei ihr zu Hause. Deshalb lade ich sie ins Café Paris ein. Dort läuft man jedenfalls nicht Gefahr, dass ihr irgendein Blödsinn einfällt.

Sie hat eine große Sonnenbrille auf, als würde sie in einem amerikanischen Thriller spielen. Ihre Nerven sind bis auf das Äußerste angespannt. Die Stimme zittert. Sie findet, dass ihr Leben grundlos zerstört wurde.

Ist das ihr Ernst? Oder zieht sie eine Show ab?

Das herauszufinden ist schwierig. Aber als sie die dunkle Brille für einen Moment abnimmt, sehe ich die dunklen Ringe unter den blauen Augen. Wie nach lang andauernder Schlaflosigkeit.

»Ich warte immer darauf, dass sie wiederkommen«, sagt sie und rührt den Kaffee nicht an. »Auch nachts.«

»Das geht nicht. Du musst doch schlafen!«

»Ich fühle mich so einsam und alleine, und ich habe niemand anderen als dich, mit dem ich darüber reden kann.«

Obwohl ich normalerweise gegen Medi-Dope bin, rate ich ihr, mit ihrem Hausarzt zu reden und sich Schlaftabletten verschreiben zu lassen. Und dann mal zehn Stunden am Stück zu schlafen. Danach würde sie sich fühlen wie ein neuer Mensch.

Ásta verspricht, mit dem Arzt zu reden. Aber ich weiß nicht, ob sie es ernst meint, und biete ihr an, ihn selber anzurufen und mit ihm zu sprechen. Werde beim fünften Versuch endlich zu ihm durchgestellt. Beschreibe ihm Ástas Zustand und bekomme ihn dazu, ein Rezept telefonisch an die nächste Apotheke durchzugeben.

»Komm, ich fahr dich nach Hause«, sage ich und schiebe den lauwarmen Kaffee in die Mitte des Tisches. »Die Tabletten holen wir auf dem Weg.«

Kurze Zeit später hält sie das Medikament in den Händen, und wir fahren los Richtung Grafarvogur. Aber als wir auf der Miklabraut sind, der Hauptverkehrsader der Stadt, sagt sie plötzlich: »Ich habe dir doch noch nicht alles gesagt.«

Natürlich nicht!

»Dann erzähl es mir jetzt«, antworte ich.

»Wir haben uns oft in einer kleinen Wohnung getroffen, die Steinunn benutzen durfte.«

»Wo?«

»Im Breidholt. Ich habe einen Schlüssel, wenn du sie sehen willst.«

Was sonst?

Ásta zeigt mir den Weg zu einem stattlichen Hochhaus im oberen Teil des Viertels, der auf einem Berg liegt.

»Die Wohnung ist im siebten Stock«, sagt sie.

Wir warten auf den Aufzug. Lassen erst ein paar ausgelassene Kinder heraus. Dann fahren wir hoch und gehen einen langen Gang entlang.

»Hier ist es.« Sie holt den Schlüssel aus ihrer kleinen roten Handtasche und öffnet die Tür. Knipst das Licht im Wohnzimmer an.

Als Allererstes fallen mir die Bilder an den Wänden auf. Nur erotische Zeichnungen von nackten Leuten beim Liebesspiel.

Ásta setzt sich auf das rosa Sofa.

An der Wand gegenüber dem Sofa steht ein großer Fernseher. Und ein Videogerät. Und viele Videokassetten, von denen einige farbige Bilder auf den Covers haben. Eine von denen nehme ich aus dem Regal. Es ist leicht erkennbar, was auf dem Video drauf ist. In diese Kategorie scheinen allerdings die meisten zu gehören. Pornos.

»Da habt ihr ja genug zum Gucken gehabt«, sage ich.

»Das kann schon nett sein«, antwortet Ásta. »Steina wollte oft etwas laufen lassen, wenn wir zusammen waren.«

Manche der Videos sind internationale Fließbandarbeiten. Aber auf anderen scheinen eigene Aufnahmen zu sein.

Ich werfe einen kurzen Blick auf Ásta. »Gibt es hier vielleicht auch Aufnahmen von dir?«

»Ich weiß nicht. Sie hat mir nie erzählt, dass sie uns filmt.«

116

Glaubt sie wirklich, dass ich ihr das abnehme?

Ich überfliege die Videos im Regal. Auf manchen stehen Namen, die mit mindestens zwei verschiedenen Handschriften vermerkt worden sind. Sowohl Frauen- als auch Männernamen. Aber nur die Vornamen. Ich lese einen Namen nach dem anderen, mit denen ich nichts anfangen kann, bis ich ein Video finde, auf dem nur ein Wort steht: Ásta.

Ich lege sie auf den Fernseher und suche weiter, bis ich alle Titel durchhabe.

Es ist das einzige Video mit ihrem Namen. Ganz sicher.

Ich nehme es wieder und lasse es schnell in meiner Aktentasche verschwinden.

Ásta verfolgt alles sehr genau. »War das etwa …?«

»Was hast du denn gedacht?«

Ich setze mich auf das weiche, breite Sofa. Überlege, was zu tun ist, als ich auf einmal Geräusche höre. Wie tiefes Stöhnen. Schaue Ásta fragend an, die erbleicht ist. Sie schüttelt den Kopf. Gibt vor, nicht zu wissen, was los ist.

Vielleicht.

Das Gestöhne kommt aus dem Schlafzimmer am Ende des Ganges. Daran besteht kein Zweifel.

Was sollen wir machen? Schnell wieder verschwinden? Oder den Geräuschen nachgehen und nachsehen, woher sie kommen?

Abhauen ist jedenfalls nicht mein Stil.

Ich gehe den Gang entlang. Öffne leise die Tür zum Schlafzimmer. Achte darauf, dass man mich nicht hört.

Ein völlig nackter Mann liegt stöhnend im Bett. Er ist blond. Wahrscheinlich um die vierzig. Er ist mit Ketten an Kopf- und Fußende des Bettes gefesselt. Riesige Sicherheitsnadeln hängen in den erregten Brustwarzen, und Klemmen mit Kabeln daran halten seinen steifen Prinzen umschlossen. Alles aus rostfreiem Stahl, scheint mir.

Ein Mädchen kniet zwischen seinen Beinen. Kann nicht erkennen, ob sie jung oder alt ist, denn sie steckt von Kopf bis Fuß in einer Ledermontur. Sie hat eine Maske über dem Gesicht und schwarze Stiefel an. Sie konzentriert sich darauf, den Prinzen mit den verkabelten Instrumenten zu foltern. Allerdings stöhnt der Kerl nicht nur vor Schmerz, sondern auch vor Lust. Ihm scheint es zu gefallen.

Ich halte mir den Mund zu, um nicht laut loszuprusten. Ich finde das so unglaublich witzig. Fand Sadomasochismus noch nie toll. Sado-Maso ist doch bescheuert.

Sie schauen beide auf, als ich mich nicht mehr zurückhalten kann. Der Typ öffnet die Augen, als er mein Gelächter hört. Er ist völlig geschockt, als er mich in der Tür sieht. Zuerst erbleicht er. Dann wird er knallrot. Nicht vor Scham, sondern vor Wut.

»Was zum Teufel machst du in meiner Wohnung?!«, fragt er wütend und rüttelt an den Ketten.

Das Mädchen bewegt sich nicht. Guckt mich nur weiter durch die Schlitze ihrer Ledermaske an.

Ich höre Ásta hinter mir. Sie kommt in die Tür. Zieht die Luft ein.

»Das ist Kalli«, flüstert sie mir ins Ohr.

»Mach mich los!«, befiehlt er dem Mädchen im Bett.

Aber sie hat eine ziemlich lange Leitung. Kniet weiterhin regungslos zwischen seinen Beinen und starrt uns an. »Sollen die zugucken?«, fragt sie schließlich. Die Stimme klingt kindlich.

»Natürlich nicht!«, ruft er. »Mach mich jetzt los!«

Sie steigt vorsichtig aus dem Bett, holt einen Schlüssel, der auf dem Nachttisch liegt, und macht sich daran, die Schlösser an den Ketten aufzuschließen.

Ich gehe näher ans Bett heran. Versuche, mein Lachen zu unterdrücken, aber ohne viel Erfolg. Begucke mir eingehend die Kabel, die den Prinzen immer noch gefangen halten, obwohl er schon zusammengefallen ist wie ein zerplatzter Luftballon.

118

»Ist das wirklich toll?«, frage ich.

Aber Kalli ist nicht in der richtigen Stimmung, mir zu antworten. Sobald seine Hände von den Ketten befreit sind, zieht er sich die Sicherheitsnadeln aus der Brust und befreit seinen Prinzen aus dem Kabelsalat. Zieht sich dann schnell einen dicken dunkelbraunen Bademantel an, der auf einem Stuhl vor dem Toilettentisch und dem Spiegel liegt.

»Hast du etwa einen Schlüssel zu der Wohnung?«, fragt er Ásta frech, während er in den Flur geht.

»Entschuldige die Störung«, sage ich zu dem Ledermädchen. »Wir wussten nicht, dass jemand hier ist.«

»Kein Problem«, antwortet sie leise.

Kalli hält Ásta eine wütende Gardinenpredigt, als ich wieder ins Wohnzimmer komme. Ich schneide ihm abrupt das Wort ab.

»Steinunn hat ihr den Schlüssel gegeben, also hat sie ein Recht darauf, hierher zu kommen«, sage ich und werfe ihm scharfe Blicke zu. Sein Gesicht ist vor Wut angeschwollen. »Aber ich konnte ja nicht wissen, dass du gerade den Tod deiner Frau feierst.«

»Den Tod ... meiner Frau ... feiern???« Er kriegt kaum Luft vor Zorn.

»Ich bin sicher, dass es die Goldjungs interessieren wird, zu hören, wie du dich freust, Steinunn los zu sein«, fahre ich im gleichen Tonfall fort.

»Die Goldjungs?«

»Die Bullen.«

Der Kerl ist sichtlich geschockt. Er guckt mich forschend an.

»Nicht alle verarbeiten ihre Trauer auf gleiche Art«, sagt er nach einer Weile Stille. »Ich behaupte daher, dass das ganz normal ist.«

»Dann erzähl denen das!«

Das Mädchen kommt aus dem Schlafzimmer. Sie hat ihre

Garderobe gewechselt. Sieht aus wie ein Schulmädchen.
Ganz jung.

»Ich bin weg«, sagt sie leise.

Kalli läuft zu ihr hin. »Ich ruf dich heute Abend an«, sagt er.

Sie nickt und verschwindet durch die Tür.

»Mir scheint, dass sie noch minderjährig ist«, sage ich.

»Was für ein Blödsinn.«

»Ich krieg das raus, darauf kannst du wetten.«

Er steht für einen Moment wie angewachsen im Flur.
Scheint auf einmal ratlos zu sein. Erschöpft. Guckt Ásta und
mich abwechselnd an. Seufzt dann. Geht ins Wohnzimmer.
Lässt sich in den tiefen Sessel fallen.

»Was wollt ihr eigentlich von mir?«, fragt er.

Bingo!

24

Kalli ist gewieft, was seine Verteidigung angeht. Besonnen
und konzentriert in allen Antworten. Streitet entschieden ab,
Steinunn jemals Rauschgift gegeben zu haben. Weder Kokain,
Ecstasy, LSD oder etwas anderes. Falls sie solche Mittel genommen hatte, dann von sich aus oder mit anderen zusammen. Zum Beispiel mit Ásta.

Ich glaube ihm kein Wort.

Er streitet auch ab, ihr Medi-Dope besorgt zu haben. Ihr
Hausarzt hätte die alleinige Verantwortung dafür gehabt, solche Rezepte auszustellen. Das alles sei schon zu Protokoll gegeben worden und in den Händen der Polizei. Keine Geheimnisse diesbezüglich. Sagt er.

Auch das zu glauben, fällt mir schwer.

Kalli bestätigt jedoch, dass Steinunn immer auf der Überholspur gelebt hat.

»Genau das war es, was mich am meisten an ihr fasziniert

hat, als ich sie kennen lernte«, erzählt er. »Sie war immer bereit, die ausgetretenen Pfade zu verlassen und etwas Verrücktes, Neues auszuprobieren. Deshalb war jeder Tag mit ihr wie ein neues Abenteuer.«

»Und nach einer Weile?«

»Wir waren sechs Jahre verheiratet. Da schleift sich natürlich ein gewisser Trott ein. Aber wir haben trotzdem versucht, das Leben gemeinsam zu genießen.«

»Was war mit dem Herzfehler?«

»Merkwürdigeweise schien Steina zu ahnen, dass sie nicht alt werden würde«, sagt er. »Sie benutzte den Herzfehler als Vorwand, um ihre Vorhaben durchzusetzen und das zu machen, was sie wollte.«

»Aber du als Arzt wusstest natürlich, dass sie herzkrank war.«

»Ich wollte, dass sie sich untersuchen lässt«, antwortet Kalli. »Ich habe sogar einen Termin für sie vereinbart. Aber sie hat immer gesagt: Wenn es etwas Ernstes ist, will ich nicht wissen, was es ist. Sie wollte lieber mit der Ungewissheit leben.«

Kalli guckt mich an. Kalt und ausdruckslos.

»Und wie seid ihr zu der Wohnung hier gekommen?«, frage ich.

»Nach zwei oder drei Jahren wollten wir beide etwas ändern. Ich wollte Sachen ausprobieren, an denen sie kein Interesse hatte und andersherum. Also diskutierten wir die Sache durch wie gesittete Leute, und das Ergebnis war, dass wir beide unsere besonderen Bedürfnisse am besten auf diese Weise befriedigen könnten. Wir benutzten diese Wohnung hier abwechselnd, sodass jeder an bestimmten Tagen der Woche Nutzungsrecht hatte.«

»Vorsichtig ausgedrückt eine ungewöhnliche Ehe, oder nicht?«

»Wir hielten das für eine praktische Einrichtung. Und es gab keine Geheimnisse zwischen uns, denn wir haben dem anderen immer alles erzählt, was wir alleine gemacht haben.« Er wirft einen Blick auf Ásta. »Zumal es ja nichts anderes als Kurzweil war.«

»Und was war mit Eifersucht?«

»Ich denke, dass Eifersucht kindisch und unreif ist«, antwortet Kalli und lächelt überheblich. »Wir waren beide über so etwas erhaben.«

»Und warum warst du dann so wütend auf mich?«, fragt Ásta.

»Wütend auf dich?«

»Hast du das vielleicht vergessen?«

»Das betraf nicht dich persönlich.«

»Worum ging es?«, frage ich.

»Steina hat ein Mal unsere Regeln gebrochen, als sie dieses Mädchen da nach Hause mitgebracht hat. Ich habe sie zusammen im Ehebett gefunden, und laut unserer Abmachung war das absolut tabu. Deshalb bin ich ausgerastet. Aber Steina und ich haben das hinterher in Ruhe besprochen, sie hat sich entschuldigt, und damit war alles vergeben und vergessen.«

Vergessen?

Ich betrachte ihn sehr genau von oben bis unten. Glaube nicht einen Augenblick daran, dass diese merkwürdige Ehe so einfach und reibungslos funktionierte. Passt überhaupt nicht zu meinen Erfahrungen mit der Natur des Menschen.

»Wir wissen, dass Steinunn diverse Aufputschmittel benutzte«, sage ich. »Woher hatte sie die?«

»Es ist völlig zwecklos, mich danach zu fragen.«

»Aber war Rauschgift nicht ein Teil eurer Versuchsreihe? Zum Beispiel mit Kokain?«

»Ich habe das bereits verneint.«

Ásta steigt ins Gespräch ein: »Steina hat aber was anderes gesagt.«

»Was sagst du da?«

»Sie hat mir erzählt, dass ihr Spitt und Ecstasy geschluckt

habt. Und Acid auch«, fährt Ásta fort. »Sie hat mir sogar von den Wirkungen berichtet, weil ich ihr gesagt hatte, dass ich so was noch nie probiert habe.«

»Ich habe an euch schon viel zu viel Zeit verplempert«, sagt Kalli kalt und ruhig und steht auf. »Am besten gibst du mir jetzt den Schlüssel.«

Ásta zögert.

»Ansonsten lasse ich ein neues Schloss einsetzen.«

Sie kramt den Schlüssel aus ihrer Tasche und reicht ihn Kalli.

Ich nehme meine Aktenmappe und gehe zur Tür. Drehe mich noch mal auf der Schwelle um. Sehe, dass Kalli immer noch im Wohnzimmer steht und uns hinterherguckt. Sein Gesichtsausdruck ist verkniffen. Hasserfüllt.

»Ich glaube dir nicht«, sage ich.

»Das ist mir völlig egal«, antwortet er.

Ásta hält sich an meinem Arm fest, während der Aufzug abwärts fährt. Der Besuch scheint sie sichtlich mitgenommen zu haben.

»Steina hat immer gesagt, dass er eiskalt sei«, flüstert sie. »Sie kam sich manchmal vor wie ein Versuchskaninchen im Labor. Kalli hat ständig alles beobachtet, was sie gemacht hat, und notierte sich sogar ihre Reaktionen, als sei sie eine Ratte im Käfig.«

»Hat sie das so gesagt?«

»Ja.«

Als wir ins Auto eingestiegen sind, frage ich sofort: »Was hat er eigentlich gesagt, als er euch zusammen erwischt hat?«

»Er ist völlig ausgerastet. Er kam ins Schlafzimmer gefegt und schrie uns an. Er benutzte eine ganze Palette an Vokabular unter der Gürtellinie, das ich noch nicht mal wiedergeben kann. Dann stürmte er wieder hinaus und knallte die Tür mit Karacho hinter sich zu. Ich weiß, dass Steina Angst vor ihm hatte, jedenfalls nach dieser Begebenheit.«

Mir fällt es leichter, Ástas Beschreibung von Kallis Raserei zu glauben als seinen Behauptungen von einer herzlosen, berechnenden Übereinkunft, die Steinunn erlaubte, ihn nach Belieben zu betrügen. Hatte er schließlich aufgehört, es bei Worten und Türenknallen zu belassen, und war stattdessen zu Taten geschritten? War es denkbar, dass Kalli Steinunn ermordet hatte?

Auf dem Weg in den Grafarvogur hänge ich diesen Gedanken nach. Ásta sitzt müde und schweigsam auf dem Beifahrersitz.

Zwei Polizeiautos warten vor dem Mehrfamilienhaus, in dem Ásta wohnt. Als ich meine japanische Blechdose in die Parkbucht fahre, springen zwei Goldjungs aus dem einen Streifenwagen und kommen mit schnellen Schritten zu uns herüber.

»Bleib ganz ruhig«, sage ich zu Ásta.

Der eine Goldjunge öffnet die Beifahrertür. »Du kommst mit uns«, sagt er zu Ásta.

Ich steige schnell aus und trete zwischen die beiden. »Um was geht's?«

»Sie soll zu einem Verhör kommen«, sagt er.

»Ich komme mit.«

»Du kannst uns in deinem Auto folgen, wenn du willst«, sagt der Goldjunge und führt Ásta weg.

Ich kann nichts anderes machen, als ihr gut zureden; sie soll Ruhe bewahren und nichts ohne mein Beisein sagen. Und dann fahre ich hinter ihnen her zur Kripo.

25

Im kleinen Zimmer, das für Verhöre genutzt wird, ist es eng. Ásta sitzt ganz in meiner Nähe und versucht, ihre Nervosität zu überspielen. Raggi hat hinter dem Tisch Platz genommen und pult mit besonderer Sorgfalt den Dreck unter seinen Nägeln hervor. Einer der Goldjungs steht an der geschlossenen Tür Wache.

Wir warten darauf, dass der Vize geruht, sich blicken zu lassen. In der Zwischenzeit nutze ich die Möglichkeit, das Ergebnis der chemischen Wasseranalyse zu lesen.

Das ist der Bericht über die »Mordwaffe«, wie Raggi das Glas einmal genannt hat. Doch wie es scheint, zu Unrecht.

Ich überfliege das Schriftstück, das mehr oder weniger in schwer verständlichem Jargon gehalten ist. An einigen Stellen sind lange lateinische Wörter, die Ärzte benutzen, um ihr Spezialwissen vorzuführen. Trotzdem habe ich schnell des Pudels Kern erfasst. Zuerst die Wasserkanne. Da wurde nichts Verdächtiges gefunden. Nur ganz normales Leitungswasser.

Dann das Glas. Es war noch genügend Wasser für eine chemische Analyse übrig. Darin wurden Reste von etwas gefunden, was die Kenner der Pharmazie Lysergsäurediethylamid nennen.

Mir kommt dieser lange Name gleich bekannt vor. Habe ihn oft in Verbindung mit anderen Rauschgiftfällen gesehen. Das ist die berühmte Bezeichnung für das Mittel Lysergid, das Halluzinationen hervorruft. Mit anderem Namen LSD.

Was für eine Erleichterung!

Im Bericht des Obduktionsarztes war schon aufgezeigt worden, dass die »Mordwaffe« die gefährlichste Form von Ecstasy-Pillen war, die die Stoffe PMMA und PMA enthielten. Aber im Wasserglas wurden keine Reste dieser Stoffe gefunden.

Also haben die Goldjungs nichts in der Hand.

Ásta schaut auf und guckt mich mit diesen tiefblauen Augen an. Ihr Lächeln verschwindet genauso schnell, wie es gekommen war.

Plötzlich kommt der Typ hereingestürmt. Mit grimmiger Miene wie ein wütender Stier. Aber edel angezogen. Sehr imposant, das muss man dem Knaben schon zugestehen. Setzt sich Ásta gegenüber an den Tisch. Beugt sich vor. Guckt ihr direkt in die Augen. Macht einen missglückten Versuch, freundlich zu sein.

»Meine liebe Ásta, das Spiel ist aus«, sagt er. »Jetzt wissen wir genau, was du ins Glas getan hast. Erzählst du uns noch, warum?«

Ásta wird ängstlich. Guckt mich Hilfe suchend an. Wendet sich dann wieder dem Vize zu.

»Aber ich habe nichts ins Wasser getan«, antwortet sie schließlich.

»Die chemische Analyse sagt uns aber etwas anderes. Deshalb ist weiteres Leugnen zwecklos.«

»Aber es ist wahr!«

Da beginnt er, seine Fragen wie mit einem Maschinengewehr abzufeuern: »Wo hast du die Pillen her?«

»Was ... was für Pillen?«

»Die LSD-Pillen, die du ins Wasser getan hast?«

Sie schüttelt den Kopf.

»Wo hast du sie gekauft? In der Schule? In einer Bar? Wo?«

Mit dieser Aktion gibt er zu erkennen, dass sie nicht den geringsten Beweis in der Hand haben, dass Ásta überhaupt LSD besessen hat.

Schließlich reicht es mir.

»Sie hat schon zum x-ten Mal ausgesagt, dass sie nichts über diese Tabletten weiß«, sage ich wütend.

Der Vize antwortet mir noch nicht mal. Stattdessen bearbeitet er Ásta weiter. »Du hast das Wasser ins Glas geschüttet«, donnert er. »Du hast das Glas vor Steinunn auf den Tisch gestellt. Du hast alles gemacht, niemand sonst kam dem Glas nahe. Siehst du nicht ein, wie sinnlos es ist, uns weiter anzulügen?«

»Aber ich sage die Wahrheit«, antwortet Ásta.

Sie kommen nicht weiter, egal, was sich der Vize einfallen lässt. Ásta wiederholt nur immer wieder die gleichen Antwor-

126

ten. Erstaunlich, wie gut sie sich behauptet, so gestresst, wie sie am Anfang war.

Natürlich ist das Verhör nur eine bedeutungslose Farce. Ein verzweifelter Versuch, um Ásta dazu zu bringen, die Tat zu gestehen. Nur so können die Goldjungs ihr Ansehen retten, bevor sie öffentlich eingestehen müssen, dass nichts für Ástas Verantwortung für Steinunns Tod spricht.

»Gut gemacht«, sage ich und lächele ihr zu, als der Vize aufspringt und mit langen Schritten aus dem Raum marschiert.

Ich erwische Raggi gerade noch, als er schon dabei ist, sich in einen Streifenwagen zu quetschen, um in die Mittagspause zu entschwinden. Gehe gleich auf ihn los.

»Ihr seid ja nicht ganz bei Trost!«, sage ich aufgebracht. »Verfolgt Ásta, obwohl sie völlig eindeutig unschuldig ist, aber lasst dieses verdammte Schwein Höddi frei rumlaufen, trotz des zweifelsfreien Ergebnisses der Gegenüberstellung! Ihr müsst ja verdammt stolz auf euer Tagewerk sein!«

»Wir kommen voran«, sagt Raggi völlig gelassen.

»Ihr seid mit Höchstgeschwindigkeit auf dem Weg in die völlig falsche Richtung!«

Er schüttelt den Kopf.

»Was ist mit der Attacke auf mich?«, frage ich. »Ist jemand überhaupt noch dabei, den Jeep ausfindig zu machen?«

»Selbstverständlich.«

»Und?«

»Er ist immer noch nicht gefunden worden«, antwortet Raggi. »Aber wir haben die Aussage eines jungen Paares, denen das besagte Auto am entsprechenden Tag auf der Hellisheidi entgegengekommen ist. Deshalb haben wir die Suche nun auch auf das Südland ausgedehnt.«

»Ihr seid wohl noch nicht auf die Idee gekommen, in die Garage der Glatze zu gucken?«

Er senkt seinen Blick auf seinen Schmerbauch, ohne mir zu antworten.

»Hallo?!«

Da schaut er auf. »Wir haben dort tatsächlich schon geguckt«, antwortet er leidend. »Du kannst wirklich glauben, dass wir unser Bestes geben.«

»Und was zum Teufel hat das bisher gebracht?«

Raggi nimmt den inneren Griff der Autotür. »Lass mich jetzt die Tür zumachen«, sagt er.

Ich latsche zu meinem Mietwagen, fahre nach Hause und stapfe direkt in mein Büro. Da hätte ich fast meinen Cousin Sindri über den Haufen gerannt. Hatte ihn heute Morgen zu mir bestellt, weil mein Computer sich weigerte, mir zu gehorchen. Jetzt kniet er auf dem Fußboden und nimmt ein paar Verbindungen unter die Lupe.

Sindri ist der einzige Verwandte, mit dem ich regelmäßig Kontakt habe. Er denkt an nichts anderes als Computer. Sie sind seine Lieblingsbeschäftigung. Zumal er auch alles über diese Geräte weiß. Kann angenehm davon leben, Homepages zu codieren und Computerprobleme anderer Leute zu lösen. Aber ansonsten spielt er nur herum. Wacht morgens mit den Rechnern auf und geht abends mit ihnen schlafen. Ein wahrer Computerfreak.

»Hast du den Fehler gefunden?«, frage ich und knalle meine Aktenmappe auf den Schreibtisch.

»Es wird«, antwortet er, ohne aufzusehen.

Ich sortiere die Unterlagen in der Sache Staatsanwaltschaft gegen Ásta an die richtige Stelle im Aktenschrank ein. Für die Goldjungs gibt es jetzt keinen Grund mehr, sie wegen Mordes zu verdächtigen. Deshalb war es so idiotisch von ihnen, sie immer noch zu verfolgen. Genauso bescheuert, wie den harten Höddi weiterhin frei herumlaufen zu lassen.

Meine Wut flammt wieder auf. Hat mich völlig im Griff. Die Wut auf die Goldjungs und dieses verrottete System. Es juckt mich buchstäblich in den Fingern, diesem verfluchten Verein das Leben schwer zu machen. Aber wie?

»Verdammte Idioten!«, fluche ich laut mit mir selber.

»Wer?«, fragt Sindri und wendet seinen Blick für einen Moment von den Steckkontakten ab.

»Ich meine alle diese Ratten im System.«

»Hast Recht.«

Ich muss mich einfach abreagieren. Die Worte strömen aus mir heraus wie ein Wasserfall. Ich erzähle Sindri alles über die Verbindungen zwischen Geirmundur, der Glatze, dem harten Höddi und dem Attentat im Hvalfjördur. Erkläre ihm, was für eine Heidenangst die Goldjungs haben, denen auf die Zehen zu treten, die wirklich Macht in der Gesellschaft haben.

Er findet auch, dass es eine unerträgliche Ungerechtigkeit ist.

»Warum lässt du dich nicht von Journalisten und Reportern interviewen und deckst die Machenschaften dieser Kerle auf?«, fragt er und wendet sich wieder meinem Computer zu.

»Sie brauchen Beweise. Obwohl ich natürlich weiß, dass der harte Höddi mir im Auftrag von Geirmundur gedroht hat, bestreitet er das. Und ich war so blöd und hatte kein Aufnahmegerät dabei.«

»Fahr jetzt mal den Computer hoch«, sagt er und steht auf.

Der Rechner reagiert sofort. Er singt wie ein heiserer Computerengel, während er die Programme lädt.

»Versuch jetzt mal, etwas auszudrucken.«

Auch das geht wie geschmiert.

»Du bist ein Genie«, sage ich.

Mein Cousin hat aufgehört, sich gegen diese Bezeichnung zu wehren, aber beginnt gleich, sein Zeug einzupacken.

»Warum machst du dir nicht das Internet zu Nutze?«, fragt er.

»Wie denn?«

»Im Internet kann man behaupten, was man will, und wenn es spannend genug ist, springt die Presse sofort darauf an, nur weil es im Netz steht.«

»Aber könnte man es nicht sofort auf mich zurückführen?«
»Nicht unbedingt.«
»Wie meinst du das?«
»Man kann eine Webseite erstellen, die auf einem Server im Ausland liegt, ohne dass jemand dahinter kommen kann, wem sie gehört.«
»Bist du sicher?«
»Na klar.«
Tolle Idee. Oder etwa nicht?

Ich lasse mir die Idee von Cousin Sindri eine Weile durch den Kopf gehen. Es wäre sicherlich möglich, auf einer namenlosen Webseite diverse Andeutungen zu machen, ohne Spuren zu hinterlassen, dass die Informationen von mir kommen. Die Verbindung Geirmundur – Glatze aufzeigen. Auch den harten Höddi. Und möglicherweise Porno-Valdi. Man könnte sich auch über die Tatenlosigkeit der Goldjungs auslassen. Alles schön zu einem giftigen Cocktail zusammenrühren.

»Wenn du willst, helfe ich dir dabei«, fährt er fort.

Die Vorstellung hat was. Trotzdem möchte ich mir die Sache noch durch den Kopf gehen lassen. Möchte nichts voreilig vom Stapel brechen. Bin so verdammt wachsam geworden.

»Ich sag dir bald Bescheid«, verabschiede ich Sindri und danke ihm mit meinem schönsten Lächeln, das ich im Repertoire habe. Mache dann bis zum Abend weiter und schufte in eigener Sache, was ich in den letzten Tagen vernachlässigt habe. Checke den Kontostand. Sehe nach meinen Aktien und Zahlungen. Bereite Inkassoverfahren, Zwangsvollstreckungen und Klagen vor. Alles, um immer mehr Scheinchen zu kassieren.

So gegen acht arbeite ich immer noch auf Hochtouren, als das Telefon klingelt. Nehme den Hörer aus alter Gewohnheit ab, obwohl ich beschäftigt bin. Bin in Gedanken nicht ganz dabei, aber werde schnell aus der Welt des Geldes gerissen.

»Mein Gott, du musst mir helfen!«, kreischt die Stimme. »Ich bin in einer wahren Hölle gelandet!«

Gott? Hölle? Und die Fernsehkritikerin? Alles auf einmal? Das verheißt Gutes.

26

Ich muss gezwungenermaßen in meiner japanischen Nuckelpinne in den Osten aufs Land fahren, als ich endlich die Erlaubnis bekomme, Hallgerdur am nächsten Tag zu treffen.

»Ich habe die ganze Nacht kein Auge zugetan«, ist das Erste, was sie sagt, als die Gefängnisaufseher sie in das kleine Zimmer bringen, in dem wir unter vier Augen reden können. »Mir ist völlig unverständlich, wie man in diesem schrecklichen Haus schlafen kann.«

Man sieht ihr die Schlaflosigkeit an. Das Gesicht ist angeschwollen und müde. Die Haut ungeschminkt und großporig. Unter den Augen dunkle Ringe. Sie ist völlig hibbelig, als ob ihre Nerven bis aufs Äußerste angespannt seien.

»Im Allgemeinen gibt's hier Medi-Dope zum Einschlafen«, antworte ich und öffne meine Aktenmappe.

»Sie haben mir gestern Abend ein paar Tabletten gegeben, aber die haben nichts gebracht.«

Sie geht zum vergitterten Fenster, bleibt dort eine Weile stehen und schüttelt dann den knallroten Kopf, als ob sie immer noch nicht glauben könnte, dass sie hier hinter den Eisenstangen festgehalten wurde und nicht frei und ungebunden auf der anderen Seite war.

Nach einer Weile kommt sie zurück und nimmt mir gegenüber Platz am Tisch, der in der Mitte des Zimmers steht. »Die letzten vierundzwanzig Stunden waren ein einziger Albtraum!«, fährt sie fort und windet die Hände, sodass die Knöchel weiß hervortreten. »Es ist, als ob ich plötzlich in einen Roman von Kafka geraten wäre.«

Bevor ich in den Osten fuhr, habe ich von der Kripo in groben Zügen gehört, was vorgefallen war. Als Hallgerdur gestern Nachmittag von Amsterdam nach Hause kam, wurde ihr Gepäck beim Zoll durchsucht. Niemand wollte mir sagen, ob der pure Zufall oder ein Tipp dazu geführt hatten. Tatsache ist, dass in ihrem Koffer weißes Pulver in kleinen Tütchen gefunden wurde. Sie lagen gut versteckt unter Toffees in einer großen Mackintosh-Dose. Bei genauerer Untersuchung kam heraus, dass es sich um Kokain handelte.

Die einzige Frage, die den Goldjungs im Kopf herumschwirrte, war, ob Hallgerdur eine dienstbare Unschuldige oder eine Verkäuferin sei. Schmuggler oder Dealer.

Gemäß ihrer Aussage ist sie weder das eine noch das andere.

»Nicht ein Einziger hier glaubt mir etwas«, ruft sie aufgebracht. »Dieses Kokain gehört mir nicht, zumal ich es noch nie vorher gesehen habe, bis es mir die Zollbeamten am Flughafen in der Dose gezeigt haben. Ich habe auch überhaupt keine Ahnung, wo das Rauschgift herkommt und wie es in meinem Koffer gelandet ist. Und das ist die Wahrheit, nichts als die Wahrheit!«

»Wir gehen die Sache jetzt mal in Ruhe durch«, sage ich und hole meinen Notizblock aus der Tasche. »Schritt für Schritt. Und wir beginnen ganz am Anfang. Wann bist du abgeflogen?«

»Am Donnerstag letzter Woche. Mir war schon vor langem angeboten worden, einen Vortrag über moderne isländische Literatur in Amsterdam zu halten, auf einer Tagung skandinavischer Schriftsteller. Das Programm dauerte drei Tage, aber ich entschloss mich, noch drei weitere Tage auf eigene Kosten dranzuhängen.«

»Im gleichen Hotel?«

»Ja, ich habe die ganze Zeit im Pulitzer gewohnt. Es liegt ganz zentral in der Innenstadt.«

»Dann kommen wir zur Dose. Hast du sie selber gekauft?«

»Ich habe so eine Dose bei der Abreise im Tax Free Shop gekauft.«

»Die Dose gehört also dir?«

»Ich weiß nicht, ob es dieselbe Dose ist, die ich gekauft habe. Die sehen ja alle gleich aus.«

»Wo hast du sie verwahrt, während du in Holland warst?«

»Im Hotel.«

»Ich meine, wo? Im Koffer? Auf dem Tisch? Im Schrank?«

»Sie stand wahrscheinlich meistens auf dem Tisch neben dem Fernseher.«

»Hast du die Dose selber in den Koffer gepackt, bevor du aus dem Hotel ausgecheckt hast?«

»Ich habe gestern früh meinen ganzen Kram in den Koffer geworfen.«

»Auch die Dose?«

»Wahrscheinlich.«

»Bist du nicht sicher?«

»Doch, ich denke schon, aber mir wäre es im Traum nicht eingefallen, dass irgendetwas anderes als Süßigkeiten in der Dose ist, das kann ich dir sagen!«

»Du hast sie also an dem Morgen nicht geöffnet?«

»Nein, ich habe verschlafen. Ich bin in einen so wahnsinnigen Zeitdruck geraten, dass ich alles in nullkommanix in den Koffer schmeißen musste, um nicht das Flugzeug zu verpassen.«

»Hast du die Dose auf dem Tisch stehen lassen, wenn du in die Stadt gegangen bist?«

»Ja, das hab ich doch schon gesagt.«

»Wann hast du denn das letzte Mal etwas von den Toffees gegessen?«

Sie überlegt. »Ich weiß es nicht mehr genau, aber wahrscheinlich an dem Tag, bevor ich nach Hause gekommen bin.«

»Und da sah alles ganz normal aus?«

»Ja, nur ganz gewöhnliche Süßigkeiten. Aber ich habe natürlich nicht in der Dose herumgewühlt. Ich habe mir nur ein paar Toffees herausgenommen.«

»Hat dich jemand im Hotelzimmer besucht?«

Hallgerdur zögert einen Moment. »In Holland waren Vertreter von Verlagen«, antwortet sie, nachdem sie einen Moment überlegt hat. »Und wir trafen uns natürlich, wie es auf solchen Veranstaltungen üblich ist, sind manchmal zusammen essen gegangen und so.«

»Aber kam einer von ihnen zu dir aufs Zimmer?«

Sie schüttelt den Kopf.

»Wirklich keiner?«

»Nein, keiner von ihnen.«

»Aber vielleicht irgendein Ausländer, den du in Amsterdam getroffen hast?«

»Nein, auch nicht.«

Ich gucke Hallgerdur forschend an. Habe im Gefühl, dass sie mir nicht die ganze Wahrheit sagt. Das verheißt nichts Gutes, weder für sie noch für mich.

»Du musst dir deine Situation vor Augen führen«, sage ich barsch. »Du bist mit einem halben Kilo Kokain erwischt worden. Niemand, der bisher auf dem Flughafen in Keflavík mit einer derartigen Menge festgenommen wurde, kam an einer langen Haftstrafe vorbei. Außer natürlich Kio Briggs, aber das hatte nur damit zu tun, dass die Goldjungs die Ermittlungen vermasselt haben. Auf noch so eine Eselei kannst du nicht hoffen. Hast du das verstanden?«

»Aber ich bin unschuldig!«

»Kannst du das beweisen?«

»Ich? Müssen die mir nicht beweisen, dass ich schuldig bin?«

»Sie haben dich auf frischer Tat mit dem Koks im Gepäck ertappt.«

Hallgerdur stöhnt schwer. »Das muss ein Traum sein«, sagt sie müde.

»Nein, das ist die eiskalte Realität.«

Sie schweigt eine Weile. Guckt auf ihre Hände, die in ihrem Schoß liegen. »Was rätst du mir, was ich tun soll?«, fragt sie mich schließlich mit zittriger Stimme.

»Wenn du das Koks nicht selber in der Dose versteckt hast, hat es jemand anders in deinem Hotelzimmer getan. Hast du jemanden kennen gelernt, dem du das zutrauen würdest?«

»Mir fällt niemand ein«, sagt sie und schüttelt den Kopf.

»Okay. Nachher denkst du darüber nach, welche Leute du getroffen hast, und schreibst alle Namen auf eine Liste, die wir morgen durchgehen können.«

»Das ist ja nicht weiter schwierig.«

»Und vergiss niemanden. Ich will alle denkbaren Namen wissen, so unwahrscheinlich sie auch sein mögen.«

»Was passiert als Nächstes?«, fragt Hallgerdur.

»Du wirst ein paar Wochen in Untersuchungshaft verbringen.«

Sie ist sichtlich geschockt. »Ein paar Wochen?«, wiederholt sie. »Bist du sicher?«

»Da kommst du nicht drum herum.«

»Großer Gott!«, ruft sie. »Wissen die denn nicht, wer ich bin? Was fällt denen eigentlich ein, mich wie eine Schwerverbrecherin zu behandeln?! Alle kennen mich! Ich bin berühmt!«

Ich schmeiße meinen Notizblock in die Aktenmappe. Schließe sie.

»Weiß Gunnar schon Bescheid?«

Hallgerdurs Gesicht erstarrt.

»Die Polizei hat versprochen, ihn zu benachrichtigen«, antwortet sie schließlich.

»Soll ich mich mit ihm in Verbindung setzen, wenn ich wieder in der Stadt bin?«

»Das wäre wahrscheinlich das Beste.«

»Ich sehe dich später wieder, wenn im Bezirksgericht die

Verhandlung wegen der Untersuchungshaft eröffnet wird. Fehlt dir etwas, das ich dir dann mitbringen könnte?«

»Ob mir etwas fehlt?«, fragt sie und lacht unabsichtlich vor Nervosität. »Weißt du nicht, dass jemandem, dem die Freiheit genommen wurde, alles fehlt? Im wörtlichen Sinne alles!«

Ich stehe auf. Beeile mich, rauszukommen. Es regnet. Höre, wie das Tor des mächtigen Gitterzauns hinter mir ins Schloss fällt.

»Mit der Freiheit ist es wie mit dem guten Wetter. Du lernst es erst richtig zu schätzen, wenn es wieder weg ist.«

Sagt Mama.

27

Gunnar lädt mich nach der Arbeit auf ein Glas in seinem Wohnzimmer ein. Er nimmt die Nachrichten von Hallgerdurs Unglück ziemlich auf die leichte Schulter. Reagiert viel zu unberührt.

»Mir wäre im Traum nicht eingefallen, dass sie in der Kokain-Branche ist«, sagt er grinsend und nimmt einen Schluck von seinem Klaren.

»Sie streitet jegliche Schuld ab.«

»Ja, natürlich. Willst du wirklich nichts?«

»Hast du Jackie?«

»Was für einen Jackie?«

»Jack Daniels?«

»Nein, tut mir Leid.«

»Dann möchte ich nichts.«

Er nimmt noch einen Schluck Wodka und guckt mich nachdenklich an.

»Willst du gar nicht wissen, wie es deiner Frau geht?«, frage ich barsch.

»Du berichtest mir doch sicher alles.«

Ich beschreibe ihm die missliche Lage, auf die Hallgerdur sich einstellen muss.

»Und was kann sie zu ihrer Verteidigung vorbringen?«, fragt er und befeuchtet seine Lippen mit der roten Zungenspitze.

»Dass jemand das Kokain im Hotel in ihren Koffer geschmuggelt haben muss.«

»Ach nee. Meinst du nicht, dass sie das schon öfter gehört haben?«

»Was willst du damit sagen?«

»Ansonsten wüsste ich nicht, dass sie irgendwelche abgebrühten Feinde in Holland hat«, fährt er fort. »Was meinst du?«

»Ich meine, dass Hallgerdur deine ganze Unterstützung braucht.«

»Ja, selbstverständlich. Hundertprozentig und das alles.« Sein Grinsen gibt zu erkennen, dass er sich köstlich amüsiert.

Ich fange an zu kochen. »Findest du das etwa witzig?«

»Ich finde es besser, eine Sache immer von der humorvollen Seite zu sehen«, antwortet er. »Wenn man ständig alles mit vollem Ernst betrachtet, wirkt die Realität überwiegend leicht vergiftet.«

»Wir müssen von der Theorie ausgehen, dass Hallgerdur unschuldig ist, und unsere Arbeit danach ausrichten«, sage ich und spieße ihn mit meinem Blick auf.

»Unbedingt.«

»Dann stellt sich die Frage, wer sie möglicherweise so sehr hasst, um sich auf diese Art und Weise zu rächen. Hast du irgendwelche Vorschläge?«

»Sie hat natürlich viele fertig gemacht, oft nur deshalb, um sich höflich für echte oder eingebildete Attacken zu revanchieren. Aber ich kann keine Namen nennen.« Er beginnt, auf und ab zu gehen.

»Derjenige muss es sich auch leisten können, 500 Gramm Kokain in Amsterdam zu kaufen«, schiebe ich hinterher.

»Ich dachte immer, dass die meisten Schriftsteller grundsätzlich pleite sind?«, antwortet er. »Aber ansonsten kenne ich mich persönlich nicht in der Literaturszene aus, denn das war immer ihr Spielplatz, nicht meiner.«

Gunnar befeuchtet wieder seinen Hals mit Edel-Alk. »Aber wenn du auf der Suche nach Verfassern bist, die sie im Fernsehen niedergemacht hat, kannst du sie dir selber herauspicken«, fährt er nach einer kurzen Pause fort. »Hallgerdur hat natürlich alle ihre Sendungen auf Video aufgenommen.«

»Das könnte hilfreich sein.«

Ich stehe auf. Folge ihm in den ersten Stock in ein großes Bücherzimmer. An den Wänden stehen voll gestopfte Bücherregale. Beim Fenster ein dunkelbrauner Schreibtisch, der mit allem möglichen Zeug beladen ist: ein Apple-Computer, viele Bücher, Zeitschriften, verschiedene Zeitungen. Eine dunkle Pinselei von Kjarval gegenüber dem Fenster. Unter dem Gemälde ein Fernseher auf einem verschlossenen Unterschrank.

Gunnar beugt sich hinunter und reißt die Türen vom Fernsehschrank weit auf. »Hier ist die ganze Herrlichkeit«, sagt er und bedeutet mir, näher zu kommen.

Ich zähle die Videokassetten. Es sind achtzehn. »Ist sie auf allen drauf?«

»Du kannst sicher viele Abschnitte einfach überspulen. Manchmal ließ sie viel mehr von der Sendung aufnehmen als den Part, in dem sie vorkommt. Außerdem tätschelt sie natürlich ihre Schätzchen, und bei den Teilen musst du natürlich auch nicht so genau hinhören.«

»Aber das sind viele Stunden Arbeit!«

»Ja und? Ich nehme an, du wirst dafür bezahlt?«, fragt er und grinst breit.

Ich gucke mir die Videos genauer an. Sie sind alle mit einem Datum beschriftet. Aber mit nichts anderem. Es sind wahrscheinlich die Tage, an denen die Sendungen ausgestrahlt wurden. »Ich komme morgen wieder, um mir dieses Sammelsurium anzugucken.«

138

»Du musst dir die Mühe nicht machen, meine Liebe, nimm doch die Videos einfach mit«, antwortet er umgehend. »Du kannst sie dir nach Herzenslust zu Hause reinziehen.« Er stellt sein Wodka-Glas auf den Tisch. »Ich geb dir eine Plastiktüte.«

Wenig später hat er alle Videos in zwei Hagkaupstüten gepackt. »Bitte schön, Fräulein Rechtsanwältin!« Dabei verbeugt er sich tief.

»Du schauspielerst wie ein totaler Anfänger«, sage ich unfreundlich, nehme die Videos, gehe aus dem Bücherzimmer, die Treppe herunter und zum Auto.

Warum verhält Gunnar sich so? Ist es ihm wirklich egal, dass Hallgerdur hinter Schloss und Riegel sitzt? Vielleicht ist er sogar froh, seine Frau los zu sein?

Sein kaltes Auftreten deutet darauf hin.

Cora ist zum Isländischkurs gefahren, als ich am Abend nach Hause komme. Ich schmeiße die Videos auf den Fußboden vor den Fernseher. Möchte es auf morgen verschieben, sie mir näher anzusehen. Mache mir in der Küche was Schnelles zu essen. Setze mich dann vor den Computer, um meinen Kontostand abzuchecken und meine Aufgaben für morgen zu planen.

Da ruft mein Cousin Sindri an. »Ich muss dir mal schnell was zeigen«, sagt er.

»Was?«

»Darüber rede ich nicht am Telefon.«

»Warum nicht?«

»Darf ich vorbeikommen?«

»Na klar.«

Er klopft zwanzig Minuten später. Kommt mit seinem Laptop ins Büro. Stellt ihn auf den Tisch, macht ihn an, drückt ein paar Tasten. Summt währenddessen vor sich hin.

»Wie gefällt dir das?«, fragt er schließlich und dreht den Bildschirm zu mir. Er hat eine Webseite aufgerufen. »Geheimnisse aus Reykjavíks Unterwelt« steht dort quer über die ganze Seite.

»Bist du verrückt?«

»Noch ist das nur in meinem Computer«, antwortet er. »Ich wollte dir die Seite erst zeigen, bevor ich sie ins Netz stelle.«

Er hat einen Artikel geschrieben, der sich wie ein Orakel liest. Nennt keine Namen, aber beschreibt Geirmundur, die Glatze und den harten Höddi, sodass viele erkennen sollten, um wen es sich handelt. In den Text hat er das Foto aus der *DV* eingebaut, auf dem man den Schrotthaufen sieht, der einmal mein wunderbarer Silberschlitten war. Nach dieser Lektüre kann niemand mehr bezweifeln, dass die drei namenlosen Männer hinter dem Attentat am Hvalfjördur stehen. Aber es wird nicht direkt gesagt.

»Mann, du kannst ja richtig gut zwischen den Zeilen schreiben!«

»Ist die Seite so in Ordnung?«, fragt er.

»Ich hab das nicht gesehen«, antworte ich und gucke Sindri an. »Will es nicht, darf es nicht. Weiß auch nicht, was du damit machen willst. Will es nicht wissen. Darf es nicht wissen. Ich muss alles abstreiten können, ohne dass jemand mir eine Lüge nachweisen kann. Verstehst du?«

»Natürlich.«

»Du machst, was du für richtig hältst. Aber frag mich nicht.«

Er fährt den Laptop runter. Packt ihn sich unter den Arm. »Kein Problem«, sagt er und lächelt fröhlich. »Du kannst dir dann ja schon mal ein paar tolle Formulierungen für deine Interviews zurechtlegen!«

Ist Sindri nicht toll? Wir lachen zusammen, während ich ihn zur Tür begleite.

28

Ich habe von Literatur keinen Schimmer.

Natürlich musste ich gezwungenermaßen alle möglichen Geschichten und Gedichte in der Schule lesen. Das meiste von irgendwelchen toten Kerlen, was ich nicht genial fand.

Trotzdem kaufe ich ein oder zwei Schinken pro Jahr. Schenke mir selber ein Buch zu Weihnachten. Oft das neueste von Vigdís Grímsdóttir. Sie ist wirklich gut.

Es hat mich zwei lange Abende gekostet, alle Sendungen auf Hallgerdurs Videos durchzugucken, zumal achtzehn Folgen bis zu drei Jahre alter Kritik darauf zu sehen sind. Bin allerdings überrascht, wie gut sie über viele Bücher sprach. Als ich alles durchgesehen hatte, waren nur neun Namen auf meiner Liste. Fünf Männer und vier Frauen, die von Hallgerdur am allerschlimmsten heruntergeputzt wurden.

Nun zählen Schriftsteller überhaupt nicht zu meinen Spezialgebieten. Weiß nichts über sie außer das, was alle wissen. Zum Beispiel, dass Laxness tot ist.

Deshalb muss ich mich in der Literaturwelt schlau machen. Muss besonders diese neun Schriftsteller unter die Lupe nehmen, um ihre möglichen Reaktionen besser einschätzen zu können, nachdem die Kritikerin sie in einer Livesendung mit Glanz und Gloria abgeschossen hat.

Am besten, alte Schulverbindungen aktivieren und sich mal mit Tóti unterhalten. Eigentlich heißt er Thórarinn, wurde aber in der Schule immer Tóti Doofie genannt. Arbeitet jetzt bei einem großen Verlag und kennt wegen seiner Arbeit unglaublich viele Schreiberlinge in- und auswendig. Findet es auch ganz toll, sich selber reden zu hören.

Ich bin vor ihm im Restaurant. Bestelle mir einen Jackie als Vorspeise und warte ungeduldig darauf, dass Tóti sich blicken lässt.

Im Gymnasium war er immer der kleine Junge mit den komischen Klamotten. Trug immer eine knallrote Fliege. Hatte dazu entweder ein dunkelrotes oder hellgrünes Jackett an. Und enge schwarze Hosen.

Jetzt hat er einen grauen Anzug an, wie alle anderen Bürohengste auch. Aber die Fliege ist immer noch an ihrem Platz. Vielleicht das letzte Zeichen des alten Individualismus?

Er beginnt gleich zu plaudern, als ob er den Faden von unserem Gespräch von gestern Nachmittag wieder aufnehmen würde, als wir unsere angeregte Diskussion abbrechen mussten. Obwohl ich ihn lange nicht gesehen hatte. Wahrscheinlich fast zwei Jahre.

Als unser noch fast lebendiges Sushi serviert worden ist, frage ich ihn direkt über die Kritikerin aus.

»Hallgerdur?«, fragt er, glühend vor Eifer. »Kennst du sie?«

»Ja, ein bisschen.«

»Ist sie nicht ein wunderbarer Horror? Eigentlich ist sie wie zwei völlig verschiedene Menschen, wenn du verstehst, was ich meine, irgendwie total schizophren. Man kommt gut mit ihr aus, solange man ihr nur genug auf die Schulter klopft, du weißt schon, ihr ständig sagt, wie toll und klug und lustig sie ist und so. Aber sie kann allen gegenüber, die sie aus irgendeinem Grund nicht ausstehen kann, richtig ekelig werden. Dann geht sie auf einen los wie der schlimmste Tornado in der Karibik, diese allerschlimmsten, verstehst du? Tornado Hallgerdur! Passt doch, oder?«

Er findet das wahnsinnig lustig.

»Aha.«

»Ich weiß, dass sie es genießt, die Schriftsteller zu Hackfleisch zu verarbeiten«, fährt er fort. »Ich bin mir sicher, dass sie auf der Stelle einen Orgasmus kriegt. Manchmal stelle ich mir vor, dass sie sich zur Zeit Neros wohl gefühlt hätte. Zur Hauptveröffentlichungszeit vor Weihnachten sehe ich sie in einem surrealistischen Kinofilm vor mir, wo sie bis Mitte

Wade im Blut ihrer Feinde watet und das genüsslich auskostet!«

Er lacht fröhlich.

»Die Schriftsteller nehmen so ein Abschlachten erwartungsgemäß übel?«

»Durchaus.« Er schmatzt gierig an seiner Rohkost. »Sieh mal, viele von unseren besten Leuten sind übersensibel, was Kritik angeht, und nicht nur von der Presse, verstehst du, denn die Kritik geht ja schon bei uns los. Ich muss oft lange Vorreden schwingen, um sie dazu zu bringen, notwendige Änderungen vorzunehmen, bevor wir ihre Bücher verlegen. Deshalb bin ich auch der Erste, der zugibt, dass Schriftsteller sich manchmal wie halsstarrige, unverständige Kinder benehmen.«

Tóti seufzt.

»Aber trotzdem haben sie auf gar keinen Fall eine unverschämte Hinrichtung in der Öffentlichkeit verdient, nur weil sie ein Buch geschrieben haben«, fährt er fort. »Natürlich sind alle gekränkt, wenn sie eine ungerechte und brutale Kritik in der Presse bekommen. Ich meine, mit manchen kann man tage- und wochenlang nicht reden, aber andere reagieren mit einer Wahnsinnswut auf alle und alles, nicht nur auf den Kritiker, verstehst du. Wieder andere stürzen sich in schwärzeste Depressionen, sodass ich mir manchmal vorkomme wie ein Psychologe beim Nottelefon des Roten Kreuzes, wenn vor Weihnachten die Wogen hochschlagen. Du weißt schon, wie einer von denen, die immer versuchen, Kinder davon abzuhalten, sich umzubringen!«

Das findet er auch lustig.

Ich warte auf den kohlschwarzen Espresso, bevor ich ihm meine Liste mit den neun Namen zeige.

»Hmmm«, sagt er, nimmt seine runde Brille ab und überfliegt schnell die Namensliste. »Haben diese Schriftsteller noch etwas anderes gemeinsam, als Bücher geschrieben zu haben?«, fragt er und guckt mich prüfend an.

»Sag du's mir. Du bist doch der Profi.«

Er schüttelt den Kopf. »Sie kommen alle aus einer anderen Richtung, scheint mir, und sind, um ehrlich zu sein, sehr unterschiedliche Verfasser. Dann sind sie auch bei verschiedenen Verlagen, verstehst du, nur zwei sind bei uns.«

»Aber Hallgerdur hat die Bücher aller im Fernsehen niedergemacht.«

»Aha! Darum geht's. Hmmmhmmm. Da könntest du Recht haben.« Er guckt wieder auf die Namensliste. »Und weißt du, manche haben es sogar verdient, denn es sind wirklich nicht alles Genies, sag ich dir.«

»Wie meinst du, haben sie reagiert?«

»Hmmm.« Tóti guckt wieder auf den Notizzettel. »Ich weiß natürlich am besten, wie sie auf unsere Leute gewirkt hat, diese zwei hier. Natürlich waren sie gekränkt und wütend, aber das war's auch, denn sie bekamen von anderen Kritikern gute Rezensionen. Also konnten sie darauf pfeifen, was Hallgerdur gesagt hatte. Zumal beide seitdem neue Bücher bei uns veröffentlicht haben.«

Also bleiben noch sieben Namen.

Tóti berichtet mir, was er über die Kandidaten weiß. Einer nach dem anderen. Langsam wird die Liste kürzer. Schließlich sind nur noch zwei Namen übrig. Nicht, weil die beiden auf irgendeine Weise verdächtiger wären als die anderen Schriftsteller. Tóti weiß einfach nicht genug über sie.

»Wenn ich mich richtig erinnere, haben die beiden eines gemeinsam: Sie haben nur jeweils einen Roman geschrieben«, sagt er nachdenklich, »und dann kam nichts mehr. Ich weiß nicht, warum, aber es gab immer schon Verfasser, die nur einen Roman geschrieben haben, und dann war Schluss. Zumal diese Branche nichts für jeden ist, das kann ich dir sagen.«

Er gibt mir die Liste zurück. Ich gucke auf die beiden Namen, die übrig geblieben sind. Die beiden heißen Alda Ósk und Bjarnleifur und haben beide vor ungefähr anderthalb Jahren einen Roman veröffentlicht. Bücher, über die Hallgerdur mit großer Verachtung gesprochen hatte.

»Ich weiß noch, dass mich die Sache mit dem Mädchen total überrascht hat«, fährt Tóti fort, »obwohl Hallgerdur einen natürlich immer wieder überrascht. Ihr Buch war nämlich richtig gut, natürlich ein Erstlingswerk und so, du weißt, aber sehr persönlich und irgendwie anders als das, was die meisten momentan so schreiben.«

»Und Bjarnleifur?«

»Ich kann mich an seinen Roman überhaupt nicht erinnern, also kann das nichts Dolles gewesen sein.« Er nippt am Kaffee. »Du hast mir gar nicht erzählt, warum dich diese Leute interessieren«, sagt er und guckt mich fragend an.

Ich schüttle den Kopf, ohne zu antworten.

Er beugt sich näher zu mir herüber: »Ist es vielleicht wahr, was ich gehört habe?«

»Was denn?«

»In der Stadt kursiert das Gerücht, dass Hallgerdur angegriffen und vermöbelt wurde und jetzt mit schweren Verletzungen im Krankenhaus liegt. Geht es darum?«

Ich lächele nur. Gestehe ihm zu, das zu glauben, was er will. Bezahle die Rechnung, bedanke mich für die Unterhaltung und gehe hinaus in den regenfeuchten Frühling.

Hallgerdur hat das Urteil auf Untersuchungshaft schlecht verkraftet, obwohl ich sie im Vorfeld gründlich auf genau diesen Entscheid vorbereitet hatte. Zum Glück war ihr Name noch nicht in der Presse genannt worden. Das Zollamt in Keflavík hatte eine Pressemitteilung veröffentlicht, in der auch das Urteil erwähnt wurde, ohne Namen zu nennen. Es wird aber nicht lange dauern, bis herauskommt, um wen es sich handelt, denn Gerüchte, dass Hallgerdur etwas Schreckliches zugestoßen sei, trampeln durch die Stadt wie geklonte Dinosaurier.

Auf dem Weg ins Büro klingelt das Telefon.

Raggi ist dran. »Du wolltest doch heute in den Osten, nicht wahr?«, fragt er. »Um Hallgerdur zu treffen?«

»Ja. Und?«

»Sie ist auf der psychiatrischen Abteilung der Universitätsklinik und wird dort die nächsten Tage bleiben.«

»Was ist passiert?«

»Ich weiß es nicht so genau, aber uns wurde mitgeteilt, dass sie heute Morgen völlig die Kontrolle verloren hat und durchgedreht ist. In der Folge hat der Gefängnisarzt verlangt, dass sie umgehend ins Krankenhaus transportiert wird.«

Ich beende schnell das Gespräch. Rufe in der Uniklinik an. Erreiche einen Arzt, der mir berichtet, dass Hallgerdur mit Spritzen ruhig gestellt worden sei. Sie schlafe gerade und sei nicht in der Verfassung, jemand anderen als Ärzte zu treffen. Frühestens in ein oder zwei Tagen könne ich sie sprechen.

Verdammter Schlamassel!

29

Mein Silberschlitten ist abholbereit.

Voller Erwartung mache ich mich mit der japanischen Dose auf den Weg zum Autohaus, um meinen neuen Benz abzuholen. Aber beim ersten Anlauf komme ich nicht weit. Mein Handy bricht die Fahrt ab.

»Hier ist Stöd 2.«

Die Leute vom Privatfernsehen haben also mitgekriegt, dass Sindri die Homepage ins Netz gestellt hat. Denen ist gleich klar geworden, um was es geht, und nun wollen sie den Fall in den Abendnachrichten bringen. Aber nicht nur auf der Basis von Informationen und Behauptungen, die sich auf der Seite befinden, sondern mit Hilfe von Interviews mit all denen, die möglicherweise am Fall beteiligt sind. Also auch mit mir.

Das Telefonat überrascht mich nicht. Ich hatte schon

durchdacht, wie ich am besten auf so einen Anruf reagieren sollte. Hatte schließlich beschlossen mitzuspielen. Weiß genau, was ich der Presse erzählen darf und was nicht. Möchte auf dem Seil tanzen. So weit gehen wie möglich, ohne etwas zu sagen, was direkt gelogen ist.

Zuerst hatten sie die Idee, das Interview neben dem Autowrack zu führen. Aber das war leider nicht möglich. Das Auto ist immer noch unter Verschluss bei den Goldjungs. Die halten den Wagen für ein Beweisstück und sagen deshalb Nein. Stattdessen lassen mich die Fernsehhengste vor dem Haupteingang der Kriminalpolizei posieren.

Der Nachrichtengeier versucht so gut er kann, mich in die Falle tappen zu lassen. Will mich dazu kriegen, dass ich mehr sage, als ich will. Aber es gelingt ihm nicht. Ich bin auf der Hut.

»Kannst du die Namen der Männer nennen, die dort beschrieben werden?«

»Kannst du das?«, frage ich zurück.

»Viele finden es völlig offensichtlich, welcher Mann der Finanzwelt gemeint ist, der auf der Webseite beschrieben wird«, antwortet er. »Aber ich habe dich gefragt. Kannst du uns Namen nennen?«

»Zweifellos fielen mir gewisse Männer ein, als ich diesen Ausdruck gelesen habe, den du mir gezeigt hast. Aber da im Text keine Namen genannt werden, kann ich natürlich nichts behaupten. In so einer ernsten Angelegenheit halte ich es nicht für richtig, Mutmaßungen in der Öffentlichkeit zu diskutieren.«

»Aber hast du nicht selber Anteil am Schreiben dieser Webseite?«

»Natürlich nicht. Das ist eine lächerliche Anschuldigung.«

»Aber weißt du, wer die Seite geschrieben hat?«

»Was fällt dir ein, das zu fragen? Ich wusste noch nicht einmal, dass dieser Text im Internet ist, bevor du mir den Ausdruck gezeigt hast, und das war ja erst eben.«

»Was glaubst du, warum diese Behauptungen ins Netz gestellt worden sind?«

»Ich kann das nur vermuten. So wie du. Oder irgendjemand.«

»Und was ist deine Vermutung?«

»Ich finde es am wahrscheinlichsten, dass jemand in der Stadt es merkwürdig findet, wie schlecht die Ermittlungen in dem Mordanschlag vorangehen. Und dass derjenige deshalb beschlossen hat, auf den Fall aufmerksam zu machen. Oder was meinst du?«

»Das klingt wahrscheinlich. Wer könnte es sein?«

»Da musst du andere fragen.«

»Aber was ist mit den Ermittlungen? Weißt du, warum sie bisher zu keiner Festnahme geführt haben?«

»Nein. Diejenigen, die die Ermittlungen leiten, sollten das beantworten.«

»Auf der Webseite wird angedeutet, dass politische Einflüsse den Fortschritt der Ermittlungen erschwert haben. Bist du auch dieser Ansicht?«

»Ich weiß nur, dass ich mein Bestes getan habe, um bei der Lösung des Falles behilflich zu sein, ohne dass es bisher zu Aktionen der Polizei gekommen ist.«

»Was heißt das?«

»Es ist ja kein Geheimnis, dass ich den Täter bei einer Gegenüberstellung identifiziert habe. Und das ist schon einige Tage her.«

»Vor einigen Tagen? Willst du damit sagen, dass die Polizei weiß, wer dich im Hvalfjördur angefahren hat, und den Mann trotzdem nicht festgenommen hat?«

»Ich möchte noch mal betonen, dass ich den Mann erkannt habe und dass er immer noch auf freiem Fuß ist.«

»Wer ist es?«

»Es ist nicht meine Aufgabe, die Öffentlichkeit darüber zu informieren.«

»Aber warum ist er denn dann nicht festgenommen worden?«

»Das wissen andere besser als ich.«

»Okay«, sagt der Reporter und lässt das Mikrofon sinken. »Das muss reichen.«

Dann fahre ich weiter zum Autohaus, um mein neues Traumauto abzuholen. Erledige die Formalitäten schnell. Nehme den Schlüssel an mich. Lasse mich in den weichen, wunderbaren Ledersitz fallen. Starte den Motor. Fahre auf die Straße. Gebe Gas. Fädele mich auf die Miklabraut ein.

Was für ein Unterschied! Als ob man auf einem arabischen Teppich in die Zukunft fliegen würde.

Ich kann mir nicht vorstellen, mich sofort an die Arbeit zu begeben. Möchte eine Spritztour aufs Land unternehmen. Fahre trotzdem kurz nach Hause. Hole Cora ab. Versuche, ihr klar zu machen, dass wir zu einer Landpartie aufbrechen.

»Das macht Spaß!«, sagt sie in ihrem frisch erlernten Isländisch und lächelt.

Der Benz rauscht die Ártúnsbrekka hoch, durch Mosfellsbaer und rechts ab ins Landesinnere auf die Landstraße nach Thingvellir. Als wir den Gljúfrasteinn erreicht haben, gebe ich Gas. Brause los wie auf einer deutschen Autobahn. Ich fahre mit hundertfünfzig die leer gefegte Straße entlang und habe überhaupt nicht das Gefühl, so schnell zu sein. Es ist genauso gemütlich, wie zu Hause im Wohnzimmer im Sessel zu sitzen.

Fantastisch.

Es ist ausnahmsweise mal trocken, als wir nach Thingvellir kommen. Die Luft ist klar und kühl unter den hellen Wolken. Weit und breit ist niemand zu sehen.

Außer uns.

Cora hat in der letzten Zeit große Fortschritte im Isländischen gemacht, zumal sie sich vorgenommen hat, die Sprache gut zu sprechen. Lernt jeden Tag im Kurs neue Vokabeln. Wenn sie kann, nimmt sie mich als Trainingspartner und fragt mich nach allem Möglichen aus dem täglichen Leben oder aus den Nachrichten.

Jetzt erzähle ich ihr, was ich über Thingvellir behalten habe. Zeige ihr die Münzspalte, den Wasserfall und den Ertränkungsteich, der mich jedes Mal wieder aufs Neue wütend werden lässt. Es gruselt sie, über alle Frauen zu hören, die die Schweine Anno dazumal an dieser Stätte umgebracht haben. Will von diesem Fluss so schnell wie möglich weg, weshalb ich mit ihr ins Hotel Valhöll gehe. Versuche, sie diese Grausamkeiten über Kaffee und Pfannkuchen vergessen zu lassen.

Wir schaffen es, noch vor den Abendnachrichten zu Hause zu sein. Das Feuerwerk auf Stöd 2 ist wunderbar. Sie zeigen die Webseite. Vergrößern die saftigsten Abschnitte. Dann kommt eine ganze Reihe an Interviews. Zuerst mit mir. Dann mit dem Vize, der wütend und kurz angebunden ist. Sagt, der Fall mache normale Fortschritte. Weist Anschuldigungen um politischen Druck von sich. Will nicht bestätigen, dass ich den Angreifer bei einer Gegenüberstellung identifiziert habe. Endet mit der Ankündigung, dass bereits begonnen wurde, Nachforschungen anzustellen, wer hinter dieser namenlosen Webseite steht. Will nicht beantworten, ob er glaubt, dass ich die Verantwortung dafür trage, aber sagt, dass man diese Seite als Versuch, die polizeilichen Arbeiten zu behindern, betrachten kann.

Hahaha!

Die Nachrichtengeier haben auch Geirmundur erreicht. Allerdings nur per Telefon, aber das reicht auch völlig. Er ist völlig außer sich und behauptet, es sei von vorne bis hinten eine dicke Lüge, dass er etwas mit dem Attentat im Hvalfjördur zu tun habe. So was zu behaupten seien boshafte Verleumdung und Rufmord der schlimmsten Art. Er habe schon seinen Anwalt beauftragt, diese Seite bei der Polizei anzuzeigen.

»Ich finde, du solltest lieber mal gucken, was diese grobschlächtige Anwaltshexe so treibt«, fällt er dem Journalisten ins Wort, als der Nachrichtengeier versucht, eine neue Frage zu stellen. »Ich habe sie ein einziges Mal kennen gelernt, und da ist sie früh an einem Sonntagmorgen mit Krawall und Lärm in unser Sommerhaus eingefallen, sodass ich sie mit Gewalt rauswerfen musste. Ansonsten weiß ich nichts über dieses unverschämte Weibsbild und will auch nichts mit ihr zu tun haben, und Gott ist mein Zeuge, dass ich die Wahrheit sage!«

Die Nachrichtenredaktion hat auch versucht, den harten Höddi aufzutreiben, der sich in einem Einfamilienhaus auf dem Arnarnes eingenistet zu haben scheint. Es wird gezeigt, wie der Nachrichtengeier ein paar Mal an die Haustür klopft. Aber niemand macht auf.

Mir geht's richtig gut vor dem Fernseher. Ich genieße es, zu sehen und zu hören, wie es den Amtsschimmeln heiß unter dem Hintern wird.

Na endlich.

Weiß natürlich, dass die Goldjungs stinksauer auf mich sind. Schieben mir zweifellos die Schuld in die Schuhe, hinter dieser Sache zu stecken, sie damit unter Hochdruck zum Handeln zu zwingen, was sie aber nicht wollen.

Wie werden sie jetzt reagieren?

Möglicherweise werden sie mich in den nächsten Tagen noch öfter heimsuchen als bisher. Aber ich bin darauf vorbereitet. Bin ganz kämpferisch.

»Wer ein Feuer entfacht, muss die Hitze aushalten können.«

Sagt Mama.

30

Ich darf Hallgerdur erst nach vier Tagen treffen, als die Ärzte sie wieder zurück ins Gefängnis geschickt haben.

Nach vier Tagen, an denen viel los war.

Der Vize ist völlig ausgetickt, wie ich erwartet hatte. Bestellte mich zu einer Unterredung direkt am nächsten Morgen nach den Nachrichten von Stöd 2 und hielt mir eine Gardinenpredigt. Sagte, dass er eine Anzeige zur Anwaltskammer schicken wolle. Wenn ich nicht selbst daran beteiligt gewesen sei, die Seite ins Netz zu stellen, dann wäre es ja völlig eindeutig, dass ich dem Verfasser zumindest Informationen gegeben hätte und damit wüsste, wer dahinter stecke. Ich sei daher mitschuldig, die Polizei zu verunglimpfen und sie in ihrer Arbeit zu behindern.

Natürlich zahlte ich es ihm mit gleicher Münze heim. Erinnerte ihn an die isländische Verfassung, Meinungsfreiheit, die Menschenrechtskonvention der Vereinten Nationen und an den Europäischen Gerichtshof für Menschenrechte. Dass es in diesem Lande immer noch die Freiheit gäbe, seine Meinung frei zu äußern, auch seine Ansichten zu unfähigen Goldjungs und unmoralischen Politikussen. Ich selber hätte nichts mit dieser Webseite zu tun, aber würde sie als vollkommen legale Meinungsäußerung ansehen. Natürlich könnte er mich von oben bis unten verklagen, wenn es ihm dann leichter fiele, morgens einen hochzukriegen, aber die Gesetze wären auf meiner Seite.

»Du solltest lieber versuchen, die echten Ganoven zu fangen, und mich in Ruhe lassen!«, rief ich zum Schluss und stürmte hinaus.

Aber er beließ es nicht bei leeren Worten. Noch am gleichen Tag verfasste er eine Anklageschrift und gab sie an die Presse weiter. Und bestellte den harten Höddi zum Verhör. Und die Glatze auch. Fand es eindeutig an der Zeit, zu zeigen, dass sich etwas tat, um das Attentat auf mich aufzuklären.

Die meisten Medien griffen das Thema auf, aber jeder auf seine Weise. Stöd 2 machte einfach mit täglichen Nachrichten weiter, aber das Staatsfernsehen hielt eine Diskussionsrunde ab mit dem Thema »Hetze im Netz«. Sie bestellten ein paar Neunmalkluge in die Sendung »Scheinwerfer«, die sich darüber ausließen, wie gefährlich es für Gesetz und Ordnung im Land sei, dass niemand diese unverschämten Leute verfolgen würde, die allen möglichen Mist ins Netz stellen.

Mannomann!

Als ich Gunnar anrief, hatten die Goldjungs ihm schon berichtet, dass Hallgerdur krank sei. Wie es Hallgerdur geht, schien ihm heute allerdings genauso wenig Sorgen zu machen wie vor ein paar Tagen.

»In der Uniklinik gibt es gute Ärzte«, sagte er. »Die flicken sie schnell wieder zusammen.«

»Soweit ich weiß, hatte sie einen Nervenzusammenbruch.«

»Hallgerdur war schon immer auf Höhenflug«, antwortete Gunnar. »Sie haben ihr bestimmt Prozak oder etwas Ähnliches gegeben, um sie wieder runterzuholen.«

Hingegen machte er sich wesentlich mehr Sorgen um seine Finanzen.

»Wenn sie ein paar Wochen in Einzelhaft ist, wie ich die Polizei verstanden habe, wird das meinem Betrieb sehr ungelegen kommen«, sagte er.

»Inwiefern?«

»Ja, das ist nämlich so, dass sie formal die Prokura für das Geschäft hat und alle größeren Abhebungen und Verträge und Ähnliches gegenzeichnen muss.«

»Während sie in Untersuchungshaft ist, kann sie das nicht machen.«

»Genau das ist das Problem, und deshalb brauche ich eine schriftliche Ermächtigung, um selber die Finanzen zu regeln, während sie in Haft ist.«

»Das ist dein Problem.«

»Die Polizei hat mir verboten, Hallgerdur zu besuchen, während sie in U-Haft sitzt, aber soweit ich weiß, hast du als ihre Anwältin das Recht dazu. Deshalb ist es doch ganz normal, dass du das mit ihr regelst.«

Ich ließ ihn eine Weile am Telefon zappeln.

»Okay«, sagte ich schließlich. »Wenn ich Zeit habe, werde ich das Thema Hallgerdur gegenüber anschneiden. Aber ich habe natürlich keine Ahnung, wie sie die Sache angehen will.«

»Hallgerdur kann verhältnismäßig realistisch sein, wenn es um Finanzen geht«, antwortete Gunnar. »Ich bin sicher, dass sie nicht möchte, dass die Firma Bankrott geht. Das ist eine Sache von vielen, die man in ihrer Familie nicht macht.«

Ich bin geschockt, als ich sehe, wie Hallgerdur aussieht.

Ihr Gesicht ist kreideweiß und eingefallen, und ihre Augen sind verschleiert, als sie langsam zum Tisch kommt und sich mir gegenüber hinsetzt.

Sie spricht undeutlich, als sie meine Fragen beantwortet. Es fehlen auch jegliche Kraft und Elan, die früher so typisch für sie waren. Alle starken Gefühle.

Ich bin mir sicher zu wissen, woher das kommt. Ich habe die gleiche Miene schon oft im Knast gesehen. Hallgerdur ist mit Medi-Dope voll gepumpt.

Sie lebt erst gegen Ende des Gespräches auf, als ich ihr von Gunnar und seinen Sorgen bezüglich des Unternehmens und dessen Finanzen berichte.

»Wie geht es ihm?«, fragt sie und richtet sich im Stuhl auf.

Ich überlege mir die Antwort einen Moment. »Sagen wir mal so, er trägt es mit Fassung.«

»Dacht ich's mir doch. Er ist sicher froh, mich für ein paar Wochen los zu sein.«

»Vielleicht fällt es ihm leicht, seine Gefühle zu verbergen?«

»Wie witzig du manchmal sein kannst«, antwortet Hallgerdur bitter. »Was will er sonst noch von mir?«

»Er sagt, dass er die Prokura braucht, um die Firma zu leiten.«

»Ja, natürlich, um ganz in Ruhe mein Geld zu verpulvern.«

»Ich gebe das nur weiter, ohne Garantie.«

Sie beugt sich vor. »Ich muss die Wahrheit wissen«, sagt sie und guckt mir fest in die Augen. »Was glaubst du, für wie lange ich sitzen werde?«

»Es ist ziemlich hoffnungslos, genaue Prognosen abzugeben. Vielleicht gelingt es uns nachzuweisen, dass dir das Rauschgift nicht gehört.«

»Und wenn nicht? Wenn ich aus dieser grauenhaften Falle nicht herauskomme? Was dann?«

»Es ist wirklich schwierig, das jetzt vorauszusagen.«

»Sei mir gegenüber aufrichtig«, sagt sie kurz angebunden. »Ich kann niemandem außer dir vertrauen.«

Also sage ich ihr die Wahrheit. »Im schlimmsten Fall musst du damit rechnen, dass ein Urteil auf zwei bis vier Jahre lauten kann. Jedenfalls kaum mehr.«

»Zwei bis vier Jahre?«

Sie nickt ein paar Mal ganz langsam, als ob ich nur bestätigt hätte, was sie selbst schon geahnt hat.

»Aber wir werden natürlich mit voller Kraft kämpfen«, füge ich hinzu. »Du darfst nicht schon im Vorfeld aufgeben.«

Hallgerdur ist eine Weile ganz in Gedanken versunken. Ihre Hände liegen bewegungslos auf dem Tisch. »Ich habe da eine Idee«, sagt sie wenig später und guckt mich direkt an. Eine neue Entschlossenheit zeigt sich auf ihrem Gesicht. Sogar eine gewisse Härte. »Hast du die Papiere in der Tasche?«

»Ja.«

»Gib sie mir mal.«

Ich beuge mich zu meiner Aktenmappe herunter, die neben dem Stuhl auf dem Fußboden steht, nehme ein Antragsformular für die Prokura heraus und reiche es ihr.

»Mir wird hier noch nicht einmal ein Stift anvertraut«, sagt sie und wirft einen schnellen Seitenblick auf den Gefängnisaufseher, der an der Türe steht. »Die glauben bestimmt, dass ich ihn dazu benutzen würde, mich umzubringen.«

Sie nimmt meinen Stift und beginnt zu schreiben. »Brauchst du nicht auch Zeugen?«, fragt sie.

»Der hier reicht«, antworte ich und bedeute dem Gefängnisaufseher, dass er mal zu uns herüberkommen soll. Nach einer kurzen Diskussion bringe ich ihn dazu, auf dem Formular zu unterschreiben.

»Braucht man nicht zwei?«, fragt Hallgerdur.

»Ich unterschreibe auch.«

»Das glaube ich nicht«, antwortet sie.

»Warum?«

»Lies es dir erst mal durch.«

Ich ziehe den Antrag zu mir herüber. Drehe ihn um und beginne zu lesen.

Verdammt!

Hallgerdur hat nicht Gunnar ermächtigt, ihre Geldangelegenheiten zu regeln, während sie im Gefängnis ist. Sie hat meinen Namen als Prokurator eingesetzt.

»Was soll das denn heißen?«

»Wenn ich Gunnar eine so umfassende Vollmacht gebe, bin ich in ein paar Monaten bankrott«, antwortet sie dumpf.

»Aber ich habe doch keine Ahnung von euren finanziellen Angelegenheiten.«

»Ach, hör doch auf! Du bist intelligent genug, um zu sehen, ob Gunnar völligen Schwachsinn baut oder nicht. Und du wirst dafür natürlich auch gut bezahlt.« Sie streckt die Arme über den Tisch aus und nimmt meine Hände in ihre. »Du bist die Einzige, der ich trauen kann. Es gibt sonst niemanden.«

»In Ordnung. Aber Gunnar wird darüber nicht gerade glücklich sein.«

»Dann habe ich wenigstens etwas, an dem ich mich an diesem schrecklichen Ort erfreuen kann.«

Eine Weile sitzen wir uns schweigend gegenüber. Dann nimmt sie ein Blatt Papier aus ihrer Tasche.

»Hier sind die Namen derer, die ich in Amsterdam getroffen habe«, sagt sie und reicht mir das mit handschriftlichen Notizen gefüllte Blatt. »Ich habe zu jedem noch ein paar Bemerkungen notiert.«

»Ist einer von denen ein wahrscheinlicherer Kandidat als ein anderer, dich abgrundtief zu hassen?«, frage ich und überfliege schnell die Namen.

Hallgerdur schüttelt den Kopf.

»Du hast die, die dich im Hotel besucht haben, nicht gekennzeichnet.«

»Es war nur einer.«

»Wer?«

»Kári.«

Ich finde den Namen schnell auf der Liste. »Arbeitet beim Fernsehen«, hat sie hinter seinem Namen vermerkt.

Aha! Der Kári! Ich kann ihn flugs vor mir sehen. Die jüngere Ausgabe vom spanischen Banderas. Der knackige Kerl, der in die Maske kam, um Hallgerdur zu holen und sie ins Studio zu begleiten.

»Was hat er in Amsterdam gemacht?«

»Ich habe ihn nicht gefragt.«

»Und wann kam er zu dir?«

Sie lässt sich Zeit zum Überlegen. »Ich habe ihn am Samstagabend in einem Nachtclub getroffen«, antwortet sie schließlich. »Er hat mich dann zum Hotel begleitet und war in der Nacht auf meinem Zimmer.«

»Und dann?«

»Wir haben die letzten drei Abende miteinander verbracht. Und Nächte.«

»In deinem Zimmer?«

»Ja.«

»Hat das schon hier zu Hause angefangen, bevor du nach Holland geflogen bist?«

Sie schüttelt den Kopf.

»Ist er der Einzige, den du zu dir ins Zimmer eingeladen hast?«

»Deshalb berichte ich dir doch von ihm.« Schmerz und Angst sprechen aus ihren dunklen Augen. »Aber ich finde es trotzdem so unwahrscheinlich, dass er das Kokain in meine Tasche gesteckt hat, ich glaube einfach nicht, dass er das gemacht hat, das wäre so ... so ...« Sie beendet den Satz nicht.

»Schlüpferfieber macht blind.«

Sagt Mama.

31

Sonntagsmorgens schlafe ich aus. Immer. Weigere mich, vor Mittag aufzuwachen, zumal ich ausgedehnten Schlaf nach einer nächtlichen Vergnügungstour in den einschlägigen Etablissements der Stadt gut gebrauchen kann.

Allerdings war ich an diesem Samstagabend zu Hause geblieben. Gab eine ausgelassene Damenparty für Cora, Sigrún und ein paar ihrer Freundinnen. Da wurde bis weit in die Nacht getratscht, gesungen und getanzt. Ich genoss es zu sehen, wie viel Spaß Cora hatte – als wäre sie zu Hause bei ihrer eigenen Familie.

Ich schlafe immer noch wie ein Stein, als gegen zehn draußen jemand den Finger in die Klingel drückt.

Cora öffnet die Haustür. Kommt kurz darauf zurück.

»Raggi wartet unten«, sagt sie.

Am Sonntagmorgen? Frechheit!

Ich krieche aus dem Bett, mache mich im Gesicht ein bisschen zurecht, halte den dicken Bademantel dicht an mich, fahre mit den Zehen in die Hausschuhe und tappe völlig unausgeschlafen und gähnend die Treppe hinunter.

Raggi hat es sich in meinem Chefsessel gemütlich gemacht. Ein Jüngelchen, das ich noch nie gesehen habe, sitzt ihm gegenüber am Tisch.

»Na, hat man dich endlich gefeuert?«, frage ich Raggi. Nur

so, um ihn ein bisschen zu nerven, als kleine Rache, weil er mich so früh geweckt hat.

Er steht auf. Das Jüngelchen auch.

Als ich mich in meinem schwarzen Sessel zurückgelehnt habe, gucke ich sie beide abwechselnd fragend an.

»Wo warst du letzte Nacht zwischen zwölf und zwei?«, fragt Raggi.

»Was geht dich das an?«

»Willst du die Frage hier oder auf dem Revier beantworten?«

»Was für eine Frage!«

Sie gucken beide auf mich. Warten auf eine Antwort.

»Ohne dass du ein Recht hast, mich über mein Privatleben auszufragen, bin ich bereit, dieses unglaubliche Geheimnis zu lüften, damit ich euch so schnell wie möglich wieder loswerde. Ich war hier bei mir zu Hause, um meinen Pflichten als hervorragende Gastgeberin nachzukommen.«

»Du hattest also eine Party.«

»Jahaa.«

»Gib uns ein paar Namen deiner Gäste.«

»Warum?«

»Um dich von der Liste der Verdächtigen zu streichen.«

Langsam werde ich sauer. »Verdächtigt? Für was zum Teufel?«

Das Jüngelchen verdreht die Augen in Raggis Richtung. Dieser überlegt einen Moment, ob er mir antworten soll.

»Beim harten Höddi wurde heute Nacht Feuer gelegt«, antwortet er schließlich. »Sein Haus wurde von den Flammen vernichtet.«

»Ach, wie nett!«

»Nicht für ihn.«

»Nein, aber zweifellos für alle, die dieses Tier seit Jahren verfolgt und fertig gemacht hat, ohne dass ihr etwas unternommen habt, um ihn zu stoppen.«

Raggi muss sich beherrschen. »Nennst du mir jetzt ein paar Namen?«, fragt er erneut.

Mir steht der Sinn eher danach, ihm zu sagen, dass er mich mal kann, aber mir wird schnell klar, dass das nichts bringt.

Er fängt sofort an zu telefonieren, als ich ihm die Nummer von Sigrún gegeben habe. Redet kurz mit ihr.

»In Ordnung, danke schön«, sagt er, beendet das Gespräch und steckt das Handy in die Tasche. »Wir finden schon raus.«

Ich folge ihnen hinaus auf den Flur. »Hast du gedacht, dass ich unter die Brandstifter gegangen bin?«

»Wir mussten dich natürlich wegen der Vorgeschichte überprüfen.«

»Hat er nicht selber Feuer gelegt, um das Geld von der Versicherung zu kassieren?«

»Nein, Höddi war auf dem Land. Es war zum Glück niemand im Haus, als es in Flammen stand.«

»Und alles ruiniert, sagst du?«

»Heute Morgen sah es so aus.«

»Wie mich das freut.«

»Ja, ich dachte mir schon, dass diese Neuigkeit das Bonbon des Tages ist.«

Ich flitze schnell in den ersten Stock. Springe kurz in die Dusche. Setze mich dann in die Küche und nage an meinem Frühstück, während Cora sich durch die Überschriften der Wochenendausgabe einer Zeitung buchstabiert. Und wieder einmal davon überzeugt wird, dass die Wege der Gerechtigkeit unerforschbar sind. Oder so ähnlich.

Trotz mehrfacher Versuche war es mir nicht gelungen, mit Bjarnleifur Kontakt aufzunehmen. Fand dann schließlich heraus, dass er vor ungefähr einem Jahr ins Ausland verzogen ist, vermutlich, um irgendwo zu studieren. Die Telefonnummer von Alda Ósk bekam ich hingegen sofort bei der Telefonzentrale des Verlags, der ihr Buch veröffentlicht hat. Ich habe bisher dreimal probiert, bei der Nummer anzurufen, aber es ging nie jemand dran. Ich werde es daher später noch mal versuchen müssen.

Vor dem Wochenende bin ich noch kurz in die Stadtbücherei gegangen und habe mir die Bücher der beiden ausgeliehen. Habe gestern mal ins Debüt von Bjarnleifur geguckt, aber hatte schon nach ein paar Seiten genug.

Jetzt ist die »Frühlingsliebe« dran. Das ist der Titel des ersten und einzigen Romans von Alda Ósk. Er ist kurz, nur um die hundert Seiten. Eine Art Schnellimbiss-Buch.

Als ich es mir im Wohnzimmer in meinem Sessel gemütlich gemacht habe, fange ich an, die Geschichte zu lesen. Es überrascht mich, wie stark mich das Buch mit einer unbefangenen, gefühlvollen Beschreibung der ersten Liebe gleich auf der ersten Seite fesselt. Die Hauptpersonen im Roman sind zwei Mädchen, die beide vierzehn Jahre alt sind und sich verlieben. Nicht in Jungen, sondern ineinander. Verstehen zuerst nicht, was los ist. Haben dann Schwierigkeiten, sich mit dieser unüblichen Liebe abzufinden, aber sind genötigt, die Fakten zur Kenntnis zu nehmen. Die Geschichte ist lustig. Traurig. Begeistert einen und beschäftigt einen noch lange.

Als ich das Buch durchgelesen habe, bleibe ich noch eine Weile im Sessel sitzen und lasse die Geschichte im Kopf nachhallen. Hole dann das Video mit Hallgerdurs Kritik, schiebe sie in das Gerät und finde den richtigen Abschnitt.

Sie zieht wirklich abscheulich über das Buch her. Verhöhnt die Verfasserin. Spielt das Thema herunter. Findet es unbedeutend und nicht überzeugend. »Das ist eine völlig leere Gefühlsduselei, wie wir es von diesen vielen schlechten, massenproduzierten Liebesromanen kennen, die in den Büchereien so beliebt sind«, sagt sie gegen Ende. »Wenn die Verfasserin ernst genommen werden möchte, muss sie noch mal ganz von vorne anfangen.«

Ich mache den Fernseher aus. Verstehe überhaupt nichts mehr.

Kann einfach keine Verbindung zwischen dem Buch und der Kritik herstellen. Dass ein so schönes Buch eine solch niederschmetternde Kritik verdient haben soll. Aber natürlich habe ich von Literatur keine Ahnung. Ich bin keine Kritikerin. Zum Glück, wenn so eine Geschichte zu schlechter Literatur gezählt wird.

Als ich wieder in die Küche komme, blättert Cora das *Morgunbladid* durch, das auf dem Küchentisch liegt. Ich setze Wasser auf. Mache mir einen starken Espresso.

»Siehst du irgendetwas Interessantes?«

»Hier sind ganz viele Artikel über Verstorbene«, antwortet sie. »Viele Seiten.«

»Hoffentlich niemand, den ich kenne«, antworte ich und werfe abwesend einen Blick über ihre Schulter, während sie die Nachrufe durchblättert.

Plötzlich sehe ich ein bekanntes Gesicht. »Warte mal!«, rufe ich und blättere eine Seite zurück.

Runólfur lächelt mich auf einem relativ neuen Schwarz-Weiß-Foto an. Der, der beim Staatsfernsehen die Sendung geleitet hat, in der Steinunn gestorben ist. Der Hengst, der so gut im Bett war, dass er gleich in einer Nacht in der Spitzenklasse gelandet ist.

Mausetot.

»Kennst du ihn?«, fragt Cora.

»Flüchtig.«

Dem Artikel zufolge war Runólfur vor ein paar Tagen gestorben. Ganz plötzlich. Nirgendwo wird erwähnt, dass er an einer schweren Krankheit gelitten hätte. Ganz im Gegenteil schien sein Tod alle Verwandten sehr zu überraschen.

Ich bin bestürzt über Runólfurs plötzlichen Tod. Ich hatte immer noch mal bei ihm vorbeigehen wollen, um mich für die schöne Nacht zu bedanken und das Spiel zu wiederholen.

Jetzt ist es zu spät.

162

32

Haus Nummer 17.

Ich dirigiere meine Silberkarosse vorsichtig auf den Bürgersteig. Mache den Motor aus. Bleibe noch einen Moment im Auto sitzen und betrachte den Eingang.

Es ist ein altes, kleines Holzhaus. Die Außenwände sind schwarz angestrichen, aber das Wellblech auf dem Dach ist rot. Und die Fensterrahmen auch.

Ein kleines, schnuckeliges Häuschen. Genau wie im Roman. Frühlingsliebe.

Da nie jemand ans Telefon ging, wenn ich angerufen hatte, machte ich mich auf den Weg in die Altstadt von Hafnarfjörður. Ich wollte klingeln und mit eigenen Augen sehen, ob nicht immer noch jemand in diesem Haus wohnt, der mich auf Alda Ósk verweisen kann.

Auf dem Klingelschild steht nur ein Name: Hólmfríður.

Nachdem ich ein paar Mal auf die Klingel gedrückt habe, hört man endlich Schritte im Haus. Dann wird die Tür aufgerissen.

»Ja? Was willst du?«

Die Frau, die an die Türe kommt, ist wahrscheinlich um die fünfzig. Klein, abgemagert. Hat ihr langes, dunkles Haar zu einem Pferdeschwanz gebunden. Trägt einen Arbeitsoverall, der mit bunten Flecken übersät ist, und hält einen feuchten Pinsel in der Hand.

»Bist du Hólmfríður?«

»Was willst du?«

»Störe ich?«

»Siehst du das nicht?«, fragt sie und wedelt mit dem Pinsel.

»Ich suche Alda Ósk.«

Hólmfríður stockt der Atem. Sie wirft den Kopf nach hinten, als hätte ich ihr einen Schlag aufs Kinn gegeben. Erbleicht.

»Alda Ósk?«, flüstert sie.

»Ja, ich würde mich gerne mal mit ihr unterhalten.«

Sie kriegt sich schnell wieder ein. Ihre Wangen werden plötzlich flammend rot.

»Soll das irgendwie witzig sein?«, fragt sie und schaut mich so wütend an, als ob sie mich mit ihrem Blick aufspießen wollte.

»Nein, ganz im Gegenteil. Wohnt sie nicht mehr hier?«

Sie starrt mich eine Weile schweigend an. »Nein!«, antwortet sie schließlich und knallt dabei die Tür so kräftig zu, dass es im harten Holzrahmen nachhallt.

Verdammte Frechheit!

Ich fange wieder an zu klingeln. Einige Male. Gebe nicht auf, bis sie wieder an die Türe kommt.

»Es ist wirklich wichtig, dass ich mit Alda Ósk in Kontakt komme!«, sage ich, sobald sie die Tür öffnet. »Kannst du mir nicht sagen, wo sie ist?«

»Du willst also wissen, wo Alda Ósk ist!« Man sieht Hólmfrídur ihre heftigen Gefühle an. Atmet aufgebracht. Errötet und erbleicht abwechselnd. »Warum eigentlich?«

»Das ist ein bisschen kompliziert.«

»Ach ja? Ein bisschen kompliziert?« Unerwarteterweise fängt sie an zu lachen. Aber in ihrem Gelächter ist keine Freude. Nur wahnsinnige Wut. Und verbitterte Trauer.

»Ich verspreche, sofort zu gehen, sobald du mir ihre neue Adresse gegeben hast.«

Hólmfrídur bleibt einen Moment regungslos stehen und starrt mich an. Dann trifft sie plötzlich eine Entscheidung. Schmeißt den Pinsel auf den Fußboden. Nimmt einen Schlüsselbund vom Regal auf dem Flur. Stürmt aus der Haustür. Wirft die Tür hinter sich zu. Rennt die kleine Treppe herunter und auf ein altes rotes Russenauto zu. Öffnet die Tür an der Fahrerseite. Setzt sich hinter das Lenkrad. Wirft den Motor an. Dreht sich kurz zu mir um.

»Komm!«, ruft sie, »ich zeige dir, wo Alda Ósk ist!«

Ihre Aufgewühltheit zeigt sich auch in ihrem Fahrstil. Hólmfríður jagt durch die engen Straßen der Altstadt bis hinunter zum Hafen und von dort aus den Bach entlang auf die Reykjanesbraut. Sie scheint nicht zu hören, wie schwerfällig der Motor ihres alten Autos unter der Anstrengung stöhnt. Beugt sich die ganze Zeit über das Lenkrad und stiert eifrig durch die verstaubte Windschutzscheibe, ohne ein Wort zu sagen. Als ob sie hypnotisiert wäre.

Plötzlich biegt sie von der Reykjanesbraut nach links ab. Bremst abrupt auf einem asphaltierten Parkplatz. Stellt den Motor ab. Springt hinaus. Lässt die Autotür offen stehen. Marschiert mit langen Schritten los. Bleibt stehen. Dreht sich um.

»Willst du nicht mitkommen?«, ruft sie mir zu.

Ich gehe ihr auf dem Fußweg nach. Vorbei an einem Stein nach dem anderen. Mir dämmert, was ich zu erwarten habe.

Sie bleibt vor einem Grabstein aus rauem Basalt stehen.

»Hier ist sie«, sagt Hólmfríður. »Bist du jetzt zufrieden?«

Der Name ist mit deutlichen Buchstaben in den Stein gemeißelt worden: Alda Ósk Sigvaldadóttir.

Die Jahreszahlen unter den Buchstaben zeigen, dass sie nur neunzehn Jahre alt war, als sie starb.

»Du hast gesagt, es sei ein wenig kompliziert, nicht wahr?«, ruft Hólmfríður. Dann beruhigt sie sich allmählich. Sie legt die eine Hand auf den grauen Stein und schaut auf das Grab hinunter, den Rücken ein wenig gebeugt.

»Ich hatte keine Ahnung, dass sie tot ist«, sage ich. Ärgere mich gleichzeitig über mich selbst. Habe meine Hausaufgaben nicht gemacht. Hätte zum Beispiel Alda Ósk im Nationalregister suchen sollen. Dann wäre die Wahrheit schnell ans Licht gekommen und uns beiden die traurige Begebenheit erspart geblieben.

»Was wolltest du eigentlich von ihr?«, fragt Hólmfríður leise.

Natürlich kann ich ihr nicht sagen, um was es geht. Jedenfalls jetzt nicht.

»Ich habe den Roman gelesen, den sie geschrieben hat«, antworte ich nach kurzem Überlegen, »und ich fand, ich müsste die Autorin treffen.«

Sie richtet sich auf. Guckt mich argwöhnisch an. »War das alles?«

Ich nicke.

Sie fährt sich mit der Handfläche langsam über das Gesicht, als ob sie ihre Tränen verbergen wolle, die sie in der Bewegung mit den Fingern wegwischt.

»Wie oft habe ich mir gewünscht, dass sie diese Geschichte nicht geschrieben hätte«, sagt sie.

»Warum?«

»Dann wäre Alda Ósk noch bei mir und nicht dort in der kalten Erde begraben, da bin ich ganz sicher.«

Sie beugt sich zum Grab hinunter und beginnt, die braunschwarzen Blätter vom letzten Herbst aus dem Gras zu sammeln, das nach dem langen, kalten Winter wieder anfängt zu sprießen.

Dann steht sie auf und geht mit langsamen Schritten in Richtung Parkplatz. »Ich weiß nicht, was in mich gefahren ist«, sagt sie entschuldigend auf dem Weg zurück in die Stadt. »Ich habe völlig die Selbstbeherrschung verloren, als du da auf einmal bei mir auf der Treppe standest und nach Alda Ósk gefragt hast, als ob sie noch am Leben wäre.«

»Das ist verständlich.«

»Komm doch bitte mit rein. Ich mache uns einen Kaffee.«

Das größte Zimmer im Erdgeschoss ist eindeutig Hólmfrídurs Atelier. Auf der Staffelei ist ein halb fertiges Gemälde. Die Farben sind schreiend kräftig. Überspannt wie die Gefühlsschwankungen der Malerin.

Der starke Geruch alter und neuer Farbe und anderer chemischer Stoffe ist überwältigend. Auch in der Küche.

Hólmfríður stellt den Wasserkocher an und sucht dann eine saubere Tasse, findet aber keine.

»Wie du siehst, bin ich keine tolle Hausfrau«, sagt sie und hält zwei benutzte Tassen unter den Heißwasserstrahl in der Spüle.

»Wohnst du hier alleine?«

»Ist das nicht offensichtlich?«

Sie gießt Nescafé auf. Sucht erfolglos nach Milch im Kühlschrank. Zuckt die Achseln. Setzt sich mir gegenüber an den Tisch.

»Also, dir hat die Geschichte gefallen?«, fragt sie.

»Es ist eine derer, die man nicht vergisst.«

Hólmfríður schnauft. »Kaum jemand weiß noch, dass das Buch überhaupt erschienen ist«, sagt sie bitter.

»Aber das stimmt doch gar nicht!«

»Alda Ósk hat das Buch in ihrem jugendlichen Idealismus geschrieben und ihr Herz darin auf die Goldwaage gelegt. Sie hat in ihrer Naivität gewiss gedacht, dass eine solche Ehrlichkeit geschätzt würde.« Sie schüttelt den Kopf über der Kaffeetasse. »Wenn sie nur mit mir gesprochen hätte, bevor sie das Manuskript eingereicht hätte, dann hätte ich sie vorwarnen und ihr die Augen öffnen können, wie schlecht die Welt zu denen ist, die es ablehnen, sich hinter aufgesetzten Masken zu verstecken.«

»An was ist sie gestorben?«

Hólmfríður antwortet mir nicht. Sitzt nur einen Moment regungslos da mit der Kaffeetasse in der Hand. Stellt sie dann auf den Tisch. Steht auf. Geht zur Treppe, die zum Dachgeschoss führt. »Komm mit!«

Ich gehe nach ihr die steile Treppe hinauf und weiter in einen engen Flur, wo sie eine Tür öffnet und mir bedeutet, ihr zu folgen.

Es ist ein kleines Schlafzimmer mit Dachschräge. Hier ist alles aufgeräumt. Eine geblümte Decke liegt über dem Bett, und darauf sitzen zwei Puppen. Auf dem Schreibtisch unter dem Fenster ein kleiner Computer. An den holzverkleideten Wänden sind einige Regale, voll gestopft mit Büchern und allerlei Erinnerungsstücken.

»Hier ist immer noch alles so, wie sie es hinterlassen hat«, sagt Hólmfríður. »Das Zimmer war nie aufgeräumter als an dem Tag, an dem sie starb.«

Im Zimmer herrscht eine merkwürdige Stimmung. Obwohl alles in Reih und Glied steht, merkt man doch, dass hier lange niemand mehr gewohnt hat. Eher ein Museum als ein Zuhause.

Ich setze mich auf den Stuhl vor den Computer. Ein Fotoalbum liegt auf dem Schreibtisch. Als ich es aufs Geratewohl öffne, stoße ich auf ein Foto, das ich gleich wiedererkenne. Ein Foto von Alda Ósk. Das, was hinten auf dem Buchrücken abgedruckt war. Sie sieht ihrer Mutter ganz schön ähnlich. Nur viel jünger. Das Gesicht sieht gleichzeitig kindlich und reif aus. Wie der Gesichtsausdruck eines Teenagers, der schon schmerzliche Erfahrungen in der Welt der Erwachsenen gemacht hat.

Sie ist auf den meisten Fotos im Album. Mal alleine, mal mit anderen Leuten, die ich nicht kenne. Außer Hólmfríður.

Bis ich auf einmal ein großes Foto von ihr mit ihrer Freundin aufschlage. Sie umarmen sich. Drücken ihre Wangen fest aneinander. Gucken lächelnd direkt in die Kamera.

Alda Ósk. Und Ásta.

33

Hallgerdur ist immer noch gedopt, bekommt aber eine geringere Dosis Beruhigungsmittel als in den ersten Tagen nach ihrer Entlassung aus der Klinik. Daher ist sie etwas wacher, als ich sie wieder im Gefängnis treffe, und hat sich mit ihrer Situation vertraut gemacht. Scheint endlich bereit zu sein, alles zu tun, um sich aus der Lage zu befreien, die sie »Falle« nennt.

Die Polizeioberen schickten Raggi mit Gefolgsleuten in den Osten, um eine neue Aussage von Hallgerdur aufzunehmen, nachdem ich sie davon überzeugt hatte, dass sie von Kári und ihren nächtlichen Abenteuern im Pulitzer-Hotel berichten müsse. Es wäre eine Bagatelle, außerehelichen Geschlechtsverkehr mit einem knackigen jungen Mann zu gestehen, im Vergleich zu dem, was sonst auf sie zukäme: eine lange Haftstrafe für Rauschgiftschmuggel.

Trotzdem war sie zögerlich, den Goldjungs seinen Namen zu nennen. Gab erst nach, als ich ihr mein Gespräch mit Kári rekapitulierte.

Er lachte, als ich ihn beschuldigte, Hallgerdur ins Ausland gefolgt zu sein, um Rauschgift in ihrem Koffer zu verstecken.

»Es war totaler Zufall, dass ich nach Amsterdam geflogen bin, und ebenso, dass ich in dieser Bar gelandet bin«, antwortete er. »Bei einem so tollen Angebot habe ich natürlich gleich zugegriffen.«

»Es war also purer Zufall, dass du zur gleichen Zeit in der gleichen Bar wie Hallgerdur warst? Von diesen tausenden von Vergnügungsstätten, aus denen du in der Weltstadt auswählen konntest? Glaubst du wirklich, dass ich dir so einen Blödsinn abkaufe?«

»Das ist die heilige Wahrheit«, antwortete er.

»Was ist passiert, nachdem ihr euch getroffen hattet?«

»Die Kuh war total verrückt nach mir. Erst hat sie mir Drinks spendiert, dann verlangte sie, mit mir zu tanzen, und als es spät nachts war, hat sie mich angebettelt, es ihr zu machen.« Er lachte hämisch. »Um ehrlich zu sein, habe ich noch nie eine Frau kennen gelernt, die so bedürftig war wie sie. Was für mich natürlich klasse war, denn sie machte alles, um was ich sie bat. Wirklich alles, was mir einfiel. Deshalb gab es für mich nur selten langweilige Durchhänger.«

Er stritt vehement ab, etwas mit dem Kokain zu tun zu haben.

»Nein, das hängst du mir nicht an«, sagte er und grinste. »Niemand kann mir nachweisen, jemals in meinem Leben Kokain gekauft zu haben, weder hier in Island noch im Ausland.«

»Er hat sich gelangweilt?«, fragte Hallgerdur bitter, als ich ihr die Quintessenz des Gespräches wiedergab. »Hat er das gesagt?«

»Und noch viel Schlimmeres.«

»Ja, das ist sicher die Grausamkeit der Jugend.«

Beim Verhör geht Raggi Hallgerdurs neue Informationen genauestens durch. Er fragt sie präzise nach allen Begegnungen mit Kári aus, zuerst beim Fernsehen und später in Amsterdam, und lässt sich ihre Treffen minutiös schildern. Obwohl er Geduld zeigt, wenn Hallgerdur manchmal zögert, seine direkten Fragen zu beantworten, hakt er beharrlich weiter nach, bis alle Details geklärt sind.

»Ist es jetzt deine neue Theorie, dass Kári das Kokain ohne dein Wissen in deinen Koffer geschmuggelt hat?«, fragt er zum Abschluss.

»Ich weiß über diese Geschichte nur zwei Sachen«, antwortet sie. »Erstens, dass ich das Kokain nicht in die Tasche gepackt habe, und zweitens, dass er in diesen drei Nächten genügend Möglichkeiten gehabt hätte, vor allem wenn ich geschlafen habe.«

Die Gefängnisaufseher bringen Hallgerdur umgehend in ihre Zelle zurück, sobald sie ihre Aussage unterschrieben hat. Raggi und ich gehen zusammen den kalten Gang entlang zum Haupteingang.

»Ist Kári bei euch im Register?«, frage ich.

»Nein, ich habe ihn gleich abgecheckt, als du mir von Hallgerdurs zu erwartender Aussage berichtet hast. Er hat sich noch nie etwas zu Schulden kommen lassen, noch nicht mal ein Knöllchen.«

»Der sieht sich vor.«

Wir sind schon draußen auf dem Parkplatz, als ich mich bei Raggi erkundige, ob er Runólfur eigentlich getroffen hat.

»Meinst du den, der sich neulich umgebracht hat?«, fragt er.

Ich stutze. »Hat er Selbstmord begangen?«

»Dieser Runólfur, von dem ich rede, wurde in seiner Garage gefunden. Er hatte die Abgase ins Auto geleitet, eine klassische Methode, um sich vorzeitig über den Jordan zu befördern.«

Ich packe Raggi am Arm, bevor es ihm gelingt, die Autotür zu öffnen.

»Habt ihr eine Aussage von ihm aufgenommen, wegen der Sache mit Steinunn?«, frage ich.

Jetzt ist er derjenige, der überrascht ist. »Warum?«

»Runólfur war der Sendeleiter im Fernsehen an dem Abend, an dem Steinunn starb. Wusstest du das nicht?«

»Sprechen wir über den gleichen Mann?«

»Es sind wohl kaum in der letzten Zeit viele Dreißigjährige gestorben, die Runólfur heißen.«

»Nein, wohl nicht.«

»Er gab vor, etwas mehr über die Sache zu wissen als andere, als ich ihn vor ein paar Tagen getroffen habe.«

»Was denn genau?«

»Es ergab sich nicht die Gelegenheit, ihn zu fragen.«

»Du verheimlichst mir doch nicht etwa was?«, antwortet Raggi und grinst.

Runólfurs Tod geht mir auf dem Rückweg über die Hellisheidi die ganze Zeit durch den Kopf. Natürlich habe ich ihn nur in dieser einen Nacht kennen gelernt, aber da hat er sich nicht wie jemand verhalten, der lebensmüde ist. Ganz im Gegenteil. Er war lebhaft und voller Energie.

Was war mit ihm passiert?

Das Handy stört meine Überlegungen. Gunnar ist dran, und er ist gelinde gesagt schlecht gelaunt.

Das überrascht mich nicht. Ich hatte damit gerechnet, dass ihm heute mein Einschreiben zugestellt wird, das die Kopie der Prokuravollmacht, die Hallgerdur mir erteilt hat, enthält. Ich habe es bereits im Handelsregister eintragen lassen, was bedeutet, dass er weder Geld noch anderes Eigentum von Hallgerdur bewegen darf, es sei denn, er bekommt mich dazu, meine Unterschrift auf die Papiere zu setzen.

Er hebt zu einer Tirade am Telefon an. Beschuldigt mich, meine Stellung missbraucht zu haben. Aber ich würge ihn schnell ab. Habe keinen Nerv, mir so ein Männergeschwafel anzuhören.

»Hör auf mit diesem Blabla, Gunnar«, sage ich. »Hallgerdur hat mir ihre Geschäfte anvertraut, nicht dir. Daran gibt's nichts zu rütteln. Ich verlange eine Besprechung mit dir und den Steuerberatern morgen Nachmittag, wo ihr mir eine Übersicht über den Stand der Dinge gebt und sämtliche Informationen über alles, was an Transaktionen geplant ist. Verstanden?«

»Ich hätte gute Lust, diese Vollmacht vor Gericht anzufechten«, sagt er langsam.

»Das ist deine Sache. Aber in der Zwischenzeit habe ich das Sagen. Morgen um fünf Uhr. Okay?«

Er hat keine andere Wahl, gibt nach und knallt den Hörer auf.

Ich habe wenig Lust, für Hallgerdur die Geldgeschäfte zu erledigen. Hab schon viel zu viel zu tun. Aber werde mich trotzdem erst mal darum kümmern müssen. Kann gar nicht anders, solange sie meine Klientin ist und im Untersuchungsgefängnis in Einzelhaft sitzt.

Cora ist dabei, das Abendessen zu richten, als ich wieder in die Stadt komme. Sie macht so gute Fortschritte im Isländischen, dass sie sogar schon Nachrichten von Klienten entgegennimmt, die hereinschneien, wenn ich nicht da bin. Sie wird mehr und mehr unverzichtbar.

Dieses Mal essen wir zusammen vor dem Fernseher, während die Nachrichten über den Bildschirm flimmern. Die meisten Beiträge verfolge ich wie üblich aus den Augenwinkeln. Sie sind so überwältigend langweilig.

Aber einer der letzten Beiträge weckt doch wirklich mein Interesse. Ich grabsche nach der Fernbedienung, stelle den Ton lauter und stiere gebannt auf die Mattscheibe, wo gerade gezeigt wird, wie ein starker Kran eine schwere Ladung vom Meeresboden hievt. Eine Last, die ich gleich wiedererkenne.

»... aber als der Taucher dort gesucht hat, wo es im Hafenbecken am tiefsten ist, fand er nicht die Leiche des Seemanns, sondern ein großes Auto, von dem niemand wusste, dass es hier in Thorlákshöfn von der Brücke ins Meer gefallen ist«, sagt der Reporter. »Gestern Nachmittag wurde ein großer Kran herbestellt, um das Auto zu bergen, und dabei wurden diese Bilder aufgenommen. Wie man gut erkennen kann, handelt es sich bei diesem Wagen um einen Jeep. Es ist ein Auto genau der Marke, das die Polizei im Zusammenhang mit dem vermeintlichen Mordanschlag im Hvalfjördur seit ein paar Tagen suchen lässt. Dort war das Auto einer bekannten Rechtsanwältin von der Straße abgedrängt worden. Die Polizei weigerte sich jedoch, heute Abend zu bestätigen, dass es sich dabei um das gesuchte Fahrzeug handelt, sagte aber, dass der Fall gerade untersucht werde.«

Ich gehe sofort zum Telefon.

»Warum habe ich bloß geahnt, dass du am Telefon bist?«, fragt Raggi. Er versucht immer noch, witzig zu sein.

»Ich bin sicher, dass es das Auto ist.«

»Vieles weist darauf hin«, antwortet er.

»Was ist mit Höddi? Könnte er nicht versuchen, auszureisen, jetzt, wo das Auto gefunden wurde?«

»Die Polizei am Flughafen ist schon in Alarm versetzt worden. Der kommt nicht weit.«

»Schnell reagiert.«

»Wir sind immer wachsam.«

»Trotzdem ist es totaler Zufall, dass der Jeep gefunden wurde. Wenn dieser Seemann nicht auf Sauftour gegangen und verschwunden wäre, läge der Jeep immer noch gut versteckt im Hafenbecken und würde da auch noch jahrelang bleiben.«

»So ist das Leben, Stella. Eine Aneinanderreihung von merkwürdigen Zufällen von der Wiege bis zur Bahre.«

»Ist das deine Philosophie?«

»Kennst du eine bessere?«

Danach erzähle ich Cora, dass sich die Schlinge um den Hals der Glatze langsam zuzieht. Sie lächelt, als sie die Nachrichten hört, sagt, dass die Zukunft in Gottes Hand liege, und isst weiter, als sei nichts geschehen.

Aber ich kann nicht so gelassen bleiben. Ich brenne darauf, die beiden hinter Schloss und Riegel zu sehen, den harten Höddi und die Glatze, am besten jahrelang. Ich finde, das ist die mindest denkbare Strafe für die Gewalt Cora und mir gegenüber.

Auge um Auge, Zahn um Zahn. Nichts anderes ist wirklich Gerechtigkeit, egal, wer was dazu sagt.

»Die Rache und die Dummheit sind Zwillinge, die barfuß gehen.«

Sagt Mama.

34

Ásta ist alleine zu Hause.

Sie sieht wesentlich besser aus als noch vor ein paar Tagen. Es scheint, als wäre sie den Stress losgeworden, der ihr Verhalten in den letzten Wochen geprägt hat. Zumal die Goldjungs aufgehört haben, ihr das Leben zu verleiden.

Ihr fröhliches Lächeln reicht bis in die Augen. Sie umarmt mich. Drückt mich herzlich an sich. Ganz plötzlich gehen mir

Ausschnitte des Videos durch den Kopf, das ich im Liebesnest einkassiert hatte. Szenen von Ásta und Steinunn beim intensiven Liebesspiel.

Ich weiche ihren Lippen aus. »Erst müssen wir reden.«

Ihr Lächeln verschwindet. »Fangen sie schon wieder an?«, fragt sie und meint zweifellos die Goldjungs. Folgt mir dann ins Wohnzimmer und setzt sich mir gegenüber aufs Sofa. Macht sich wieder Sorgen.

»Nein«, antworte ich. »Erzähl mir von Alda Ósk.«

Ásta starrt mich an. Eine neue Wachsamkeit ist in ihren Augen. »Alda Ósk?«

»Tu doch nicht so. Ich habe vorgestern Hólmfríður getroffen, und sie ist mit mir auf den Friedhof in Hafnarfjördur gefahren. Zum Grab.«

Sie lehnt sich mit einem Ruck zurück. »Was hat das mit meinem Fall zu tun?«

»Du weißt das doch mit Sicherheit besser als ich.«

Sie schüttelt den Kopf.

»Ach nein?«

Sie bleibt noch ganz ruhig, sieht aber ziemlich blass aus.

Okay. Nächster Schritt.

»Du weißt natürlich, dass Hallgerdur in U-Haft sitzt, wegen Verdachts auf Drogenschmuggel?«, frage ich.

»Ja, ich hab es irgendwo gelesen.«

»Und bedauerst das nicht gerade, scheint mir?«

Ásta zuckt mit den Schultern. Versucht, nach Möglichkeit keine Miene zu verziehen.

»Es könnte mit Alda Ósk in Verbindung stehen«, fahre ich fort.

»Wie das denn?«

Mir geht ihr Versteckspiel langsam auf die Nerven. »Vielleicht erklärt das auch gleich, warum du das LSD in Hallgerdurs Wasserglas getan hast.«

»Hab ich das?«

»Mir ist es im Prinzip egal, ob du es mir gegenüber zugibst oder nicht«, antworte ich. »Es spielt ja mittlerweile sowieso keine Rolle mehr. Aber ich will wissen, was hier gespielt wird. Deshalb sollst du mir von Alda Ósk erzählen.«

Sie antwortet nicht sofort. Betrachtet mich, als versuche sie, die Situation einzuschätzen. Zu entscheiden, was sie machen soll.

»Ich habe ein schönes Foto gesehen, wo Alda Ósk und du zusammen drauf seid«, fahre ich fort. »Ihr Buch handelt von euch beiden, oder?«

»Hast du es gelesen?«

»Ja.«

»Dann weißt du alles.«

»Nicht, was passierte, nachdem das Buch zu Ende ist.«

Ásta steht auf, geht langsam zum Wohnzimmerfenster und schaut hinaus auf die in der Sonne liegende Grasfläche.

»Ich sehe sie immer noch lebendig vor mir stehen, so wie sie aussah, als ich sie das erste Mal traf«, sagt sie schließlich. »Mama ist mit mir nach Hafnarfjördur gefahren, um Elfen und Trolle zu besuchen. Sie glaubt, dass sie dort in den Felsen wohnen. Alda Ósk lag im Gras unter einem Stein. Sie hat sich die Blumen angeguckt und sich mal wieder ein neues Abenteuer ausgedacht, über das sie schreiben könnte, wenn sie wieder nach Hause käme. Sofort als sich unsere Blicke trafen, habe ich gemerkt, dass nichts mehr so sein würde, wie es war. Alles war völlig verändert, nur weil ich wusste, dass es sie gab. Am nächsten Tag, als ich zu ihr nach Hause fuhr, zeigte sie mir, was sie über mich am Vorabend geschrieben hatte, und da war mir klar, dass wir beide das Gleiche gefühlt haben.«

»Die große Liebe?«

»Die einzige. Obwohl wir beide gerade mal vierzehn Jahre alt waren.«

»Und dann?«

»Wir konnten nichts mehr rückgängig machen. Wir mussten lernen, mit dieser Liebe umzugehen, obwohl sie anders war als bei allen anderen, die wir kannten. Wir mussten uns damit abfinden, dass diese Art von Liebe das einzig Normale für uns wäre. Für mich war das irgendwie leichter als für sie.«

»Inwiefern?«

»Alda Ósk litt unter unerträglichen Schuldkomplexen«, sagt Ásta nach langem Schweigen. »Sie reagierte auf Kritik immer damit, sich selbst zu verurteilen und zu bestrafen. Wenn jemand sie mit unschönen Worten beschimpfte, fand sie, dass sie es verdient hätte. Ich habe versucht, sie dahin zu bekommen, dass sie auf diejenigen wütend würde, die sie beschimpften, nicht auf sich selber, aber sie hat das nie gekonnt.«

»Sich bestraft? Wie denn?«

»Auf unterschiedliche Art und Weise. Manchmal aß sie einfach nichts mehr. Aber meistens versuchte sie, sich zu verletzen. Stach sich mit einem Bleistift oder einer Nagelfeile oder mit etwas anderem, was gerade zur Hand war. Einmal hat sie sich mit einer Schere geschnitten. Ich habe sie völlig mit Blut besudelt und bewusstlos gefunden, aber ich konnte noch rechtzeitig den Krankenwagen rufen.«

»Hat sie sich nie in psychologische Behandlung begeben?«

Ásta dreht sich um. »Wer hätte ihr das sagen sollen? Hólmfríður war nie zu Hause, wenn Alda Ósk sie gebraucht hätte, und Sigvaldi war meistens völlig von seiner Arbeit eingenommen, wenn sie ihn aufsuchte. Wir waren also nur zwei Kinder, die versuchten, sich so gut es ging über Wasser zu halten.«

»Und dann kam das Buch?«

»Sie hat ständig geschrieben. Besonders nachdem Sigvaldi ihr den Computer geschenkt hatte. Dann saß sie stundenlang an ihrem Mac und hat alle möglichen Geschichten und Abenteuer erfunden. Und ich bekam nach und nach alles zu lesen. Bis sie anfing, über uns zu schreiben.«

»Was ist dann passiert?«

»Sie tat plötzlich so geheimnisvoll und verriet nicht, mit was sie beschäftigt war. Sie wollte mir das Manuskript erst zeigen, wenn es ganz fertig gestellt war. Eines schönen Sommerabends kam sie dann zu mir nach Hause, ging aber sofort wieder, bevor ich anfangen konnte, zu lesen, als ob sie Angst hätte, dass ich sie wütend ausschimpfen würde.«

»Und?«

Ásta setzt sich wieder aufs Sofa.

»Kurz vor Mitternacht hatte ich die Geschichte durch und rief sie sofort an, aber bei ihr zu Hause ging niemand dran. Irgendwie hatte ich das Gefühl, sie würde in dem Park auf mich warten, wo wir uns das erste Mal getroffen haben. Ich habe gerade noch den letzten Bus erreicht und fand sie tatsächlich dort im Gras liegend. Sie sagte, ihre größte Angst wäre gewesen, dass ich nie mehr wieder kommen würde.«

»Was ist dann passiert?«

»Alda Ósk war die letzten Wochen vor Erscheinen des Buches wahnsinnig gespannt. Meistens war sie aufgedreht vor Vorfreude, aber manchmal war sie auch deprimiert, wenn sie sich mal wieder selber davon überzeugt hatte, dass ihre Geschichte schlecht ankommen würde.«

»Und?«

»Ich war sehr erleichtert, als die erste Kritik erschien. Sie war so positiv. Da war ich sicher, dass alle anderen auch so ausfallen würden, und machte mir keine Sorgen mehr über die Reaktionen der Presse.«

»Aber dann kam Hallgerdur im Fernsehen.«

»Ich habe an dem Abend, als die Hexe ihr schreckliches Urteil im Fernsehen verkündete, im Kiosk gejobbt und fand erst heraus, was sie gesagt hatte, als ich in der Nacht nach Hause kam und schnell durch die Videoaufnahme spulte. Ich habe sofort versucht, Alda Ósk zu erreichen, aber niemand ging bei ihr zu Hause dran. Trotzdem war Licht in der oberen Etage, als ich mit dem Taxi zu ihr kam. Ich hatte so eine Angst, dass ich den Taxifahrer dazu bewegt habe, mit mir hochzugehen.«

Sie schließt die Augen.

»Wir haben sie im Badezimmer gefunden. Sie lag zusammengerollt auf der rechten Seite und hatte die Schere noch in der Hand. Aber das dunkelrote Blut war schon lange auf dem Fußboden getrocknet.«

Ásta bleibt eine Weile bewegungslos sitzen. Dann lehnt sie sich an die Rückenlehne des Sofas und schaut mich an. »Alda Ósk hatte weit aufgerissene Augen, als würde sie ihrer Seele hinterhergucken, wie sie den Körper verlässt. Ich möchte es jedenfalls gerne glauben.«

»Hat sie nichts hinterlassen?«

»Am Tag danach habe ich einen Brief gefunden. Er lag auf ihrem Schreibtisch.«

Sie steht auf, geht in ihr Schlafzimmer, kommt kurz darauf mit einem zusammengefalteten weißen Blatt in der Hand zurück und reicht es mir.

Die Buchstaben sind groß und die Schrift zittrig:

»Vergib mir alles.

Auch die Liebe.

Es ist besser so.«

35

In den nächsten Tagen geht alles drunter und drüber.

Von frühmorgens bis spät in die Nacht bin ich bis über beide Ohren damit beschäftigt, in eigener Sache und anderer Leute Angelegenheiten zu schuften. Gönne mir keine Pause von den fast unzählbaren Aufgaben des Tages, so wie jeder andere hoffnungslose Workaholic.

Ganz schön viel Zeit geht dafür drauf, Hallgerdurs und Gunnars finanzielle Situation zu durchleuchten. Obwohl der

Steuerberater auf dem Papier viele Antworten parat hat, habe ich noch mehr Fragen.

Nach einigen Besprechungen steht aber fest, dass die Firma pleite ist. Wenn Gunnar nicht einige zigmillionen neues Kapital in seinen Betrieb investieren kann, wird er zahlungsunfähig. Dann muss er versuchen, die Schulden auf einen Betrag zu drücken, den der Betrieb verkraften kann. Ansonsten ist ein Bankrott unausweichlich. Obwohl er diese Überlegungen selber alle vehement abgelehnt und darauf hingewiesen hat, dass Hallgerdur immer noch einiges an Kapital in der Reederei der Geschwister besitzt, ist meine Entscheidung klar und eindeutig. Hallgerdur muss ihn ein für alle Mal von seinem Goldesel entwöhnen. Was genug ist, ist genug.

Als es jedoch darauf ankommt, ist sie nicht bereit, eine so folgenschwere Entscheidung sofort zu treffen. Sie möchte damit warten, bis über ihre eigene Zukunft entschieden worden ist, und weist mich an, den Betrieb bis dahin mit homöopathischen Dosen am Laufen zu halten. Deshalb verkaufe ich für sie Aktien und melke genug vom Quotengewinn in Gunnars Schuldenhalde, um ihn über Wasser zu halten.

Völliger Schwachsinn natürlich, aber das ist ihre Sache.

Ich muss mich auch um meine eigenen Finanzen kümmern. Hab sie schon viel zu lange vernachlässigt. Deshalb lege ich mich in die Vollen, um mehr Scheinchen zu kassieren und dafür zu sorgen, dass sie sich dort vermehren können, wo Hoffnung auf den meisten Gewinn besteht. Treibe auch wieder Schulden ein und bereite mich auf verschiedene Prozesse vor. Unternehme alles, was möglich ist, um meine Geldmühle wieder ins Rollen zu bringen.

Am Wochenende bringt Raggi mir endlich gute Nachrichten.

Der harte Höddi ist in Untersuchungshaft. Man hatte nicht nur an einigen Stellen auf der Stoßstange des Jeeps Lackspuren von meinem völlig unbrauchbaren Silberpfeil gefunden, sondern auch gut lesbare Fingerabdrücke, die der harte Höddi im Auto hinterlassen hatte. Es ist daher möglich, nachzuweisen, dass der gestohlene Jeep benutzt wurde, um mein Auto anzufahren und dass Höddi zur gleichen Zeit darin gesessen hat.

In Folge knöpften sie sich endlich die Glatze wegen des Alibis, das er dem harten Höddi gegeben hatte, zum eingehenden Verhör vor. Er hielt sich immer noch an seine ursprüngliche Version.

»Seine Situation ist zurzeit etwas ungemütlich«, sagt Raggi. »Wenn Höddi verurteilt wird, und zurzeit weist alles darauf hin, wird Sigurjón wegen Falschaussage angeklagt. Wir hoffen, dass er nachgibt, bevor es dazu kommt.«

»Was ist mit Geirmundur?«

»Was soll mit ihm sein?«, fragt Raggi. Er wird sauer, wenn er nur den Namen hört.

»Er wusste natürlich auch, was geplant war.«

»Wenn du damit die Attacke auf dich meinst, haben wir nichts in der Hand, was beweist, dass er mit in die Planung einbezogen war.«

»Aber Höddi hat mir selber gesagt, dass die Drohungen von beiden, Geirmundur und der Glatze, kamen.«

»Als Anwältin weißt du, dass das nicht reicht.«

»Habt ihr Höddi und die Glatze nach Geirmundur gefragt?«

»Wir fragen nach allem Möglichen, wie du weißt.«

»Hat Höddi gestanden?«

»Nein, er streitet nach wie vor alles ab, oder besser gesagt, der schleimige Einar für ihn. Er hat allerdings eine ziemlich lächerliche Verteidigung hingelegt. Und so, wie die Sache momentan aussieht, ist sie eigentlich nur dazu nütze, das Urteil zu erschweren, wenn es zur Verkündung kommt.«

Ist mir doch egal. Je schwerer das Urteil, desto besser.

Aber das Problem ist natürlich, dass es keine Möglichkeit gibt, Geirmundur zu kriegen, es sei denn, Höddi oder die Glatze sagen gegen ihn aus. Und die Wahrscheinlichkeit scheint bei kleiner als null zu liegen.

Manchmal, wenn ich für Mammon und mich ins Feld ziehe, fällt mir Alda Ósk ein. Ich betrachte sie mittlerweile als das erste Opfer in einem scheußlichen Spiel. Mir ist es trotzdem nicht gelungen, eine direkte Verbindung zwischen ihrem Tod und dem Rauschgift in Hallgerdurs Koffer zu finden. Noch nicht.

Ich halte Kári natürlich für den wahrscheinlichsten Schuldigen. Aber alle meinten, dass er Alda Ósk nicht kannte. Zwischen ihnen schien es keine Verbindung zu geben. Die Verhöre der Goldjungs waren nicht von Erfolg gekrönt. Er gab ohne Umschweife zu, Hallgerdur im Hotel besucht zu haben, stritt aber vehement ab, etwas von dem Kokain zu wissen, geschweige denn, es in der Mackintosh-Dose versteckt zu haben. Und keine der Informationen, über die die Goldjungs verfügen, deuten darauf hin, dass Kári jemals in seinem Leben illegales Rauschgift gekauft oder genommen hätte.

Hallgerdur sitzt deshalb immer noch in der Tinte.

Als ich spät am Abend nach Hause komme, mache ich wie gewöhnlich am Ende eines Arbeitstages den Computer an. Öffne den Kalender, um die Aufgaben für morgen festzulegen. Lehne mich danach in meinen gemütlichen Chefsessel zurück. Schließe die Augen. Versuche, mich zu entspannen. Lasse meine Gedanken schweifen.

Ich sehe den grauen Grabstein wieder einmal im Geiste vor mir. Ihren Namen. Alda Ósk Sigvaldadóttir. Und die Jahreszahlen.

Sigvaldadóttir?

Ganz richtig. Ich habe mich immer noch nicht mit diesem Sigvaldi unterhalten. Mit ihrem Vater. Weiß noch nicht mal, wer er ist oder was er macht. Aber wenn er tatsächlich so ein distanzierter Vater ist, wie Ásta ihn dargestellt hat, ist er wahrscheinlich wenig hilfreich.

Aber trotzdem.

Mir gefallen offene Enden nicht. Sie lassen mich nie in Ruhe. Gehen mir auf die Nerven wie ein ständig juckendes Ekzem. Deshalb muss ich einfach mal hören, was dieser Sigvaldi zu sagen hat, selbst wenn es nur dazu dient, mein Gewissen zu beruhigen.

Ásta muss doch wissen, wo man ihn erreichen kann.

Ich bin schon drauf und dran, den Hörer abzuheben, als mein Blick wieder auf den Computer fällt. Dort sind natürlich alle Informationen über den Kerl, die ich brauche. Deshalb lege ich den Hörer wieder hin, rufe das Nationalregister auf und beginne zu suchen.

Nach einer Weile habe ich den vollen Namen von Sigvaldi, ID-Nummer und Adresse. Fehlt nur noch die Telefonnummer.

Moment mal!

Die Adresse kommt mir bekannt vor. Die ID-Nummer auch. Ich bin ganz sicher, dass ich beides schon bei mir auf dem Tisch hatte.

Wann?

Ich schließe schnell das Nationalregister. Öffne stattdessen meine Datenbank mit den Namen aller Klienten. Dort habe ich detaillierte Informationen über alle, mit denen ich als Anwältin Kontakt hatte. Alle, von Anfang an.

Um diesen Sigvaldi zu suchen, gebe ich seine ID-Nummer und seine Adresse ein. Sofort erscheint ein langer Artikel auf meinem Bildschirm.

Wow.

Was für ein Kick! Ich fühle mich, als ob ich auf einmal das vermisste Glied in der Kette gefunden hätte. Lehne mich so weit im Sessel zurück, wie ich kann. Schaue grinsend auf den Namen auf dem Bildschirm. Betrachte Hallgerdurs Schmuggelfall plötzlich in einem ganz anderen Licht.

Alda Ósk hatte keinen gewöhnlichen Vater. Er ist berühmt-berüchtigt. Gefährlich. Der einzige wahre König des Nachtlebens in der Hauptstadt. Vielleicht auch der Drahtzieher in der

Reykjavíker Unterwelt. Ein Mann, der mit Sicherheit viel Erfahrung hat, illegales Rauschgift für sich kaufen und verkaufen zu lassen, obwohl es den Goldjungs nie gelungen ist, ihm etwas nachzuweisen.

Porno-Valdi.

36

Ich beschließe umgehend, noch heute Abend Kontakt mit Porno-Valdi aufzunehmen. Auch wenn es zu nichts anderem nütze ist, als ihn wissen zu lassen, dass ich ihn wegen einer Verschwörung gegen Hallgerdur verdächtige.

Er macht es mir nicht leicht.

Erstens steht er nicht im Telefonbuch. Hat mit Sicherheit viele Telefonnummern, aber alle geheim.

Zweitens ist er nicht zu Hause. Natürlich habe ich die Adresse aus dem Nationalregister. Und als ich kurz vor Mitternacht das Auto in der Einfahrt des herrschaftlichen Einfamilienhauses im Laugarás parke, sehe ich einen Lichtschein im Haus. Aber mein Klopfen und mein ausdauerndes Drücken der Klingel bleiben unerhört. Das Haus ist verrammelt wie eine Burg, und niemand scheint da zu sein.

Dann brause ich in die Innenstadt. Versuche, ihn im Eldóradó aufzutreiben, der ältesten und größten Stripbar in Valdis Betriebsnetz. Natürlich führt er die Geschäfte in wesentlich mehr Etablissements in der Hauptstadt. Es wird gemunkelt, dass er seine Finger in den meisten Firmen der Vergnügungsbranche hat, die halbwegs guten Profit abwerfen; egal, ob sie legal oder in der Unterwelt angesiedelt sind.

Aber alle Quellen lassen darauf schließen, dass das Eldóradó immer noch das Zentrum ist, die eigentliche Schaltzentrale des Betrugsnetzes, das Valdi seit Jahren knüpft.

Drinnen ist es rammelvoll und die Stimmung ausgelassen.

Die Mädchen hampeln um die Stangen herum, und aufgedrehte Kerle, die scheißteuren Champagner saufen, glotzen sich die Augen aus dem Kopf. Viele von ihnen sehen jung und yuppiemäßig aus. Einige haben ihre Handys am Ohr, als ob sie noch nicht einmal an einem Ort wie diesem darauf verzichten könnten, den Stand ihrer Aktien zu verfolgen.

Valdis Aufpasser gucken mich gleich missbilligend an. Sie scheinen es immer in den falschen Hals zu kriegen, Frauen unter den Gästen zu sehen. Ihrer Meinung nach ist wohl der einzige richtige Ort für uns oben auf der Bühne, um die Beine vor verschwitzten Kunden breit zu machen, oder in den Separees, um bei näherer Bekanntschaft noch mehr Scheinchen für das Etablissement hereinzuholen.

Ich setze mich an einen kleinen Tisch und kritzele ein paar Zeilen auf die Rückseite meiner rosa Visitenkarte. Ein paar Worte, die hoffentlich die notwendige Neugier und großes Interesse bei Valdi wecken werden: »Ich weiß alles über Hallgerdur, Alda Ósk und die Rache.«

Ich halte einem breit gebauten, rothaarigen Kerl meinen Zettel unter die Nase. Man sieht ihm an, dass er einer der Rausschmeißhelden der Bar ist.

»Das ist für Valdi«, sage ich.

Er schaut sich beide Seiten der Visitenkarte an. Murmelt etwas völlig Unverständliches, dreht sich auf dem Absatz um und verschwindet kurz darauf hinter einer Tür, die links von der Treppe liegt, die in den oberen Stock führt. Dort steht noch ein Muskelprotz mit überkreuzten Armen und grimmigem Ausdruck im aufgedunsenen Gesicht Wache.

Die letzte Begegnung von Valdi und mir endete nicht gerade in Freundschaft. Ganz im Gegenteil. Man konnte kaum ausmachen, wer von uns beiden am Ende wütender war. Deshalb erwarte ich nicht, dass mich der Pornokönig auf ein nettes Pläuschchen zu seiner Erheiterung einlädt. Fürchte, um ehrlich zu sein, eher, dass er es ablehnt, mich zu treffen.

Bald darauf kommt der rothaarige Kerl wieder durch die Tür, geht direkt zur Bar in der Ecke, lässt den Barkeeper etwas in ein Glas gießen und bringt es zu mir.

»Man wird dich wissen lassen, wenn Sigvaldi dich empfangen kann«, sagt er mit heiserer Stimme und stellt das Glas auf den Tisch.

Die erste Hürde ist genommen.

Wahrscheinlich ist es ein Plus, dass Valdi sich noch erinnert, welches Wässerchen mein Lieblingsgetränk ist. Im Glas ist eine großzügige Ration herrlichen Jackies. Mindestens eine dreifache. Aufregend-feurig und erfrischend. Die sollte für die nächste Viertelstunde reichen.

Aber der Rothaarige begleitet mich schon nach zehn Minuten zu Valdi rein. Das Büro ist groß. Eine Art Mischung von Arbeitsplatz und Wohnzimmer. Ein riesiger Schreibtisch in der Mitte, rechts eine schwarze Ledersofagruppe und ein Tisch mit dicker Marmorplatte.

Valdi sitzt auf seinem Thron hinter dem Schreibtisch. Man sieht ihm sein Alter an. Er ist nicht mehr schlank und durchtrainiert wie ein Bodybuildingsportler. Er ist seit unserer letzten Begegnung dicker und schlapper geworden, und er hat sich eine kleine Fettschicht am Bauch zugelegt. Mittlerweile hat er eine Menge grauer Haare in seiner glänzenden Mähne.

Allerdings kleidet er sich immer noch nach der gleichen Mode. Hat einen schwarzen Anzug an und ein schwarzes Hemd. Aber einen roten Schlips.

Valdi beugt sich über den großen Schreibtisch. Sein Blick ist nach wie vor scharf und stechend. »Wie soll ich das verstehen?«, fragt er und dreht meine Visitenkarte zwischen zwei Fingern hin und her.

Ich werfe einen schnellen Blick auf den rothaarigen Rausschmeißer, der immer noch direkt hinter mir steht, und danach fragend auf Valdi. Er bedeutet ihm mit einer Handbewegung zu verschwinden.

»Ich hab's mir doch gedacht, dass die Namen von Hallgerdur und deiner Tochter die Schlüssel zu dieser Tür sind«, antworte ich.

Er setzt die altbekannte Raubtiermiene auf. »Es hat sich noch für niemanden als gesund erwiesen, in meinem Privatleben herumzuschnüffeln«, sagt er. »Ich dachte, du wüsstest das.«

»Aber trotzdem machst du es selber zu einer öffentlichen Sache.«

»Wie meinst du das?«

»Die Anklage von Hallgerdur muss das Schicksal deiner Tochter ans Tageslicht zerren.«

»So ein Blödsinn. Es besteht keine Verbindung.«

»Ich kann natürlich nachvollziehen, dass du verletzt und wütend bist. Ich wäre das an deiner Stelle mit Sicherheit auch. Aber geht es nicht trotzdem zu weit, unschuldige Leute ins Gefängnis wandern zu lassen?«

»Wie kann ich so eine idiotische Frage beantworten?«

»Ich meine natürlich deine Rache.«

»Was für eine Rache?«

Ich gucke Valdi eine Weile schweigend an. Sein Gesicht ist wie ein Buch mit sieben Siegeln. Auch die dunklen Augen geben mir keinen Anhaltspunkt, was er wirklich denkt.

»Soll ich dir meine Theorie verraten?«

»Kann irgendeine menschliche Macht mich davor bewahren?«

»Ich bin davon überzeugt, dass du hinter der Festnahme von Hallgerdur am Flughafen steckst. Dass du das Kokain in Amsterdam hast kaufen und in ihrem Koffer deponieren lassen. Dann hast du sicher auch noch den Zöllnern einen Hinweis gegeben, damit sie wissen, wo sie suchen müssen. Alles das, um Alda Ósk zu rächen.«

»Was du nicht sagst! Ich muss ja wahnsinnig gerissen sein, wenn ich das alles getan haben soll, ohne selber davon zu wissen!«

»Es ist nicht meine Absicht, dass du hier und jetzt deine Tat gestehst. Aber findest du nicht, dass es jetzt reicht?«

Er lehnt sich in seinem Sessel zurück. Drückt seine Fingerspitzen fest zusammen. Massiert sich dann die dunklen Bartwurzeln am Kinn. »Ich habe irgendwo gehört, dass du die Verteidigung von Hallgerdur übernommen hast.«

Ich nicke.

»Weißt du, was sie meiner Tochter angetan hat?«

»Natürlich. Ich habe das Buch gelesen, die Kritik angesehen und mich mit Hólmfríður und Ásta unterhalten.«

»Und trotzdem bist du auf ihrer Seite?«

»Alle haben das Recht auf die Hilfe eines Rechtsanwaltes. Sogar du.«

»Und du bist also die Königin der blinden Gerechtigkeit?«, fragt Valdi höhnisch.

»Stimmt was nicht damit, Gerechtigkeit zu wollen?«

»Wir sollten uns das vielleicht mal aus der Nähe ansehen. Nehmen wir Hallgerdur als Beispiel. Was hat sie verloren? Ihren guten Ruf, wie man es nennt, wenn man in diesem Fall überhaupt von so etwas reden kann. Für eine Weile werden einige ihren Namen mit Rauschgiftschmuggel in Verbindung bringen, und damit verliert sie wahrscheinlich ihre Stellung in der Literaturwelt. Sie wandert auch ins Gefängnis, könnte aber bei guter Führung schon nach zwei bis drei Jahren wieder entlassen werden und hat dann immer noch genug Geld, um jahrzehntelang das Luxusleben zu führen, das sie gewöhnt ist. Stimmst du dieser Beschreibung zu?«

»Sie klingt in groben Zügen wahrscheinlich.«

»Aber Alda Ósk hat ein viel schwereres Los gezogen. Hallgerdurs Urteil hat sie das Leben gekostet, als sie noch nicht einmal zwanzig war. Also, wo ist da die Gerechtigkeit?«

»Ich muss diesen Vergleich wohl als Geständnis werten.«

»Überhaupt nicht.« Valdi schüttelt den Kopf. »Ganz im Gegenteil möchte ich dich eindringlich warnen, meinen Namen in der Öffentlichkeit mit Hallgerdurs Kokainschmuggel in Verbindung zu bringen.«

»Warum sollte ich nicht den einzigen Trumpf, den Hallgerdur in der Hand hat, benutzen?«

»Erstens, weil du nichts in der Hand hast, um diese idiotische Verschwörungstheorie zu begründen, noch nicht mal Gerüchte, von Beweisen ganz zu schweigen. Und ich kann dir versichern, dass sich diese Situation nicht groß ändern wird, egal, wie tief du versuchst, in meinem Privatleben zu graben.«

»Ach ja?«

»Zweitens wird nichts verhindern können, dass Hallgerdur verurteilt wird und hinter Schloss und Riegel wandert, zumal sie dort hingehört. Wenn ihr Urteil gesprochen sein wird, bin ich glatt dazu in der Lage, dich wegen übler Nachrede zu verklagen und von dir eine Megasumme als Schadensersatz abzuzocken.«

»Ich glaube, ich gehe das Risiko ein.«

»Sogar du müsstest doch realistisch genug sein, um dich nicht auf ein so glattes Eis zu wagen.«

Ich finde, dass jetzt die Zeit gekommen ist, um zurückzuschlagen.

»Ich verstehe gut, wie schwierig es für dich sein muss, dir selber gegenüber die unbequeme Wahrheit einzugestehen, dass du nicht für Alda Ósk in diesen Kreuzzug gegen Hallgerdur ziehst, sondern für dich selber.«

»Welcher Kreuzzug?«

»Rache ist vielleicht süß, aber sie kann nie das Wissen um deine eigene Schuld auslöschen. Kann nie alle die Jahre wieder gutmachen, in denen du deine Tochter vernachlässigt hast.«

Er wird weiß vor Wut. Haut mit geballten Fäusten und voller Kraft auf den Tisch. »Was erdreistest du dich, mich zu kritisieren, du Hure!«

»Ich erinnere dich bloß an die Tatsache, dass du nie da warst, wenn Alda Ósk dich gebraucht hätte. Und nichts, was du jetzt unternimmst, kann das ändern. Es wird dich wohl dein ganzes Leben lang quälen, zu wissen, dass du ein miserabler Vater warst, der seine Tochter ständig enttäuscht hat, als sie noch am Leben war.«

Valdi kriegt sein Temperament wieder in den Griff. »Du gehst jetzt besser«, sagt er. »Und zum letzten Mal – ich rate dir, mich in Ruhe zu lassen.«

Plötzlich steht der Rothaarige wieder neben mir, als ob er irgendwo ein Signal erhalten hätte, dass das Gespräch beendet sei.

In der Tür drehe ich mich noch mal kurz um. Sehe, dass Valdi sich über den Schreibtisch gebeugt und beide Hände vor das Gesicht geschlagen hat.

»Für Reue ist es zu spät, wenn du schon in der Hölle bist.«

Sagt Mama.

37

Hallgerdur hat schlechte Laune.

»Wo warst du?«, ist das Erste, was sie sagt, als der Gefängnisaufseher sie zur Abendessenszeit in das Verhörzimmer führt. »Ich habe den ganzen Tag auf dich gewartet!«

»Musstest du denn dringend weg?«, frage ich bissig. Habe keine Lust, mir am Ende eines langen und stressigen Tages grundlos eine Gardinenpredigt anzuhören.

»Das hat damit nichts zu tun«, antwortet sie aufgebracht. »Du hast gesagt, du kämst um zwei Uhr, und das war vor fünf Stunden.«

»Dann ist es am besten, die Zeit gut zu nutzen und zur Sache zu kommen.«

Sie ist zu unruhig, um sich zu setzen. Läuft stattdessen zwischen Fenster und Besprechungstisch auf und ab. »Ich kann Unpünktlichkeit nicht leiden«, fährt Hallgerdur fort. »Man zeigt damit völlig unerträgliche Respektlosigkeit gegenüber einer Person.«

»Setz dich!«

Sie bleibt stehen. Guckt mich wütend an. »Fängst du jetzt auch schon an, mir Befehle zu erteilen?«

»Ich habe wenig Zeit.«

»Hier sagen mir ständig alle, was ich zu tun und zu lassen habe. Es ist nicht auszuhalten!«

»Du solltest dich besser daran gewöhnen.«

»Nie im Leben! Ich bin dazu geboren, frei zu sein und selber über mich zu bestimmen.«

Ich öffne meine Aktenmappe. Hole einen Notizbock und einen Stift heraus.

»Und warum kommt Gunnar eigentlich nie zu Besuch?«

»Du bist immer noch in Untersuchungshaft. Er darf dich erst besuchen, wenn das Urteil gefällt ist.«

»Erst, wenn … Wieso redest du, als wäre der Fall schon verloren?«

»Ich glaube, dass du dich auf das Schlimmste einstellen musst«, sage ich und gucke sie scharf an. »Soweit ich weiß, wird dir die Anklageschrift nach einer Woche bis zehn Tagen zugestellt. Von deren Seite sind die Ermittlungen abgeschlossen.«

Sie starrt mich an. Kommt dann zum Tisch. Setzt sich, ohne den Blick von mir abzuwenden. »Was heißt das?«

»Wir können davon ausgehen, dass sich das Bezirksgericht mit dem Fall im nächsten Monat befassen wird. Höchstwahrscheinlich fällen sie ihr Urteil noch vor den Sommerferien.«

»Vor den Sommerferien?«, wiederholt sie.

»Ja, im Spätsommer ist für gewöhnlich Verhandlungspause.«

»Aber ich bin unschuldig!«

»Wie ich dir schon so oft gesagt habe, ist der Fall ganz simpel: Du bist mit dem Kokain ins Land gekommen, egal, ob wissentlich oder unwissentlich. Wenn es uns nicht gelingt zu beweisen, dass mit überwältigender Wahrscheinlichkeit jemand anders ohne dein Wissen das Rauschgift in deinen Koffer getan hat, wirst du zu ein paar Jahren Gefängnis verurteilt. Leider sieht es so aus, dass diejenigen, die ich für die Besitzer des Kokses halte, alles abstreiten, und wir können vor Gericht nicht beweisen, dass sie lügen. Aber wir werden trotzdem alles Menschenmögliche versuchen, unter anderem werden wir sie als Zeugen aufrufen lassen und sehen, ob sie bereit sind, einen Schwur auf ihre Lügen abzulegen.«

»Meinst du Kári?«

»Ja, Kári und Porno-Valdi.«

»Porno-Valdi?« Hallgerdur kann ihren Schrecken nicht verbergen. »Was habe ich mit diesem ekelhaften Mann zu tun?«

»Mehr als du glaubst.«

»Was denn?«, wiederholt sie.

»Erinnerst du dich an ein junges Mädchen namens Alda Ósk? Sie hat einmal einen Roman mit dem Titel ›Frühlingsliebe‹ geschrieben.«

Hallgerdur faltet ihre Hände und drückt sie so fest zusammen, dass die Gelenke weiß hervortreten. »Warum fragst du?«

»Sie könnte die Ursache dafür sein, dass du jetzt hier sitzt.«

»So ein Blödsinn.«

»Weißt du, was mit ihr passiert ist?«

»Das geht mich nichts an.«

»Also weißt du es?«

Hallgerdur kann nicht länger still sitzen. Sie springt auf. Fängt wieder an, auf und ab zu gehen. »Ihre Mutter ist eine völlig durchgedrehte Alkoholikerin. Eines Abends ist sie in einer Kneipe auf mich losgegangen und hat mich mit ungeheuerlichen Ausdrücken beschimpft. Zum Glück war ich mit mehreren Leuten unterwegs, die noch rechtzeitig eingreifen konnten, denn sonst hätte sie mich sicher vermöbelt.«

»Sie hat dich natürlich beschuldigt, am Selbstmord schuld zu sein?«

»Was natürlich idiotisch ist. Als ob ich immer daran denken könnte, was Leute, die nicht alle Tassen im Schrank haben, in ihrem Privatleben machen! Das geht mich nichts an.«

»Bist du immer noch so sicher?«

»Niemand bringt sich wegen einer Kritik um. Mir haben alle bestätigt, dass das Mädchen schon immer sehr merkwürdig war. Sie hatte sogar schon einige Selbstmordversuche hinter sich, bevor sie mit diesem endlich erfolgreich war. Deshalb ist es völlig abwegig, mir für das, was sie sich angetan hat, die Schuld in die Schuhe zu schieben.«

Ich schaue Hallgerdur schweigend an. Warte darauf, dass sie sich beruhigt. Schließlich setzt sie sich wieder an den Tisch.

»Kannte Kári das Mädchen?«, fragt sie nach langem Schweigen.

»Leider ist es mir nicht gelungen, eine Verbindung zwischen den beiden herzustellen. Und auch nicht zwischen Kári und Porno-Valdi. Das ist das Problem.«

»Ist dieser Valdi ein so schlimmer Krimineller, wie alle behaupten?«

»Für ihn wäre es jedenfalls eine einfache Sache gewesen, das Kokain zu kaufen und in deinen Koffer schmuggeln zu lassen.«

»Aber warum hat er es auf mich abgesehen?«

»Alda Ósk war seine Tochter.«

Hallgerdur erbleicht. »Seine Tochter?« Sie braucht eine Weile, um das zu verdauen. »Willst du damit sagen, dass er aus Rache hinter all dem steckt?«

»Ich habe den Verdacht. Aber ich kann nichts beweisen.«

»Dass ich in diesen ganzen Schlamassel geraten bin, nur weil eine Göre so eine blöde Geschichte geschrieben hat?«

Ich nicke. »Übrigens fand ich diese Geschichte überhaupt nicht blöd«, sage ich.

Hallgerdur braust sofort wieder auf. »Willst du etwa behaupten, dass du Ahnung von Literatur hast?«, fragt sie barsch.

»Nein, nein, nur so wie Lieschen Müller.«

»Lieschen Müller hat keinen Geschmack, was Literatur angeht. Deswegen verkaufen sich die schlechtesten Bücher immer am besten.«

»Aber nachdem ich mir deine Kritik auf dem Video angeguckt habe, war mir trotzdem nicht klar, warum du das Buch so schlecht findest.«

»Es war dir nicht klar?« Sie springt auf. »Ich muss nie lang und breit erklären, was ich finde«, sagt sie und beugt sich über den Tisch. »Wenn ich im Fernsehen sage, dass eine Geschichte schlecht ist, dann wissen alle Literaturliebhaber im Land, dass sie schlecht ist. Ich muss nichts anderes sagen. Und wenn ich einer Geschichte drei oder vier Sterne gebe, wissen alle, dass sie hervorragend ist. So ist das. Also sollst du dich nicht erdreisten, meine Ehre als Kritikerin in Zweifel zu ziehen.«

»Habe ich das?«

»Weißt du immer noch nicht, wer das Oberste Gericht der Literatur in Island ist?«, fährt sie im gleichen Tonfall fort, erwartet aber eindeutig nicht, dass ich antworte. »Das bin ich! Wer kann einem Buch gute Verkaufszahlen bringen, nur dadurch, dass gut darüber im Fernsehen berichtet wird? Ich! Wer kann ein schlechtes Buch derart niedermachen, dass es – wohlgemerkt verdient – für immer in Vergessenheit gerät? Ich! Niemand sonst. Deshalb muss ich einen Mindeststandard einhalten. Diese blöde Geschichte war einfach Müll, und ich habe es gesagt. Hätte ich etwas anderes gesagt, wäre ich mir selbst nicht treu geblieben und hätte meine Zuschauer betrogen.« Sie lehnt sich wieder am Stuhl an. »Ich habe nichts falsch gemacht.«

Hallgerdur zittert und bebt vor Aufregung, Wut und tiefem Selbstmitleid. Und die Tränen beginnen, die faltenreichen, ungeschminkten Wangen herunterzurinnen.

»Heul doch, und du wirst nur nass im Gesicht.«
Sagt Mama.

38

Cora ist glücklicher als ein singender Kanarienvogel.

Als ich heute Morgen wach wurde, war sie noch fröhlicher als gewöhnlich. Trällerte ein lustiges, aber fremdartiges Lied, während sie den Küchentisch abräumte.

»Warum bist du so gut gelaunt?«, fragte ich.

»Ach, einfach alles in Ordnung«, antwortete sie verlegen.

»Wie, in Ordnung?«

»Keine Gefahr mehr.«

»Gefahr?«

»Du weißt schon«, sagte sie und tätschelte sich den Bauch.

Aha!

Ich konnte gut verstehen, dass sie sehr erleichtert war. Es war mir selber schon mehr als einmal passiert, dass ich zwischen Hoffen und Bangen warten musste, wenn die Schutzmaßnahmen unerwartet ihren Geist aufgegeben hatten oder in der Hitze des Augenblicks vergessen worden waren.

Der heutige Tag ist straff durchorganisiert. Eine Menge größerer und kleinerer Geldangelegenheiten müssen abgehandelt werden. Am Nachmittag muss ich schon wieder in den Osten zum Gefängnis fahren, um mit Hallgerdur die Lage zu besprechen, da jetzt die Anklageschrift vorliegt.

Aber manchmal sind die besten Pläne nichts wert. Heute ist einer dieser Tage, der von einem Anruf auf dem Handy völlig über den Haufen geschmissen wird.

Der Anruf überrascht mich. Ein älterer Herr ist dran und stellt sich als Hallmundur vor – der Vater von Runólfur. Dem vor kurzem verstorbenen Sendeleiter vom Fernsehen. Er hätte einen Brief in Verwahrung, mit meinem Namen darauf.

Eine halbe Stunde später sitze ich bei Hallmundur im Wohnzimmer. Er scheint alleine zu Hause zu sein. Er ist um die sechzig, recht füllig, pausbackig, mit tiefen Geheimratsecken und dünnem, grau meliertem Haar. Er sieht traurig und bedrückt aus.

Der Umschlag liegt auf dem Sofatisch, ein ganz normales Exemplar, bis auf das, dass mein Name und meine Telefonnummer draufstehen. Und das Wort »Privat«, unterstrichen.

»Meine Frau und ich fanden es richtig, dir den Umschlag zu geben, weil er so eindeutig an dich gerichtet ist«, sagt Hallmundur.

Ich drehe den Umschlag zwischen den Fingern hin und her und ertaste etwas Hartes, etwas Kleines, Unregelmäßiges.

Vielleicht ein Schlüssel?

»Wo hast du den Umschlag gefunden?«

»Er war hier bei uns im Schrank. Runólfur bat mich ein paar Tage, bevor er starb, ihn zu verwahren.«

»Ich konnte es kaum glauben, als ich den Nachruf sah.«

»Es kam wie aus heiterem Himmel. Es schmerzt uns, dass er keine Erklärung hinterlassen hatte. Wir konnten nirgendwo einen Brief an uns finden, oder etwas anderes in der Art.«

»Ich fand, dass Runólfur der unwahrscheinlichste Selbstmordkandidat war, den es je gab.«

Hallmundur zuckt sichtbar zusammen, als das Wort laut ausgesprochen wird. Er braucht Zeit, um sich wieder zu beruhigen. »Es fällt mir schwer, das zu glauben«, antwortet er nach längerem Schweigen. »Aber die Tatsachen sprechen für sich, also ist das etwas, mit dem wir uns abfinden müssen. Trotzdem kann ich überhaupt nicht verstehen, warum er es getan hat. Runólfur war bei bester Gesundheit, er hatte einen sicheren Arbeitsplatz, und ihm gelang alles, was er sich vornahm. Er hatte keinen Grund, in den Tod zu gehen.«

Ich reiße den Umschlag auf.

Drin ist ein Schlüssel. Und ein Zettel. Darauf stehen eine Nummer und ein Name.

»Dieser Schlüssel gehört zu einem Bankschließfach in der Landsbanki«, sage ich. »Runólfur hat dort sicher etwas für mich verwahrt.«

»Vielleicht den letzten Brief?«, fragt Hallmundur.

»Das wird sich zeigen.« Ich stehe auf, lege den Schlüssel zurück in den Umschlag und stecke ihn in meine Aktenmappe. »Wenn sich dort etwas findet, was Licht auf die Sache wirft, lasse ich es dich wissen.«

Aber es ist kein Brief.

Stattdessen finde ich im Bankschließfach eine Plastiktüte mit dem Namenszug der staatlichen Alkoholläden ÁTVR. Darin befinden sich Videos. Zwei Kassetten. Sonst nichts.

Ich presche mit dem Päckchen auf schnellstem Weg nach Hause. Schiebe zuerst die Kassette, die mit einer »1« beschriftet ist, in das Videogerät. Setze mich aufs Sofa und drücke auf Play.

Runólfur erscheint auf dem Bildschirm. Ich erkenne sofort, wo er sich befindet. Er sitzt in einem Sessel im Wohnzimmer bei sich zu Hause. Lehnt sich in Richtung Kamera vor.

»Heute Abend dachte ich mir, dass das eine geniale Idee sein könnte«, sagt er und schaut direkt in die Linse. »Hoffentlich bekommt kein anderer außer mir dieses Band jemals zu sehen, aber wenn du dir jetzt ansiehst, was ich zu sagen habe, ist alles schon im Eimer, und ich muss mich darauf verlassen, dass du etwas in der Sache unternimmst, obwohl es für mich selber dann schon zu spät sein wird. Wenn du hörst, was ich zu sagen habe, hältst du mich wahrscheinlich für einen gierigen Oberidioten, aber zum Umkehren ist es jetzt wohl zu spät.«

Ich höre mir die Aufnahme bis zu Ende an. Ich schätze, dass sie ungefähr zehn Minuten lang ist. Stecke dann die andere Videokassette ins Gerät und gucke sie mir an. Sie ist fast drei

Stunden lang. Danach bringe ich beide Kassetten wieder in der Aktenmappe unter und überlege eingehend, was ich als Nächstes unternehmen soll.

Runólfur hatte Recht. Er hatte sich wie ein gieriger Idiot benommen. Aber er hatte ganz bestimmt nicht Selbstmord begangen.

Schnell komme ich zu dem unausweichlichen Ergebnis. Natürlich gibt es nur eine Möglichkeit. Dann rufe ich Raggi an.

Eine Stunde später sitze ich wieder vor einem Fernseher, aber diesmal im Hauptquartier der Goldjungs. Der Vize ist mit einer fünfköpfigen Truppe aufgetaucht. Sie gucken sich schweigend beide Videos an.

Runólfur erklärt in seinem Monolog, dass auf der zweiten Kassette eine ununterbrochene Aufnahme aus einer Überwachungskamera zu sehen sei. Darauf sei alles aufgezeichnet, was am Tag, als Steinunn den Herzinfarkt bekam, im Studio passiert ist. Vom Zeitpunkt der Vorbereitungen für die Sendung bis zum Ende des Programms in diesem Studio.

Das Video beweist weder, dass Ásta die LSD-Tabletten ins Wasser getan hat, noch beweist es das Gegenteil. Man sieht nur, dass sie das Glas auf den Tisch gestellt hat. Danach und während der ganzen Zeit, bis die Sendung so unerwartet endete, schien niemand etwas ins Glas getan zu haben.

Überraschend sind allerdings die Begegnungen von Runólfur und Steinunn. Auf der Videokassette ist zu sehen, dass der Sendeleiter eine halbe Stunde, bevor die Livesendung beginnt, ins Studio kommt und ihr ein Glasdöschen mit Tabletten reicht. Und dass sie sich gleich zwei Tabletten aus dem Glas nahm und schluckte. Später, als die Sendung wegen der Werbepause unterbrochen wurde, holte sie wieder das Glas hervor und nahm erneut ein oder zwei Tabletten ein. Sie hatte also aus eigener Initiative innerhalb von einer Stunde drei oder vier Tabletten genommen.

Aber was für Tabletten?

Diese Frage hatte Runólfur sich auch gestellt, nachdem alles vorbei war und er das Video aus der Überwachungskamera ansah. Es hatte ihn nicht gewundert, dass Steinunn Tabletten nahm, bevor die Sendung ausgestrahlt wurde. Sie nahm immer ungefähr eine Stunde, bevor die Livesendung losging, etwas zur Beruhigung. An diesem Tag jedoch hatte sie die Tabletten vergessen und rief ihren Mann an, der das Glasdöschen eigenhändig zum Fernsehen brachte. Sie hatte sich schon für das Studio zurechtgemacht, weshalb Kalli Runólfur die Tabletten gab und ihn bat, sie so schnell wie möglich Steinunn zukommen zu lassen. Was er auch tat.

»Ein paar Tage nach den Vorkommnissen rief ich Karl an«, fährt Runólfur in seinem Monolog auf dem Video fort, »und fragte ihn ganz direkt, was für Tabletten sich in dem Glas befunden haben, das ich Steinunn gegeben habe. Er versicherte mir, es seien nur diese normalen Beruhigungstabletten gewesen, die sie vor jeder Sendung nahm. Am Tag darauf rief ich ihn wieder an und sagte, dass ich der Polizei von diesem Vorfall berichten müsse, aber da bat er mich inständig, ihn vorher zu treffen, um die Sache zu besprechen. Ich stattete ihm also einen kurzen Besuch in seiner Praxis ab. Dort redete er mir eindringlich zu, der Polizei nichts aus eigener Initiative zu berichten, denn das Ergebnis wäre nur, dass er verdächtig würde und Gerüchte entstünden, die für einen Mann in seiner Stellung höchst gefährlich wären. Dann begann er zu fragen, ob er nicht im Gegenzug etwas für mich tun könnte, und bevor ich michs versah, stand ich mit einem Scheck in Höhe von fünfhunderttausend Kronen in der Hand da.

In den nächsten Tagen rief mich der Arzt immer wieder an, um zu erfahren, ob die Polizei mich vernommen hätte. Später hat er auch nach dir gefragt. Er schien von unserem Treffen erfahren zu haben und fragte ständig nach, ob du mit mir über die Tabletten gesprochen hättest. Schließlich erinnerte er mich daran, dass ich ja bereits das Geld angenommen hätte, was die Polizei ganz leicht als Bestechung interpretieren könnte. Das sei ein schwer wiegendes Verbrechen, und deshalb sei es das Beste für mich, denen gar nichts zu sagen.«

Runólfur senkt für eine Weile den Blick, schaut dann aber wieder direkt in das weit geöffnete Auge der Kamera.

»Um die Wahrheit zu sagen, gefällt mir die Art, wie dieser Arzt mit mir redet, nicht. Ich kann den Behörden jetzt natürlich nicht mehr berichten, was ich weiß, und deshalb habe ich beschlossen, den Mund fest geschlossen zu halten. Aber manchmal beschleicht mich der Verdacht, dass Karl mir etwas antun könnte. Also kam mir der Gedanke, alles auf ein Video aufzunehmen und Vorbereitungen zu treffen, damit du beide Videos bekommst, falls mir etwas Unnatürliches zustoßen sollte.«

Zum ersten Mal lächelt er auf dem Video.

»Es kann natürlich alles auch pure Einbildung und Blödsinn sein«, fährt er nach einer kleinen Pause fort. »Vielleicht habe ich in den letzten Tagen zu viele Krimis gesehen. Aber trotzdem geht es mir jetzt viel besser, wo ich mein Gewissen erleichtert habe, und sei es nur vor der Kamera.«

Im Besprechungszimmer herrscht noch eine ganze Weile Stille, nachdem das Band zu Ende ist. Dann steht der Vize auf.

»Das ist ein wirklich interessanter Beitrag zum Fall«, sagt er. »Wir werden der Sache nachgehen.«

Raggi steckt die Videokassetten in einen durchsichtigen Plastikbeutel, schließt ihn und beschriftet ihn mit einem Edding.

»Hoffentlich nehmt ihr auch diesen so genannten Selbstmord von Runólfur unter die Lupe«, sage ich.

»Wir kümmern uns um alles Weitere«, erwidert der Vize kurz angebunden. »Wir müssen uns jetzt beraten.«

»Schmeißt du mich raus?«

»Wir haben zu arbeiten.«

Ich grabsche mir meine Aktentasche vom Tisch und marschiere auf die Tür zu. »Es ist wirklich nicht nötig, mir so überschwänglich zu danken«, sage ich und gucke sie abwechselnd an.

Aber sie reagieren mit keinem Wort. Warten nur ungeduldig darauf, dass ich mich aus dem Raum vertschüsse.

Verdammte unerzogene Grobiane!

39

Ich bin auf dem Weg in die Höhle des Löwen.

Die Goldjungs hatten Kalli schon ein paar Mal verhört, konnten ihm aber nichts nachweisen. Das war natürlich zu allererst ihre eigene Schuld. Sie waren von Anfang an so von Ástas Schuld überzeugt gewesen, dass sie den Doktor nur als trauernden Ehemann wahrnehmen wollten. Vor zwei Wochen gaben sie ihm sogar alle Gegenstände, die Steinunn an dem Abend, an dem sie umkippte, bei sich hatte. Darunter ihre Kleidung, den Ehering und die Handtasche, in der sich noch die restlichen Tabletten befanden. Ihnen war noch nicht einmal in den Sinn gekommen, vor der Rückgabe zu überprüfen, welche Tabletten in dem Glas waren.

Raggi machte aus seinem Ärger über die Sache keinen Hehl, zumal Karl natürlich Antworten auf alle ihre Fragen parat hatte. Er hatte ihnen sogar das Glasdöschen wieder überreicht, von dem er zugab, es an diesem schicksalhaften Tag Steinunn gebracht zu haben. Auf dem Gläschen waren undeutliche Fingerabdrücke der beiden und auch Runólfurs, ein paar Beruhigungstabletten darin, aber keine Spuren von Ecstasy.

»Aber das sagt uns gar nichts, denn er hatte viel Zeit, das Glas von innen zu reinigen und die Tabletten darin auszutauschen«, sagte Raggi. »Das Ergebnis ist ganz einfach, dass uns hinreichendes Beweismaterial fehlt, um eine Anklage zu erreichen, von einem Urteil ganz zu schweigen.«

»Was ist mit dem Scheck?«, fragte ich.

»Runólfur hat zwar einen Scheck über fünfhunderttausend Kronen eingelöst und auf sein Konto in der Landsbanki eingezahlt«, erklärt Raggi, »aber er war nicht von Karl unterschrieben worden, sondern von Steinunn.«

»Von Steinunn?«

»Der Scheck war blanko unterschrieben worden, und aus dem Datum lässt sich schließen, dass er ein paar Tage vor Steinunns Tod ausgestellt wurde. Karl streitet ab, etwas über diesen Scheck zu wissen, geschweige denn, dass er ihn Runólfur gegeben hat.«

Die Goldjungs haben also nichts gegen Kalli in der Hand. Er ist frei wie ein Vogel.

Ásta bekam erst mal einen Schreck, als sie hörte, dass alles, was sich im Studio abgespielt hatte, auf Video aufgenommen wurde. Aber sie fühlte sich gleich wieder wohler, als ich ihr versicherte, dass auf dem Band nichts sei, was ihr schaden könnte.

»Willst du damit sagen, dass sie es selber war?«

»Sie nahm die Tabletten aus eigener Initiative, da gibt es überhaupt kein Vertun. Hingegen finde ich es unwahrscheinlich, dass sie wusste, was für Tabletten sie da schluckte.«

»Aber dann hat ...?«

»Kalli die Tabletten im Glas vertauscht? Ja, ich verwette meinen Benz darauf, dass er es ganz bewusst in der Absicht getan hat, Steinunn über den Jordan zu schicken. Die Frage ist nur, ob es Kalli gelingt, den vollkommenen Mord zu begehen.«

»Arme Steina.«

»Mir scheint, dass die Goldjungs die Sache völlig vermasselt haben«, fahre ich fort. »Wenn Kalli nicht von selber gesteht, können sie nichts machen.«

»Der gesteht nie!«

Nie?

Der Gedanke, dass Kalli mit einem Mord davonkommt, lässt mich nicht in Ruhe. Trotzdem ist mir nicht so ganz klar, warum mich das so nervt. Ich arbeite nicht im Gerechtigkeitsbusiness. Diese Rolle haben andere in der Gesellschaft inne, die Goldjungs und die Gerichte. Warum sollte ich meine Zeit damit vergeuden, die Fehler der Amtsschimmel auszubügeln?

Vielleicht sind es diese starrenden Augen, die mich nervös machen? Steinunns Augen auf dem Bildschirm? Manchmal kommt es mir so vor, als würden sie mich verfolgen. Wie die Augen des ungeheuren Gespenstes Glámur, das Grettir den Starken in einer Saga verschreckt.

Runólfur hatte auch Besseres verdient, als als ein weiterer Zähler in der Selbstmordstatistik der Hagstofa* zu enden.

Außerdem ist da auch noch Ásta. Wenn man alles so belässt, würde der Mord im Fernsehen immer ein Fleck auf ihrer weißen Weste bleiben. Der einzige Weg, sie vom unterschwelligen Verdacht der öffentlichen Meinung zu reinigen, ist, den richtigen Täter öffentlich für die Tat zu verurteilen.

Aber wie könnte man das anstellen?

Nach einigem Hin- und Herüberlegen fällt mir nichts Schlaueres ein, als Kalli einen Besuch abzustatten und seine Nerven zu strapazieren.

Ihn ein bisschen einschüchtern und schikanieren. Mal sehen, ob ich ihn nicht so verschrecken kann, dass er Fehler macht.

Mein Cousin Sindri will mir beistehen. Er befestigt einen kleinen Sender am Kragen meiner Lederjacke. Wird in seinem Auto auf dem Parkplatz vor dem Liebesnest im Breidholt sitzen und unser Gespräch auf Band aufnehmen, in der Hoffnung, dass Kalli etwas sagt, was man als Schuldeingeständnis verwerten könnte.

Begeistert ist Sindri allerdings von meiner Unternehmung

---

* Staatliches isländisches Statistikamt (Anm. d. Übers.)

nicht. Sagt, dass es Sache der Polizei sei, Mörder zu entlarven. Der Gute macht sich sicher nur Sorgen um mich.

Er hört erst auf zu nörgeln, als ich ihm die Handy-Nummer von Raggi gegeben habe, damit er umgehend dort anrufen kann, falls es für mich gefährlich werden sollte.

»Aber ich geb sie dir nur, damit du dich wohler fühlst«, sage ich. »Kalli ist nicht so abgedreht, um zu versuchen, mir die Lichter auszublasen.«

»Hoffentlich muss ich diesen Satz nicht in meine Sammlung berühmter letzter Worte aufnehmen«, antwortet Sindri und unternimmt einen missglückten Versuch zu lächeln.

Ich hatte Kalli am Vormittag angerufen und auf ein Tête-à-Tête im Liebesnest bestanden. Er war ziemlich zögerlich. Aber am Ende gelang es mir doch, ihn davon zu überzeugen, dass es für ihn selbst am besten wäre.

Sindri und ich verfolgen von weitem, wie Kalli auf den Parkplatz gefahren kommt und schnell auf das Hochhaus zugeht. In der einen Hand hält er eine Tasche, in der anderen eine Plastiktüte. Ich gebe ihm eine Viertelstunde. Nachdem wir zum wiederholten Male überprüft haben, dass der Sender auch wirklich in Ordnung ist und der Empfänger im Auto auch, fährt Sindri mich langsam zur Eingangstür.

Ich warte draußen, bis das Auto außer Sichtweite ist. Dann klingele ich, hole den Aufzug und fahre direkt hoch in den siebten Stock.

Kalli, in Jeans und schwarzem Rollkragenpullover, weist mich ins Wohnzimmer, ohne ein Wort zu sagen. Bietet mit einer Geste an, in einem rosa Sessel Platz zu nehmen.

Auf dem Couchtisch stehen eine Flasche Jackie und zwei Whiskygläser.

»Wer hat dir mein Lieblingsgetränk verraten?«, frage ich.

»Ich bin genauso neugierig wie du«, sagte er und setzt sich in den Sessel mir gegenüber. »Und wenn ich nach etwas frage, bekomme ich normalerweise die Antworten, die ich brauche.«

Er gießt die Gläser mit der schönen braunen Flüssigkeit halb voll. »Zum Wohl!«, sagt er und hebt sein Glas in meine Richtung.

Aaah!

Jackie ist doch immer gleich wunderbar.

Kalli lehnt sich im Sessel zurück, fährt mit dem Zeigefinger über den Rand des Glases und schaut mich aus eiskalten Augen an. Wartet völlig entspannt darauf, dass ich meine Karten auf den Tisch lege.

»Ich habe dir ein kleines Geschenk mitgebracht«, sage ich und lächele.

»Das wäre aber nicht nötig gewesen.«

Er stellt das Glas auf dem Tisch ab, als ich ihm das kleine Päckchen reiche. Piddelt das Tesa ab. Passt auf, dass er das Geschenkpapier nicht zerreißt. Guckt sich dann mit verärgerter Miene die glänzenden Handschellen an. Findet das offensichtlich nicht lustig.

»Sollen mir die Handschellen etwas sagen?«, fragt er schließlich.

»Was meinst du denn?«

»Ich verstehe solche Witze nicht.«

»Willst du sie nicht anprobieren?«

Er steckt den Schlüssel in das Schlüsselloch und öffnet sie. »Man weiß ja in der Tat nie, wann man sie mal brauchen kann«, sagt er und guckt zu mir. »Vielleicht eher früher als später.« Der Ausdruck in seinen Augen ist immer noch weit unter null Grad.

»Ganz deiner Meinung«, antworte ich und lächele erneut.

»Aber wahrscheinlich haben wir nicht das Gleiche im Sinn.«

»Ich spreche natürlich von deiner bevorstehenden Festnahme wegen Mordes. Besser gesagt, Doppelmord.«

»Dann weißt du mehr als ich.«

»Stimmt.«

»Ich habe nichts von der Polizei zu befürchten.«

Jackie erfrischt mich – und flößt mir noch mehr Mut ein.
»Das kommt auf mich an, nicht auf die Bullen.«

»Wie meinst du das?«

»Ich habe den Goldjungs das Video von Runólfur zugespielt, wusstest du das nicht?«

Er schüttelt den Kopf.

»Dann weißt du es jetzt.«

»Ja, und?«

Ich greife wieder nach meinem Jackie. Lasse ihn eine Weile
auf der Zunge brennen, bevor ich das Getränk herunterschlu-
cke. Lächele dann wieder, um zu zeigen, dass ich auf keinem
Gebiet schüchtern bin.

»Ich habe ihnen eben nicht alles gegeben. Habe das Beste
nämlich für dich aufgehoben.«

Kalli spielt mit den Handschellen, ohne sie anzusehen.
»Das Beste?«

»Sieh mal, Kalli, ich bin Geschäftsfrau. Warum sollte ich
dem Staat etwas schenken, wenn ich selber daran verdienen
könnte?«

»Was ist es?«

Ich stelle das leere Glas auf dem Couchtisch ab. Warte darauf, dass er von neuem einschenkt. Sehe, dass seine Hand ein
wenig zittert.

»Wie du vielleicht weißt, war Runólfur ein besessener Fil-
memacher. Hallmundur sagte mir, dass für ihn nichts wirklich
war, es sei denn, er hatte es auf Video und konnte es sich im
Fernsehen anschauen. Deshalb hatte er eine Kamera in jedem
Winkel.«

»Hallmundur?«

»Der Vater von Runólfur. Ich hatte eine nette Unterhaltung
mit dem Alten. Bekam von ihm eine Menge Videos, aus Runólfurs Besitz.«

»Was geht mich das an?«

»Nun, auf einem Video ist eine Aufnahme der Kamera, die Runólfur in seiner Garage installiert hatte. Super Bilder. Tolle Qualität und so.«

Kalli erstarrt im Sessel.

»Und du bist wirklich sehr fotogen«, füge ich hinzu und lächele mein freundlichstes Lächeln.

»Es sind nicht alle in der Lage, stilvoll zu lügen.«

Sagt Mama.

40

Kalli erholt sich erstaunlich schnell vom ersten Schock. Dann beugt er sich plötzlich zu mir hinüber und lacht mich aus vollem Hals aus.

»Alle Achtung, du bist wirklich eine gute Schauspielerin!«, ruft er und schüttelt den Kopf. »Ich hätte dir beinahe geglaubt!«

»Es bleibt natürlich dir überlassen, was du tun willst«, antworte ich. »Entweder glaubst du jetzt mir oder den Goldjungs später.«

»Du bluffst doch nur. Ich bin hundertprozentig sicher, dass in Runólfurs Garage keine Kamera installiert war.«

Bingo! Er hat den ersten Fehler gemacht! Also spiele ich meine Komödie weiter. »Ich möchte jedoch betonen, dass die Videokassette nicht lange auf dem Markt sein wird. Du hast daher nicht viel Zeit, um dich zu entscheiden.«

»Hör doch auf mit dem Blödsinn.«

»Wenn ich für das Video keine anständige Bezahlung bekomme, bleibt mir natürlich nichts anderes übrig, als es den Goldjungs kostenlos zu überlassen.«

Er hat aufgehört zu lachen.

»Es täte mir natürlich außerordentlich Leid, denn Scheinchen sind die Freude meines Lebens. Aber du hast die Wahl.«

»Ich behaupte, dass du alles nur erfunden hast«, sagt er.

»Ist das dein letztes Angebot?«

»Es war die ganze Zeit viel zu dunkel in der Garage, um Aufnahmen zu machen.«

Bingo! Kalli hatte einen zweiten Fehler gemacht, der noch gröber war als der erste.

»Du hältst dich eindeutig nicht auf dem Laufenden, was technische Neuerungen angeht«, sage ich und lasse mir nichts anmerken. »Man kann mittlerweile sogar in völliger Dunkelheit filmen.«

Ihm wird plötzlich klar, was er gesagt hat. »Ich meine ... Ich wollte sagen, dass ich natürlich nicht in der Garage war, sondern wollte dich nur darauf aufmerksam machen, dass Garagen normalerweise fensterlos sind und es daher darin zu dunkel ist. Nichts anderes.«

»Tu doch nicht so. Ich habe mir das Video angeguckt und weiß ganz genau, wie du es geschafft hast, Runólfur um die Ecke zu bringen. Das Einzige, was ich nicht verstehe, ist, warum du es überhaupt getan hast. Du hast doch genug Geld.«

Ich schaue Kalli schweigend an. Warte darauf, dass er einen Entschluss fasst.

»Es war keine Frage des Geldes«, antwortet er schließlich.

»Was dann?«

»Man konnte ihm nicht vertrauen.«

»Ich verstehe.«

»Ich bin mir da nicht so sicher.«

»Willst du meine Theorie hören?«

Er nickt.

»Du hast befürchtet, dass er singen könnte, bevor du das Glasdöschen von den Goldjungs zurückbekommen hättest, stimmt's?«

Kalli glotzt mich an. »Du bist schlauer, als ich dachte«, sagt er nach einer langen Schweigeminute.

»Mir ist das völlig egal. In meinen Augen ist das nur ein Geschäft, wie ich vorhin schon gesagt habe. Ich biete eine Ware an. Wenn du sie kaufst, ist die Sache aus der Welt, was mich angeht. Begraben und vergessen.«

»Begraben und vergessen?« Er überlegt.

»Wo ist das Video?«, fragt er schließlich.

»An einem sicheren Ort.«

»Und was hattest du dir gedacht, wie der Handel über die Bühne gehen soll?«

»Du hebst ein Bündel Scheinchen von deinem Konto ab, und dann tauschen wir unsere Geschenke aus.«

»Wie in einem Film?«

»Das ist ganz einfach.«

»Entschuldige bitte«, sagt er und steht auf. »Ich muss mal kurz auf die Toilette. Fühl dich in der Zwischenzeit wie zu Hause.«

»Okay.«

Ich fühle mich wunderbar. Finde es schwierig, mich im Sessel zu halten. Möchte am liebsten verschwinden. Bin überzeugt, dass ich den Sieg schon errungen habe. Sindri hat das ganze Gespräch bestimmt auf Band aufgenommen, also wird es nicht mehr lange dauern, bis der Herr Doktor Karl hinter Schloss und Riegel sitzt.

Als ich gerade das Glas auf dem Couchtisch abstellen will, bemerke ich den Geruch. Ein beißender Gestank, der den Geruchssinn bis aufs Äußerste reizt, sodass mir fast schlecht wird.

Aber es ist zu spät.

Kalli drückt das feuchte Tuch fest auf meine Nase und den Mund. Ich kann es nicht vermeiden, das Chloroform einzuatmen.

Als ich ganz langsam aus der Betäubung erwache, habe ich nicht den geringsten Schimmer, wo ich bin. Erinnere mich für den Anfang an nichts. Erst als ich die Augen öffne und Kalli an meiner Seite sitzen sehe, fällt mir alles wieder ein.

Ich bin im Schlafzimmer. Er hat mir die Lederjacke und die Schuhe ausgezogen. Hat mich an Händen und Füßen ans Bett gefesselt und mir etwas Kräftiges, Ekliges über den Mund geklebt.

»Aha! Gut zu sehen, dass du wieder zurück im Leben bist«, sagt er. »Dann können wir uns ja wieder den Geschäften zuwenden.«

Sein Grinsen hat etwas Irres.

»Mir gefällt dein Angebot noch nicht so richtig«, fährt er fort. »Ist es nicht viel zufriedenstellender, wenn du dir mit dem Video deine Freiheit erkaufst? Ich behaupte, dass die Freiheit viel wertvoller ist als Geld. Findest du nicht auch?«

Ich grummle wütend hinter dem Klebeband.

»Du sagst mir, wo das Video ist, und sobald ich es habe, befreie ich dich aus diesem Gefängnis. Bist du nicht auch der Meinung, dass das ein faires Angebot ist?«

Verdammter Schlamassel!

Ich habe überhaupt keine Ahnung, wie ich mich diesem Wahnsinnigen gegenüber verhalten soll. Kann ihm natürlich nicht sagen, wo sich ein Video befindet, das es gar nicht gibt. Weiß auch nicht, was Kalli mit der Jacke gemacht hat, an der sich der Sender befindet. Ob Sindri uns wohl immer noch zuhört? Oder hat er vielleicht schon Raggi angerufen?

Kalli reißt das Klebeband mit einem Ruck vom Mund. Das tut wahnsinnig weh. Als ob er mir das Gesicht abreißen würde.

»Wenn du laut schreist, muss ich dir die Fresse wieder zukleben. Ist das klar?«, fragt er.

»Okay.«

»Möchtest du mir jetzt sagen, wo das Video ist?«

Ich teste die Handschellen, aber sie halten mich fest im Bett. Merke sofort, dass es nichts bringt. Muss deshalb versuchen, mit Kalli so lange wie möglich zu reden. Ihn unterhalten. Muss Cousin Sindri genug Zeit geben, um die Kavallerie zu holen.

»Wie kann ich sicher sein, dass du mich wirklich gehen lässt?«

»Glaubst du meinen Worten nicht?«

»Kannst du mir sagen, warum ich das tun sollte?«

»Weil du keine andere Wahl hast.«

»Das ist wohl wahr.«

»Also, wo ist das Video?«

Die Hauptsache ist, Zeit zu gewinnen. Zeit, Zeit, Zeit.

»Es ist hoffnungslos, es heute Abend zu holen«, sage ich.

»Warum?«

»Ich verwahre das Video in meinem Bankschließfach. Du musst warten, bis die Búnadarbanki morgen früh öffnet.«

Er guckt mich prüfend an. »Ich glaube dir nicht«, sagt er schließlich und schüttelt den Kopf.

»Aber es ist wirklich wahr!«

»Ich bin der Meinung, dass du das Video bei dir zu Hause aufbewahrst.«

»Nein.«

Er schweigt wieder einen Moment. Kommt dann zu einem Ergebnis. »Du lügst mich an. Ich bin mir dessen ganz sicher.«

»Nein, nein. Warte nur bis morgen. Dann siehst du, dass ich die Wahrheit sage.«

Kalli schüttelt den Kopf, streckt sich nach der Rolle mit dem Klebeband, die auf dem Nachttisch liegt, reißt ein Stück ab, hält mein Kinn grob fest, schiebt es hoch und klatscht mir dann das Klebeband wieder über den Mund. Ich kann noch nicht mal die Lippen bewegen.

»Das ist nur dazu da, um sicherzustellen, dass du nicht die Nachbarn störst, während ich versuche, deinem Gedächtnis ein wenig auf die Sprünge zu helfen«, sagt er, die Ruhe in Person.

Verdammter Quacksalber! Was hat er vor?

Kalli steht auf, geht ganz gemächlich zum großen Schrank im Schlafzimmer, beugt sich zu einer schwarzen Tasche herunter, die dort weiter hinten liegt, kommt mit ihr zurück und setzt sich wieder auf das Bett.

»Der Schmerz ist wirklich ein interessantes Objekt«, fährt er mit der gleichen Ruhe fort, als würde er sich mit seinem besten Freund über etwas völlig Alltägliches unterhalten. »Richtig dosiert ist er wunderbar. Ja, wahrscheinlich sogar der einzige Beweis, dass wir lebendig sind.«

Er knöpft meine weiße Bluse auf. Öffnet sie nach beiden Seiten. Ergreift die linke Brust. Drückt seine Nägel so weit in die Haut wie möglich. Beginnt dann, mit seinem Daumen die Brustwarze zu umspielen, die sich aufrichtet, ohne dass ich Einfluss darauf habe.

»Aber andererseits kann der Schmerz auch tödlich sein, wenn man den großen Strich überschreitet«, sagt er genießerisch. »Besonders für die, die nicht das richtige Training haben, ihn zu genießen.«

Kalli lässt los.

»Ich behaupte, dass die Suche nach Wissen über die Natur des Schmerzes unglaublich wichtig für die medizinische Wissenschaft ist. Und es lässt sich wohl kaum vermeiden, dass wissenschaftliche Versuche hin und wieder missglücken. Man kann sogar beweisen, dass die Medizin nicht zuletzt auch aus den Fehlern von uns Wissenschaftlern lernt.«

Er holt eine unheimlich aussehende Stahlklemme aus der schwarzen Tasche. Sie hat an beiden Seiten spitze Enden.

»Es hat mich völlig überrascht, dass Steinunn kein Verständnis für diese einfache Tatsache in der Wissenschaft aufbrachte. Sie konnte mir einen banalen Unfall nicht verzeihen und drohte mir, mich zu verlassen. Da kam ich zu dem folgerichtigen Ergebnis, dass ich ihr nicht länger vertrauen konnte. So wie später auch Runólfur. Und jetzt dir.«

Ich habe das Gefühl, dass dieses Lächeln etwas Grauenhaftes verheißt.

»Nun möchte ich dir einen kleinen Vorgeschmack auf das

geben, was dich erwartet, wenn du weiterhin so böse zu mir bist.«

Er lässt die Klemme mit Schmackes auf die Brust schnellen. Der Schmerz ist unerträglich. Ich schreie so laut auf, wie es in meiner Macht steht. Kann mich nicht beherrschen. Aber weiß natürlich, dass niemand außer mir selber diesen schrillen Notruf hört. Fühle, wie mir wegen der Schmerzen und der Angst, die in mir hochsteigt, kalter Schweiß am ganzen Körper ausbricht.

Warum zum Teufel habe ich mich mit diesem Wahnsinnigen abgegeben? Und wo ist Sindri? Und Raggi?

Kalli fängt gerade erst an. Er fährt fort, mich in aller Ruhe zu foltern, erklärt in Details, was er gleich machen wird, und beobachtet dann meine Reaktionen mit eiskalter Neugier, als ob er ein Wissenschaftler sei, der wichtige Forschungen betreibt.

Er quält mich nicht mehr, um herauszufinden, wo das Video ist. Die Misshandlungen sind zum Selbstzweck geworden. Ich kann es an seinen kalten Augen und dem widerlichen Grinsen erkennen, das mir bis in den dunkelroten Nebel der Bewusstlosigkeit folgt.

41

»Hilfe!«

Ich wache atemlos auf. Ich bin am ganzen Körper verschwitzt. Fühle, wie die Lungen im Akkord atmen und das Herz um sich schlägt wie ein Vogel, der in der Faust des Jägers sein Todesurteil empfängt. Meine Seele ist immer noch völlig vom grauenhaften Albtraum vereinnahmt.

Jemand öffnet die Tür und macht das Licht auf dem Nachttisch an. Es ist die Lernschwester, die Nachtdienst hat.

»Hast du wieder schlecht geträumt?«, fragt sie und tupft mir mit Papiertüchern den Schweiß im Gesicht ab.

Ja, der Traum war fürchterlich. Schon wieder.

Die Nächte sind unerträglich. In den fünf Tagen, die vergangen sind, seit ich bei Kalli im Bett bewusstlos wurde, habe ich so gut wie gar nicht geschlafen. Nur ab und zu bin ich mal eingenickt.

Doktor Karl. Der Mörder.

Die Erinnerungen an seine schrecklichen Torturen kommen immer wieder aus den tiefen, dunklen Schlangengruben des Gedächtnisses hoch, wenn ich gerade weggedöst bin. Dann wecken sie ein solches Grauen und Schrecken im Inneren, dass ich im Schlaf aufschreie und schweißgebadet aufwache.

Die Ärzte haben mich zu stärkeren Schlaftabletten zu überreden versucht, aber ich will nicht. Glaube nicht daran, den Horror mit Medi-Dope niedrig zu halten. Das einzig Sinnvolle ist, sich diesem Teufel zu stellen und ihn langsam aber sicher zu zwingen, sich meinem Willen zu beugen und in die Tiefe des Vergessens zu verschwinden.

Ich kam erst im Krankenwagen wieder zu einer Art Bewusstsein, als ich mit rasender Geschwindigkeit vom Liebesnest im Breidholt runter in die Stadt zur Notaufnahme transportiert wurde. Später sagte man mir, dass mein Cousin Sindri es endlich nach vielen Versuchen geschafft hatte, Raggi zu erreichen und zu alarmieren. Als die Goldjungs bei Kalli an die Tür schlugen, öffnete er, als wäre alles in bester Ordnung, und leugnete, dass ich mich bei ihm in der Wohnung befände. Sagte, ich hätte die Wohnung schon vor einer Stunde verlassen. Aber Raggi gab nicht nach, verlangte Zutritt und fand mich schließlich gefesselt und blutig im Bett liegend.

»Ich habe so etwas noch nie gesehen«, sagte Raggi, als er mich im Krankenhaus besuchen kommt, einen Tag nachdem die Ärzte ihre Arbeit abgeschlossen hatten, mich nach der Tortur wieder zusammenzuflicken. »Als ich das ganze Blut sah, dachte ich, er hätte dich umgebracht.«

214

»Vielleicht nimmst du dann nächstes Mal meine Hinweise ernster«, antwortete ich.

»Unser Eindruck von Kalli war völlig falsch«, sagte Raggi.

»Ich bin der Erste, der das zugibt. Aber er schien so normal zu sein, als wir uns in den ersten Tagen, nach Steinunns Tod, mit ihm unterhielten, und wir haben uns täuschen lassen. Im Nachhinein könnte man natürlich behaupten, dass wir ihn gleich hätten durchschauen sollen, denn die gefährlichsten Verbrecher sind eben die, die so aussehen, als seien sie völlig normal.«

Er setzte sich auf den Stuhl neben das Krankenbett und berichtete mir kurz, was die Goldjungs in dem Fall unternommen hatten. Der Arzt saß bereits in Untersuchungshaft, und es gab schon einen richterlichen Beschluss, dass Kalli sich einem psychologischen Gutachten unterziehen soll. Aber das würde einige Wochen oder sogar Monate dauern. Im Anschluss daran würde beschlossen werden, ob er für seine Tat verantwortlich zu machen sei.

»Vielleicht endet er auf Sogn, du weißt schon, der Strafvollzugsanstalt für psychisch kranke Täter«, sagte Raggi.

»Das wäre eine Katastrophe«, antwortete ich. »Was glaubst du, wie schnell Kallis Kollegen dafür sorgen, dass er wieder auf die Straße gesetzt wird?«

»Du rechnest aber auch immer mit dem Schlimmsten, Stella!«

»Zumal ich ja meistens Recht behalte.«

»Manchmal«, gab er zu.

Kurz bevor Raggi ging, kommt Sindri zur Tür herein. Er ist mittlerweile die Nummer eins auf meiner Top-Ten-Liste der beliebtesten Personen. Weil er mir das Leben gerettet hat.

»Ich dachte zuerst, der Junge erzählt irgendeinen Stuss«, sagte Raggi, als er das Telefonat mit Sindri Revue passieren ließ. »Aber es gelang ihm, mich zu überzeugen, dass du wirklich in Gefahr bist.«

»Ansonsten wäre ich tot.«

»Aber ich verstehe einfach nicht, warum du auf eigene Faust ein so großes Risiko eingegangen bist«, sagt Raggi und schüttelt den Kopf. »Warum hast du es nicht zuerst mit mir besprochen?«

»Als ob das irgendeinen Erfolg gehabt hätte! Deine Vorgesetzten hätten so eine Aktion doch nie zugelassen.«

»Nein, wahrscheinlich nicht.«

»Deswegen sah ich keinen anderen Ausweg, als die Sache selber in die Hand zu nehmen.«

Es ist immer noch schwierig, mich zu bewegen. Ich bin überall auf Brust und Bauch zugepflastert und verbunden. Kalli war mit seinen Folterinstrumenten noch nicht weiter abwärts vorgedrungen, als Sindris Rettungstrupp an die Türe klopfte. Da ich mit Betäubungsmitteln voll gepumpt werde, habe ich in den Wunden keine Schmerzen.

»Hat Kalli die beiden Morde gestanden?«, frage ich.

Raggi schüttelt den Kopf. »Er ist nur wegen des Angriffs auf dich in Untersuchungshaft«, antwortet er. »Sindri ist es nicht gelungen, euer Gespräch im Schlafzimmer aufzunehmen, aber wir werden natürlich weiterhin versuchen, ihn dazu zu bringen, die beiden Morde zu gestehen. Außerdem sammeln wir gerade Beweismaterial gegen ihn.«

»Inwiefern?«

»Wir nehmen alles unter die Lupe, was wir bei ihm zu Hause gefunden haben, sowohl im Einfamilienhaus als auch in der Wohnung im Breidholt. Er besitzt ein wirklich kurioses Sammelsurium an Instrumenten. Und wir haben schon die Erlaubnis bekommen, Runólfurs Leiche zu exhumieren und eingehend obduzieren zu lassen. Leider wurde das nicht zur Genüge gemacht, weil es wie ein typischer Selbstmord aussah. Wir gehen auch Karls Lebenslauf und Karriereabschnitte durch, alle Operationen und anderes in dieser Art, und versuchen herauszufinden, was er mit seiner Rede über Unfälle für die Wissenschaft meinte.«

In den ersten Tagen im Krankenhaus waren die Besuche kurz und ermüdend. Aber gestern ging es mir dann schon wieder etwas besser, sodass ich für einen Moment aufstehen konnte. Trotzdem verbringe ich immer noch die meiste Zeit im Bett und freue mich gewaltig auf den Moment, wenn ich endlich in einer Tour von Mitternacht bis zum Morgen durchschlafen kann, ohne dass mich der grauenhafte Albtraum rückwärts aus dem Traumland rausschmeißt.

Cora kommt jeden Tag vorbei und liest mir die wichtigsten Nachrichten vom Anrufbeantworter vor. Einige landen direkt im Mülleimer, aber um andere muss ich mich kümmern. Ich habe versucht, ihr beizubringen, wie sie sich am Telefon verhalten soll. Merke immer mehr, wie wichtig sie für mich geworden ist. Fühle mich wie Robinson Crusoe, der auf seinen Freitag nicht verzichten kann.

Ansonsten habe ich wenig Energie, über das weltliche Geschehen nachzudenken, und, um ehrlich zu sein, noch weniger Interesse daran. Nach diesem Schlag ist mir meine Gesundheit am wichtigsten. In den nächsten Tagen und Wochen werde ich mich darauf konzentrieren müssen, Kräfte zu sammeln. Mich und das Dasein wieder in den Griff zu kriegen.

Jedenfalls versichern mir die Ärzte jeden Tag, dass ich mich wieder völlig erholen werde. Aber sie sagen auch, dass es lange dauern wird. Und damit meinen sie nicht nur die körperlichen Verletzungen.

»Möchtest du vielleicht etwas trinken?«, fragt die Lernschwester, als sie mich ein bisschen im Bett zurechtgelegt hat.

Sie bietet mir leider nicht meinen wunderbaren Jackie an. Nur kühles, klares Wasser, das mich erstaunlicherweise erfrischt.

Als sie das Licht ausmacht, muss ich aufs Neue wieder alleine in der Dunkelheit warten, was da kommen mag.

»Die Nacht hat ihre eigenen Gesetze.«

Sagt Mama.

42

Das Urteil über Hallgerdur ist gefallen und der Sommer vorbei. In den letzten Tagen hat ein kalter Herbstwind die vergilbten Blätter der Bäume über die Bürgersteige und Plätze der Stadt geblasen.

Ich bin auf dem Weg in die Stadt und komme gerade aus dem Osten vom Gefängnis, in dem Hallgerdur eine vierjährige Haftstrafe verbüßt. Die Verhandlung war um einige Wochen vertagt worden, während ich mich von den Misshandlungen erholt habe. Aber als der Fall endlich verhandelt wurde, tat ich alles, was in meiner Macht stand, um den Richter davon zu überzeugen, dass Hallgerdur ein unschuldiges Opfer ihrer Feinde sei. Ließ sogar Kári und Porno-Valdi als Zeugen aufrufen. Aber sie stritten alles ab. Sagten, dass meine Anschuldigungen lächerlich seien. Reine Erfindung. Die Presse amüsierte sich ein paar Tage königlich, aber die Zeugenvernehmungen hatten keinen Einfluss auf den Richter – allerdings hatte ich das auch nicht erwartet.

Hallgerdur vertrug das Urteil schlecht und versank ein paar Tage in tiefste Depressionen, bekam aber zwischendurch immer mal wieder kräftige Wutanfälle. Sie ist immer noch verbittert und fühlt sich von allen und allem im Stich gelassen, ist aber gleichzeitig realistisch genug zu erkennen, wie klein die Wahrscheinlichkeit ist, dass das Urteil vom Obersten Gericht revidiert wird.

»Stell dir doch mal vor, wie ich nach so vielen Jahren Verbannung und Tatenlosigkeit an diesem gottverlassenen Ort aussehe!«, schimpft sie wütend.

»Du musst doch nicht tatenlos sein.«

»Nicht?«

»Du kannst einen Antrag auf die Genehmigung eines Laptops stellen.«

218

»Glaubst du etwa, dass jemand Kritiken aus dem Gefängnis veröffentlicht?«

»Es würde mich nicht überraschen, wenn irgendeine Zeitung das für die beste Werbung überhaupt hielte.«

»Versuch nicht, mich aufzumuntern. Das lohnt sich nicht.«

Hallgerdur ist in den letzten Monaten ziemlich heruntergekommen, zumal sie aufgehört hat, sich zurechtzumachen. Sagt, dass sie keinen Sinn darin sieht, für die Gefängniswärter Make-up aufzulegen. Kaut immer wieder darauf herum, dass niemand sie außerhalb der Gefängnismauern zu sehen bekommt. Jahrelang. Eine halbe Ewigkeit!

Meine Besuche bei ihr wurden seltener. Ich habe mich bereits aus den Geldgeschäften der Eheleute zurückgezogen. Habe Hallgerdur einen Steuerberater empfohlen, der die Prokura übernahm. Treffe sie gerade nur, um den Fall für das Oberste Gericht vorzubereiten.

»Vielleicht sollte ich versuchen, etwas zu schreiben, während ich hier in Verbannung bin«, sagt sie, als ich gerade gehen will. »Wie wäre es, wenn ich versuchen würde, einen Roman über eine berühmte Frau zu schreiben, die verfolgt und unschuldig zu Gefängnis verurteilt wird?«

Verbittertes Gelächter folgt mir auf den Gang.

Im strahlenden Sonnenschein ist wenig Verkehr auf der Hellisheidi. Meine Silberkarosse hat auf dem größten Teil der Strecke den glänzenden Asphalt für sich ganz alleine.

Kalli ist immer noch in Untersuchungshaft. Die psychologische Untersuchung ist abgeschlossen, aber die Goldjungs halten streng geheim, was dabei herauskam. Schweigen wie Gräber.

Andererseits wurden der harte Höddi und die Glatze angeklagt, obwohl ihr Fall noch nicht auf das Tagesprogramm des Gerichts gekommen ist. Höddi sitzt in Untersuchungshaft, die Glatze läuft frei herum.

Beide haben durch ihr Schweigen dazu beigetragen, dass

Geirmundur in Ruhe gelassen wird. Bisher wurde auch nichts aus der Klage, die Geirmundur mir anhängen wollte, trotz seiner lautstarken Drohungen im Frühjahr. Einige Zeit, nachdem ich aus dem Krankenhaus entlassen worden war, habe ich den schleimigen Einar getroffen. Er sagte einschmeichelnd, dass Geirmundur im Hinblick auf die Ereignisse des Sommers dieses traurige Missverständnis zwischen uns vergessen wolle. Das reichte, um mich zum ersten Mal kräftig aufzuregen, seit ich Kalli zwischen die Finger geraten war. Aber der schleimige Einar lächelte nur als Antwort auf meine Verfluchungen, wünschte mir gute Besserung und gab dabei höflich mit Gesten und Worten zu verstehen, wie verständlich es doch sei, dass ich nach dieser Erfahrung seelisch noch nicht wieder auf der Höhe sei.

Uff!

Coras Fall wird auch nicht vor Gericht verhandelt werden. Die Goldjungs hatten natürlich nie Interesse daran, die Sache zu klären, und haben deshalb auch kein Beweismaterial, das reichen würde, um gegen jemanden Anklage zu erheben. Die interne Untersuchung des Ausländeramtes, wie Coras Pass in die Hände der immer noch unbekannten Typen gelangen konnte, die sie auf den Flugplatz gefahren haben, war auch völlig erfolglos. Offiziell zumindest.

Cora schien dieses Ergebnis zu erleichtern. Mittlerweile will sie so wenig wie möglich an ihre ersten schrecklichen Wochen in Island erinnert werden. Sie betrachtet sie als Albtraum, den niemand ungeschehen machen kann und den man am besten vergisst. Obwohl ich mit so einem Ende überhaupt nicht einverstanden bin, sehe ich keine Möglichkeit, Geirmundur und der Glatze etwas Ungesetzliches nachzuweisen.

Noch nicht jedenfalls.

Auf dem Weg vom Gefängnis nach Hause fahre ich in den Grafarvogur.

Ásta hat mich während des ganzen Sommers über ständig aufs Neue überrascht. Sie hat mich sofort im Krankenhaus besucht, als sie in der Presse von den Misshandlungen erfahren hatte. Außerdem kam sie in den ersten Wochen, in denen ich mich erholt habe, täglich zu mir nach Hause. Half mir, viele schwere Stunden durchzustehen, wenn sogar die Wut mich im Stich ließ. Einfach nur dadurch, dass sie da war und mir damit zeigte, dass Jackie nicht mein einziger Freund war. Sie wusste, wie sie mit mir reden sollte, unterhielt sich mit mir über alles und nichts und brachte mich sogar wieder zum Lachen. Da wurde mir klar, dass kein Aufputschmittel besser wirkt als Lachen.

Früher fand ich es völlig in Ordnung, mit mir alleine zu sein. Ich brauchte keine mir nahe stehenden Menschen, um mein Leben zu verkomplizieren. Aber nach dem Horror bei Kalli hat sich das geändert. Da fand ich es oft unerträglich, abends alleine zu sein, wenn Cora zu ihrem Kurs ging oder ihre Freundinnen traf. Manchmal gab ich dem schwarzen Nebel einfach nach, der das Gemüt einlullte, und legte mich mit Jackie ins Bett.

An einem solchen Abend klingelte Ásta an der Tür und gab nicht auf, bis ich mich aus dem Bett zwang, um die Tür aufzumachen. Sie guckte mich mit einem Blick aus einer Mischung von Besorgnis und Kritik an, sagte aber kein Wort. Half mir wieder die Treppe herauf, schob mich ins Bad und unter die Dusche. Ließ mich erst wieder raus, als der meiste Alkohol den gleichen Weg wie der Seifenschaum genommen hatte.

»Das ist schon besser«, sagte sie dann.

Ich drehte mich von ihr weg. Die Ärzte in der plastischen Chirurgie hatten bisher nur einen Teil der Narben vertuschen können. Wollte sie die restlichen nicht sehen lassen.

Aber sie erlaubte es nicht. Begann stattdessen, mich mit dem weichen Handtuch vorsichtig abzutrocknen. Führte mich dann ins Schlafzimmer, half mir ins Bett, strich mir das nasse Haar aus dem Gesicht und küsste mich. Zuerst ganz vorsichtig, dann schon stürmischer. Ganz langsam gelang es ihr, ein Feuer zu entfachen, von dem ich mir eingeredet hatte, Kalli hätte es endgültig gelöscht.

Hat sie mich gerettet?

Vielleicht. Zumindest gelang es mir nach und nach, meine Depressionen einzudämmen und aufzuhören, mich selber zu bemitleiden. Mich aus der Wehleidigkeit herauszureißen und mich zu überzeugen, dass es auch ein Leben nach den schlimmsten Schicksalsschlägen gibt.

Ich machte mir auch wieder meine Wut auf die Männerschweine zu Nutze, die mich beinahe zur Strecke gebracht hätten. Wusste, dass ich ihnen niemals den Gefallen tun konnte, aufzugeben. Niemals.

Als ich schon fast im Grafarvogur bin, rufe ich Ásta von meinem Handy aus an und sage ihr Bescheid, dass ich auf dem Weg bin. Ich hatte ihr versprochen, mit ihr eine Stippvisite nach Hafnarfjördur zu machen, wo sie Blumen auf das Grab ihrer Jugendfreundin legen möchte.

Alda Ósk wäre heute 21 Jahre alt geworden.

Ásta hat ihr Haar wachsen lassen. Es fällt in hübschen Wellen über ihre Schultern, als sie sich neben mich setzt. In ihrem Lächeln sind immer noch Verheißungen und Geheimnisse versteckt, obwohl ich mittlerweile ihre Geheimnisse fast alle kenne.

Auf dem Weg zum Blumenladen erzählt sie mir von ihrem Tag in der Uni. Ich genieße es, mir ihre alltäglichen Berichte anzuhören, die für mich als Teil ihres Lebens allein schon dadurch etwas Besonderes sind.

Natürlich weiß ich nicht, was die Zukunft bringt. Ob diese Beziehung hält, mit einem Knall platzt oder langsam ausklingt, verschwindet und zu einer alten Erinnerung werden wird. Versuche, nicht darüber nachzudenken. Nach den Ereignissen des Sommers halte ich es für das Beste, von Tag zu Tag zu leben. Den Augenblick zu genießen.

»Der nächste Tag fängt erst morgen an.«

Sagt Mama.